Bettina Plecher

Isarlauf

Kriminalroman

Rowohlt Taschenbuch Verlag

Originalausgabe
Veröffentlicht im Rowohlt Taschenbuch Verlag,
Reinbek bei Hamburg, Februar 2016

Redaktion Werner Irro
Umschlaggestaltung yellowfarm Gmbh, Stefanie Freischem
Umschlagabbildungen plainpicture/Readymade-Images;
Hubskyi Mark/shutterstock.com; thinkstockphotos.de
Satz Documenta, InDesign,
bei Pinkuin Satz und Datentechnik, Berlin
Druck und Bindung CPI books GmbH, Leck, Germany
ISBN 978 3 499 27067 3

rororo

Bettina Plecher wurde 1969 in München geboren. Nach ihrem Studium der Klassischen Philologie und Germanistik arbeitete sie als Fremdsprachenassistentin, Lehrerin und Schulbuchautorin in Yorkshire, Würzburg und München. Heute lebt sie mit ihrem Mann, einem Klinikarzt, und ihren beiden Kindern in München.

Umsonst fürchten wir die Träume;
der schrecklichste Traum ist nichts,
verglichen mit dem Leben.
Stanislaw Brzozowski

Samstag, 28. September

Was tut man nicht alles für einen ordentlichen Endorphinschub, dachte Quirin Quast und sah zu den Marathonläufern hinunter.

Als Mediziner und Giftspezialist kannte er viele Methoden, um die Produktion von Glückshormonen anzuregen, aber keine davon hielt er für empfehlenswert. Aus ärztlicher Sicht musste er von den meisten Drogen abraten, Schokolade machte dick, Bungee-Jumping war stillos, sich zu verlieben schlicht gefährlich.

Frieda May, Quasts Mitbewohnerin, griff nach der Tupperdose mit dem Wurstsalat und fragte: «Gibt's auch Bier?» Ihr Kleid war getupft, ihr Gesicht entspannt, und Quast freute sich, dass sie wieder da war. Frieda hatte ein Jahr in Peru verbracht, wo sie an einem Krankenhaus in den Anden tätig gewesen war. Seit einem Monat war sie zurück und arbeitete wie zuvor als Assistenzärztin an der Eisbachklinik.

Frieda und Quast mussten sich erst wieder aneinander und an ihr gemeinsames WG-Leben gewöhnen, aber in den wichtigsten Punkten ergänzten sie sich nach wie vor: Quast putzte grundsätzlich nicht, dafür weigerte sich Frieda zu kochen.

Nun lagen sie auf einer Decke auf dem Münchner Olympiaberg und schauten zu den Läufern hinunter.

Quast reichte Frieda eine Flasche mit Bügelverschluss,

ließ seinen Blick über das satte Grün des Parks schweifen und sah dann zum Stadion hinüber, wo die Marathonläufer ihre zweiundvierzig Kilometer zu Ende brachten. Die Quälerei dort unten war ihm fremd, und doch beobachtete er fasziniert, wie die Sportler sich ihrem Ziel entgegenschleppten. Seiner Überzeugung nach quälten sich diese Leute nur, um möglichst effektiv vom unvermeidlichen Verfall am Ende des Lebens abgelenkt zu werden.

«Woran denkst du?», fragte Frieda in seine Überlegungen hinein und drückte den Verschluss mit dem Daumen auf. Dass jemand ernsthaft diese Frage stellte, erstaunte Quast so sehr, dass er wahrheitsgemäß antwortete: «An den Tod.»

Sie biss in ein Fleischpflanzerl und sagte nicht unfreundlich: «Das ist doch wohl das Letzte.»

«Der Tod ist das Letzte.»

Sie lag ausgestreckt auf dem Rücken und starrte in den Himmel. Ihr Kleid faltete sich um ihren Körper, mit einer Hand tastete sie nach einem Radieschen und steckte es sich in den Mund.

Quast sah ihr dabei zu, froh, dass sie für den Rest des Tages freihatten; ein langer Samstagnachmittag lag vor ihnen.

Sie waren beim Heraufsteigen an Obstbäumen vorbeispaziert und hatten versuchsweise in einen der kleinen rötlich-grünen Äpfel gebissen, die herabgefallen waren. Jetzt erstreckte sich die Ebene zum Münchner Norden vor ihnen. Neben dem Olympiaturm hing eine sehr weiße Wolke, auf dem Dach des Stadions blitzten silbrige Lichtreflexe, die zeltförmigen Konturen hoben sich scharf vom Blau des Himmels ab. Ganz nah ragte phallisch der BMW-Vierzylinder auf, weit hinten erkannte man die eher weiblichen

Formen der Allianz Arena. Die staubige Hitze des Sommers war vorbei, und nur der Föhn bescherte ihnen einen letzten warmen Septembertag.

Um diese Uhrzeit war die spätsommerliche Morgenfeuchtigkeit längst verdunstet und hatte eine durchsichtige Herbstluft zurückgelassen, die so sauber und klar war, dass Quast ein Gefühl des Unwirklichen beschlich.

München befand sich im Marathonfieber. Hatten sich früher nur einzelne Fanatiker auf diese Quälerei eingelassen, so war heute die halbe Stadt auf den Beinen. Quast und Frieda warteten auf Karl Zitzelsperger, Quasts ältesten Freund, der sich heute zum ersten Mal an den zweiundvierzig Kilometern versuchte, und auf Friedas Freundin Nasrin, die nur zehn Kilometer mitlaufen wollte.

Während Quast die leeren Flaschen klirrend in einen Jutebeutel warf, sah Frieda träumerisch hinunter zu dem Asphaltband, das sich jenseits des Sees durch den Park schlängelte. Dann packten sie die Überreste ihres Picknicks in Quasts berggrauen Leinenrucksack und begannen mit dem Abstieg.

Vor dem Zeltdach des Olympiastadions wurde das Tempo der Heranlaufenden inzwischen deutlich langsamer, während die Bäuche der Athleten dicker und ihre Haare dünner wurden. Sie mussten sich beeilen. Zügig stiegen sie den Berg hinunter und schlängelten sich durch zum Coubertinplatz.

Je näher sie der Strecke kamen, desto lauter wurde es. Aus riesigen Lautsprechern dröhnte Musik, ein Moderator kommentierte das Geschehen aufgeregt über Mikrophon und feuerte die Athleten auf ihren letzten Metern an. Das Publikum pfiff, rasselte und schrie.

Nach einiger Zeit tauchte weit hinten etwas Buntes auf: die Klinik-Clowns, die tatsächlich sogar auf der Strecke Perücken und rote Nasen trugen. Ihre Verkleidung kaschierte, wie abgekämpft sie sein mussten. Quast wünschte ihnen, dass sie sich nur für den Zieleinlauf kostümiert und nicht zweiundvierzig Kilometer lang in die falschen Haare geschwitzt hatten.

Direkt hinter den Clowns trabte Karl heran.

Er trug zerschlissene weite Baumwollshorts, darüber ein ausgeleiertes T-Shirt mit der Aufschrift: *Der Tag geht, Johnny Walker kommt.* Zwischen den ausgemergelten Siebzigjährigen und den übergewichtigen Dreißigjährigen in ihrer hautengen atmungsaktiven Kleidung wirkte er wie aus der Zeit gefallen.

Als er auf sie aufmerksam wurde, lief er schwer atmend und bleich auf sie zu. Statt eines Grußes hob er die Linke ein wenig, deutete ein Grinsen an und war schon an ihnen vorüber. Sie sahen ihm nach, bis er mit steifen Schritten im Marathontor verschwand.

Das Publikum feuerte die herankeuchenden Athleten gutmütig an: Da waren Rentner, die auf ihrem Sonntagsspaziergang einen Schlenker hierher gemacht hatten, um einen Blick auf nackte Frauenbeine zu erhaschen, Kinder, die ihre erschöpften Papas erwarteten, und sogar ein weiterer Clown, der, obwohl eindeutig zu schwergewichtig, um mitzulaufen, vermutlich hier war, um seine Kollegen anzufeuern.

«Hallo», sagte jemand hinter ihnen, und das dunkle Timbre ließ Quast aufhorchen. Als er sich umdrehte und direkt in schwarze, von hellen Punkten durchsprenkelte Augen schaute, erkannte er Nasrin Hamemi. Er zwang sich, seinen Blick aus ihrem zu lösen, kam aber nicht umhin, an ihr hinunterzusehen und ihre sehr kurzen Shorts zu bemerken. Sie hatte einen Beutel mit der Aufschrift *Isarlauf 2015* über der Schulter und war offenbar frisch geduscht. Einen Moment lang wusste er nicht, wohin mit seinen Augen, und tastete nach seinen Zigaretten.

Nun hatte auch Frieda die Freundin bemerkt und begrüßte sie überschwänglich. Quast konnte sich entspannen. Er stand neben den plaudernden Frauen, die gar nicht bemerkten, wie verunsichert er war.

Dass etwas nicht stimmte, registrierte Quast erst, als Frieda mitten im Satz innehielt. Er folgte ihrem Blick und sah etwas entfernt den schweißüberströmten Rücken eines Läufers, der mit nacktem Oberkörper auf dem Asphalt kniete. Der Mann drohte nach vorne zu fallen; man merkte selbst aus der Entfernung, dass er schwankte. Ein Zuschauer trat heran und versuchte, den Mann hochzuziehen, ein anderer kam hinzu und noch einer. Bald erkannte man nur noch die hektische Geschäftigkeit, der Kollabierte war zwischen der Ansammlung von Wohlmeinenden nicht mehr zu sehen.

Nasrin schien von alldem nichts bemerkt zu haben, Frieda aber ging schon los.

«Ja spinnst du?», fragte Quast und zog sie zurück. Frieda schaute ihn entgeistert an.

«Du willst da doch wohl nicht hin?»

«Klar, als Ärztin bin ich doch ver–»

«Nichts bist du. Da schau, da kommen schon die Sanis.»

«Aber als Ärzte –»

«Nix als Ärzte, wenn bei so einer Aktion was schiefgeht, bist du dran. Gschaftel nicht schon wieder herum. Das ist nicht das erste Mal, dass sich einer überschätzt.»

«Ich kann nicht glauben, dass du so –»

Er fiel ihr ins Wort: «Du bist naiv, Frieda. Hier gibt es Ärzte. Die sind hier im Einsatz, die sind versichert. Und wir nicht. So ist das.»

Und da nannte sie ihn tatsächlich – vor ihrer schönen Freundin – einen feigen Spießer und stieg über die Absperrung. Kurz trafen sich ihre Blicke. Ihr Ausdruck verhieß nichts Gutes.

Nasrin aber rührte sich nicht.

Er hatte es geahnt. Die Frau hatte Stil.

Frieda ließ Quast stehen. Dass sich gerade ihr Mitbewohner hinter diesem trägen deutschen Vertrauen auf den jeweils Zuständigen zurückzog, gefiel ihr gar nicht. Sie schlüpfte zwischen murrenden Menschenkörpern durch, wurde mehrere Male angerempelt, drängelte jedoch unbeirrt weiter. Schließlich stand sie vorne und spürte die bösen Blicke der umstehenden Gaffer.

Neben dem Kranken kniete bereits ein Sanitäter. Entschlossen trat sie heran, tippte dem Mann auf die Schulter und sagte, als er sie irritiert von unten ansah: «Ich bin Ärztin, brauchen Sie Unterstützung?»

Sie spürte, wie der Blick des Mannes an ihr herunterwanderte, und ärgerte sich über ihr gepunktetes Kleid, das sie noch jünger aussehen ließ. «Danke, wir bringen ihn jetzt nur ins Sanizelt, da wird er versorgt.» Er wandte sich ab, ehe sie antworten konnte.

Sie errötete und schaute, um den Blicken der Umstehenden auszuweichen, auf den Kranken hinab: Halb nackt und schweißüberströmt lag er da und ächzte. Er hatte sich übergeben, man roch es. Mit weit aufgerissenen Augen starrte er um sich, abwesend und agitiert. Als der Sanitäter den Mann an der Schulter fasste und leise auf ihn einredete, stöhnte der Kollabierte auf und schlug um sich. Der Sanitäter konnte gerade noch der klobigen Uhr am Handgelenk des Mannes ausweichen. Der aber wand sich weiter, während die Umstehenden die Szene regungslos beobachteten. Zum Glück schien man sie schon wieder vergessen zu haben.

Als der Sanitäter fragend zu seinem Kollegen aufblickte, wusste Frieda, was er dachte: Doping. Erst in diesem Moment erkannte sie den Mann: Es war Kijan von Sydow, Nasrins Bruder.

Frieda wurde kalt.

Quast, der von alldem nichts mitbekam, brachte Nasrin Hamemi einen Becher mit Wasser. Sie trank in kleinen Schlucken und sah ihn dabei über den Becherrand an, bis ihm heiß wurde. Die außergewöhnliche Färbung von Nasrins Iris war Quast nicht aufgefallen, als Frieda ihre Freundin Wochen zuvor vorgestellt hatte. Damals hatte ihn hauptsächlich ihre rauchig-dunkle Stimme verwirrt.

Quast hatte Frieda und Nasrin an einem Freitagabend ins Gespräch vertieft vorgefunden. Die Schönheit der Besucherin, der Kerzenschein in der Küche, die gedämpfte Frauenmusik und der Prosecco waren zu viel für ihn gewesen. Er hatte sich bald entschuldigt und war seiner Wege gegangen. Erst Tage danach überwand er sich und fragte Frieda ganz nebenbei, wer das denn gewesen sei. Er erfuhr, dass Nasrin, deren Eltern aus dem Iran stammten, zwei Jahre zuvor von Bochum nach München gezogen war, um als Entwicklerin bei BMW zu arbeiten. Eine schöne persische Preußin, die in einem Männerberuf arbeitet, hatte er gedacht, da ist ein bisschen Verunsicherung schon erlaubt.

Frieda kannte Nasrin über deren Bruder, dem Quast in der Eisbachklinik das ein oder andere Mal über den Weg gelaufen war. Ein etwas zu kurz geratener, aber unleugbar attraktiver Orientale, dessen augenscheinliches Interesse an Frieda Quast von Anfang an missfallen hatte. «Bonsai-Dressman» hatte er ihn insgeheim getauft.

Den iranischen Psychiater hatte Frieda abblitzen lassen, mit seiner Schwester aber hatte sie sich von Anfang an gut verstanden.

Auch jetzt fiel Quast kein Gesprächsthema ein. Er überlegte krampfhaft und blickte hilfesuchend in die Richtung, in die Frieda verschwunden war.

Endlich nahte Rettung: Karl Zitzelsperger kam mit steifen Gliedern aus dem Olympiastadion. Er trug eine silberne Plane um die Schultern und hatte den obligatorischen Laufbeutel in der Hand. Flüchtig nickte er Nasrin zu, nachdem er sie mit einem flinken Blick vom Scheitel bis zur Sohle gemustert hatte. Dann fragte er Quast nach einer Zigarette.

Der reichte seinem Freund die Schachtel, gerade als ein Mann im weiß-blauen Hemdchen mit Flügeln am Rücken, einer Leier über der Schulter und mit einem riesigen Schnurrbart heranlief, stehen blieb und ihnen über das Absperrband hinweg einen geöffneten Sack hinhielt, in dessen Tiefen Scheine und Münzen lagen. Der Münchner im Himmel verbeugte sich vor den Zuschauern und sagte, kaum außer Atem: «Ich sammle für die Münchner Anonymen Alkoholiker. Helfen Sie uns zu helfen!»

Quast stieß sich am norddeutschen Idiom des Mannes im Bayernkostüm und wollte schon pikiert wegsehen, als er bemerkte, dass der Athlet barfuß war. Wenn der wirklich die Strecke ohne Schuhe gelaufen war, war das eine beachtliche Leistung. Das fand wohl auch Nasrin und warf einen Zwanziger in den Sack. Quast kramte noch in seiner Hosentasche, als der Aloisius mit einem gepreußelten «Vergelt's Gott!» weiterlief.

«Was war das denn?», fragte Quast.

«Der Typ ist ein Schmerz am Hintern», erklärte Zitzelsperger und inhalierte tief. «Aber die Masche zieht. Der sammelt Hunderte bei so einem Marathon.»

«Läuft der wirklich die ganze Strecke barfuß?»

«Die ganze Strecke», bestätigte Nasrin anerkennend. «Der reist von Marathon zu Marathon. Immer barfuß, immer in Verkleidung.» Und Zitzelsperger fügte hinzu: «Ein Spinner. Hier in München läuft er als Aloisius, überall sonst als Engel. Früher soll er als Jesus angetreten sein, aber das kam wohl nicht so gut an.»

Gerade wollte Quast seine Meinung zum Thema Selbstdarsteller im Wohltätigkeitsgeschäft ausbreiten, als er Friedas schrille Stimme hörte: «Quast! Schnell, komm!»

Gleichzeitig ergriff Frieda hektisch Nasrins Arm. «Das ist dein Bruder da drüben. Komm, schnell.» Sie wandte sich wortlos um und zog ihre Freundin hinter sich her zum Sanitätszelt. Zitzelsperger schlurfte, an seiner zweiten Zigarette saugend, hinter ihnen her.

Quast war die Situation unangenehm. Er hatte sich auf einen freien Nachmittag gefreut und wollte sich nicht um

Midlife-Crisis-gebeutelte Bekannte von Frieda kümmern, die ihre eigene Leistungsfähigkeit überschätzten. Kreislaufversagen als solches interessierte ihn nicht, Lappalien überließ er sehr gern Krankenschwestern oder Hausärzten.

Wie die Dinge lagen, blieb ihm aber gar nichts anderes übrig, als hinter den anderen herzutrotten.

Die Sanitäter standen vor dem Zelt und rauchten, als das Vierergrüppchen sich näherte. Energisch trat Frieda auf sie zu. «Der Mann, der gerade gebracht wurde? Wir –»

Einer der Sanitäter drückte seine Kippe mit der Schuhspitze aus und unterbrach sie: «Sie schon wieder. Sie kommen zu spät.»

Frieda explodierte. «Was heißt zu spät! Das hier ist die Schwester des Mannes. Wir wollen –»

Sein Kollege, ein junger Mensch mit Apfelbäckchen, trat näher, räusperte sich und sagte beschwichtigend zu Nasrin gewandt: «Ihr Bruder ist schon auf dem Weg in die Klinik.»

«Welche Klinik?», fragte Quast, dem Friedas Geschäftigkeit unangenehm war, betont ruhig.

«Eisbach, glaube ich», sagte der Mann. «Dem ging's nicht gut.»

Quast seufzte.

An der Parkharfe nahmen sie ein Taxi, die Fahrt verlief schweigsam. Nasrin starrte abwesend vor sich hin, Frieda und Zitzelsperger sahen angestrengt zum Fenster hinaus. Auch Quast hing seinen Gedanken nach. Er rechnete es Frieda hoch an, dass sie ihm sein Nichteingreifen nicht vorwarf.

Als sie schließlich die Rampe zur Notaufnahme der Eisbachklinik hinaufgingen, sah Quast wehmütig zu den beiden Tischen der Wirtschaft gegenüber, wo Menschen vor ihrem Bier saßen und die letzten Sonnenstrahlen genossen.

Schon schlossen sich die hydraulischen Türen mit einem Zischen hinter ihnen.

Auf den Krankenhausgängen herrschte samstägliches Treiben. Zwei Sanitäter schoben eine Trage vorbei, auf der stöhnend ein älterer Mann lag, eine Putzfrau reinigte den Boden im Eingangsbereich, ein Arzt und eine Schwester versuchten, einen betrunkenen Jugendlichen zu beruhigen.

Frieda hatte Nasrin untergehakt und sprach besänftigend auf sie ein. Zitzelsperger hielt vorsichtig Abstand.

Es war schwer einzuschätzen, wie Nasrin sich fühlte. Mit um den Körper geschlungenen Armen lehnte sie an einer der fleckigen Wände im Wartebereich. Ihr Blick war nach innen gerichtet, sie schien kaum wahrzunehmen, was um sie herum vor sich ging. Noch immer trug sie ihre Laufkleidung.

Quast schnappte sich einen Jungassistenten, der vorbeihetzte. «Du, Müller, grad ist einer mit dem Sanka reingekommen, Zusammenbruch beim Laufen. Wo ist der? Im Schockraum?»

Der Assistent blieb stehen. «Ja hallo, Dr. Quast! Der ist angekommen, aber da war nichts mehr zu machen. Sie haben schon mit der Reanimation aufgehört.» Als er Quasts Ausdruck bemerkte, setzte er hinzu: «Tut mir leid.»

Quast schaute zu Nasrin, die schaute zu dem diensthabenden Arzt. Sie hatte offenbar noch nicht begriffen, was die Worte, die der Mann in Grün wie nebenbei gesagt hatte, bedeuteten. Einen langen Moment später griff sie tastend mit einer Hand nach Friedas Arm, ließ wieder los, machte zwei Schritte und setzte sich zögernd auf einen der Sitze. Dort verharrte sie, vollkommen aufrecht, ihre Hände hingen links und rechts neben den roten Sitzschalen herab.

Ihr Blick war ausdruckslos. Sie hob eine Hand, ließ sie wieder sinken und schaute weiter ins Leere.

Der Assistenzarzt sah sie erschrocken an. «Das tut mir leid. Ich wusste nicht, dass –»

Er verstummte. Quast sagte leise: «Schon gut, Müller. Karl, bitte geh geschwind mit dem Müller, er soll dir was zum Beruhigen mitgeben, für alle Fälle. Frieda, bleib du derweil hier – ich geh noch in den Schockraum.»

Quast war Krisensituationen in der Klinik gewohnt und nahm die Dinge in die Hand. Er klärte, was zu klären war, und organisierte, als nichts mehr zu tun war, ein Taxi in die Elisabethstraße.

In der WG angekommen, verabreichte er Nasrin das Beruhigungsmittel, verfrachtete sie auf den Küchendiwan und bat Karl und Frieda, trotz der kühlen Temperaturen unten im Hinterhof den Tisch zu decken, damit Nasrin ihre Ruhe hatte.

Während Frieda und Karl noch Teller, Gläser und Decken schleppten, setzte er sich aufs Rad und besorgte ein Riesenpaket mit italienischen Vorspeisen. Als Karl gerade die Weinflasche entkorkte, kam er zurück.

Die Ereignisse des Tages hatten Quast mehr mitgenommen, als er sich eingestehen wollte, er zögerte den Moment des Innehaltens so lange wie möglich hinaus. Fast widerstrebend ließ er sich schließlich auf die Holzbank unter der rot umrankten Veranda fallen und sagte leise: «Die arme Nasrin.»

«Ihr armer Bruder», ergänzte Frieda, ein wenig gereizt.

Quast antwortete nichts, beträufelte sein Weißbrot mit Olivenöl und salzte es nachdenklich, bevor er es sich in den Mund schob. Er musste sich zwingen zu kauen, während er an Nasrin dachte, die oben in betäubtem Schlaf dämmerte, und an den Verlust, der ihr langsam bewusst werden würde. Kurz hatte er die Vision eines Geschwisterpaars, das sich ein Kinderzimmer teilte, stellte sich Balgereien, vertraute Gesten, ernsthafte Gespräche vor. Erinnerungsfetzen, die nicht die seinen waren.

Quast hatte weder Geschwister noch Kinder, doch kurz spürte er den Schmerz, als sei es sein eigener. Er wusste nichts über die Gefühle der Frau, die dort oben lag, und möglicherweise verklärte er ihre Kindertage. Aber wie auch immer es gewesen war, es hatte Nähe gegeben und Augenblicke des Glücks.

Ihm war nichts Tröstliches eingefallen. Das Einzige, was er Nasrin in dieser Situation geben konnte, war Valium.

Quast trank einen Schluck Wein und nahm sich zusammen. «Jetzt erzähl noch einmal, wie das vorher war, Frieda.» Seine Stimme klang unangebracht munter.

Frieda berichtete stockend. Immer wieder unterbrach sie sich, verlor den Faden, knetete ihre Finger, fuhr sich hektisch über die Augen.

Quast hörte geduldig zu. «Du sagst, er hat geschwitzt und sich erbrochen?»

«Ja, er war abwesend, und als die Sanis versucht haben, ihm zu helfen, wurde er fast aggressiv.»

Zitzelsperger schaute nachdenklich. «Kommt so ein Herzanfall nicht eher plötzlich?»

«Ja, doch.»

«Ich glaub, ich bin an dem Mann vorbeigelaufen. Er ist mir aufgefallen, weil er wahnsinnig geschwitzt hat. Und seine Bewegungen waren komisch. Ich hab mir gedacht: Der läuft wie eine Maschine.»

«Du meinst, wie ein Roboter?», fragte Quast.

Zitzelsperger nickte.

«Das würde zu dem passen, was Frieda sagt.» Quast schnitt ein großes Stück Käse in regelmäßige Würfel und sprach wie in Gedanken weiter. «Die Kollegen im Schockraum sind von Herzversagen ausgegangen. Und als ich Zweifel angemeldet habe, haben sie mich angeschaut, wie Chirurgen und Anästhesisten einen Internisten so anschauen, wenn der etwas hinterfragt. Deppen halt.»

Frieda nickte, Zitzelsperger nahm sich eines von Quasts Käsewürfelchen.

Schließlich sagte Quast: «Nasrin hat etwas gesagt, bevor sie eingeschlafen ist.»

«Was?», fragte Karl.

«‹Bitte, Quirin›, hat sie gesagt, ‹hilf mir herauszufinden, was passiert ist.›»

Sonntag, 29. September

Frieda schlich in die Küche, wo Nasrin in einem von Friedas Nachthemden auf dem Küchensofa lag, und begann leise Kaffee zu machen. Als das Kännchen auf dem Herd gurgelte, regte sich die Decke, die Quast über ihre Besucherin gebreitet hatte. Nasrin richtete sich auf und stellte ihre pedikürten Füße auf den Dielenboden.

Frieda sah sie besorgt an. «Guten Morgen! Wie geht es dir?»

Nasrins Augen waren verquollen, ihr Haar war wirr. «Ja. Geht schon», sagte sie. Ihre Stimme klang wie ein Reibeisen. «Danke für alles, gestern.» Sie fuhr mit beiden Händen über ihr Gesicht, sah sich um und fügte hinzu: «Ein Albtraum.» Frieda goss warme Milch über den Kaffee, reichte Nasrin die Tasse und setzte sich neben sie auf den Diwan. «Konntest du schlafen?», fragte sie fürsorglich. Nasrin grinste schief: «Das, was dein Mitbewohner mir da eingeflößt hat, hätte wahrscheinlich auch ein Nilpferd narkotisieren können. Was ist der – Toxikologe?»

Frieda nickte, sie freute sich über den leichten Ton, den Nasrin anschlug.

«Das merkt man.»

«Was merkt man?» Quast stand, im weißen Hemd und einer Jeans, die Frieda noch nie an ihm gesehen hatte, in der Tür.

«Dass du dich mit dem Vergiften auskennst. Ich bin immer noch benebelt von dem Zeug, das du mir gestern gegeben hast.»

«Ich dachte mir, ich dosier das lieber großzügig.»

Frieda reichte Quast eine Kaffeetasse, und er setzte sich zu ihnen.

«Ein Albtraum», wiederholte Nasrin.

Da sie nicht wusste, was sie sagen sollte, fuhr Frieda fort, den Frühstückstisch mit allem zu beladen, was sie in den Schränken und im Kühlschrank fand, und das war nicht wenig.

«Kommt noch jemand?», fragte Nasrin nach einer Weile.

«Nein. Aber essen ist immer eine gute Alternative zum Reden», antwortete Quast, und Frieda dachte, dass sie doch kein so schlechtes Team waren.

Nach dem Frühstück, das sie nicht angerührt hatte, verschwand Nasrin im Bad. Als sie herauskam, trug sie eines von Friedas Kleidern. Quast fand sie atemberaubend. Selbst die Laufschuhe, die sie dazu anzog, konnten ihrer Makellosigkeit nichts anhaben. Sie hatte die Türklinke schon in der Hand, als Quast sich entschloss, Friedas warnende Blicke zu ignorieren und seine Frage doch noch zu stellen: «Was hast du gestern gemeint mit deiner Bitte?»

«Ich – ich wollte sagen, dass das, was passiert ist, eigentlich nicht passieren konnte. Ich meine, Kijan war topfit. Niemand, der so gesund ist, fällt einfach um und ist tot. Das gibt es nicht.» Nasrin stellte das sachlich fest, als bestünde kein Zweifel an dieser Tatsache, und Quast unterließ es, ihr zu erklären, dass so etwas natürlich immer wieder vorkam.

Stattdessen hakte er nach: «Und was heißt das?»

«Keine Ahnung. Jemand hat ihm etwas untergejubelt. Warum auch immer.»

«Oder er hat was Leistungssteigerndes genommen und sich verrechnet.»

«Glaub ich nicht. In Pharmakologie war er immer gut. Er hätte sich bestimmt nicht verrechnet, selbst wenn er etwas genommen hätte.»

«Aber das Dopen an sich traust du ihm zu?»

Nasrin zuckte unglücklich mit den Schultern. «Eigentlich nicht. Aber in letzter Zeit war er manchmal unberechenbar. Ja, vielleicht, vielleicht traue ich ihm das zu.»

Sie stand abrupt auf. «Ich muss jetzt gehen.» Sie raffte ihre Sachen zusammen, umarmte Frieda flüchtig, nickte Quast zu und verließ die Wohnung fast fluchtartig.

Als sie allein waren, fragte Frieda: «Was machen wir jetzt?», und Quast antwortete: «Abdecken», während er eine Lage Parmaschinken in das dafür vorgesehene Papier packte.

«Du weißt schon, was ich meine.»

«Klar.»

«Und?»

«Gib mir einen Tag. Dann reden wir noch einmal.»

Frieda wusste, dass es keinen Sinn hatte, auf einem Gespräch zu bestehen.

Es war neun Uhr, es war Sonntag, und ihr Bruder war tot. Nasrin trat auf die Straße und wusste nicht, wohin. Sie musste noch einmal versuchen, ihre Eltern anzurufen, am Vortag hatte sie niemand erreicht. Insgeheim war sie froh darüber gewesen, denn wie sollte sie erzählen, was geschehen war? Was waren die richtigen Worte für so eine Botschaft? Jetzt musste sie das schwere Gespräch führen und konnte es nicht. Noch nicht.

Unschlüssig stand sie auf der Straße vor Friedas Haus und zog ihr Handy heraus. Sie klickte das Adressbuch durch. Wer kam in Frage? Mit wem konnte sie das Telefonat führen, das sie für das Gespräch mit den Eltern bereit machen würde? Es dauerte lange, bis sie die Liste durchhatte, aber bei keinem der Namen stoppte sie. Es gab viele, mit denen sie sich jederzeit zum Kaffee oder auf einen Wein verabreden konnte, aber niemand, der nicht irritiert gewesen wäre, wenn sie am Sonntagvormittag verzweifelt an die Tür geklopft hätte. Unter all den Kollegen, Klubschwestern, alten Schulfreunden war keiner, der ihr nahestand. Die Unverbindlichkeit, die sie in den letzten Jahren zu schätzen gelernt hatte, war auf einmal bedrückend. Vielleicht hätte sie doch noch bei Frieda und Quast bleiben sollen? Schon hob sie die Hand, um zu klingeln, aber im letzten Moment nahm sie den Finger vom Knopf.

Immer wieder kamen Menschen in Tracht vorbei, zu zweit und in Gruppen, alle in Festtagslaune. Irgendwo in der Stadt war Wiesn. Nasrin machte sich auf den Weg zum Hohenzollernplatz, um den neugierigen Blicken auszuweichen, die sie im Vorbeigehen klebrig streiften.

Als ihr alter Lateinlehrer einmal erzählt hatte, dass sich die antiken Frauen in Trauer die Haare ausrissen, die Brust entblößten und unartikulierte Schreie ausstießen, hatte sie wie die anderen gekichert. Jetzt fielen ihr die Bilder ein, die sie sich damals vorgestellt hatte, und sie verstand. Viel lieber, als mit diesem dumpfen, valiumschweren Gefühl tatenlos herumzustehen, hätte sie sich das Gesicht zerkratzt und mit anderen laut gewehklagt. Aber sie lebte im einundzwanzigsten Jahrhundert, und sie war allein.

Am Hohenzollernplatz stieg sie in die U 2, am Sendlinger Tor wechselte sie in die U 1, und ehe ihr selbst klargeworden war, wohin ihr Instinkt sie brachte, stieg sie am Gerner U-Bahnhof aus und fuhr hinauf ans Licht.

Viel zu schnell stand sie vor dem schmucken alten Reihenhaus in der Magdalenenstraße und sah auf die Uhr. Halb zehn. Wieder lag ihr Finger eine Weile auf dem Klingelknopf, doch diesmal überwand sie sich. Drinnen ertönte ein melodischer Dreiklang. Jemand polterte die hölzerne Treppe hinunter. Mit der Hand griff sie über das grün lackierte Gartentor und öffnete es. Die Tür wurde aufgerissen, und ihr kamen die Tränen. Nur nicht weinen. Es gelang ihr zu lächeln, als ihr Neffe und ihre Nichte ihr entgegenrannten, in Lederhose und Dirndl, gestriegelt und geschniegelt. «Wir gehen auf die Wiesn!», schrie Franz, der Kleine. «Hallo, Nasrin!», schrie Lotti, die Große. Beide waren dunkel und schmal wie ihr Vater.

Nasrin umarmte die beiden gleichzeitig und musste erneut schlucken, als sie den Blick ihrer Schwägerin spürte.

Marita von Sydow stand im langen violetten Dirndl auf dem Treppenabsatz und schaute fragend. «Hallo, Nasrin», sagte sie, deutlich weniger enthusiastisch als ihre Kinder, «wir wollten gerade los.» Nasrin nickte und streichelte ihrer Nichte mechanisch über den Kopf. «Was für eine tolle Frisur du hast!» Lotti zupfte zufrieden an ihren Zöpfen. «Kommst du mit? Aber du brauchst ein Dirndl», sagte Max. Nasrin schüttelte den Kopf. Was sie zu sagen hatte, konnte sie vor den Kindern nicht sagen. «Ich müsste mit dir reden, Marita.»

Marita schien zu merken, dass etwas nicht stimmte, aber noch zögerte sie. «Jetzt?»

Nasrin nickte. «Allein, wenn es geht.»

Marita warf ihr einen Blick zu und schickte die Kinder in ihre Zimmer. Murrend trollten sich die beiden. «Komm doch rein», sagte Marita endlich.

Als sie am Küchentisch vor benutzten Tellern und Müslischalen saßen, sagte Nasrin ohne einleitende Worte: «Kijan ist tot.»

Maritas dralle Hand fuhr zu ihrer kunstvollen Hochsteckfrisur. Ihre Miene war unbewegt. «Was?»

«Kijan ist tot.»

Marita stand auf, die Nachricht war eingesickert, ihr Mund zuckte, ihre Augen weiteten sich. Langsam schüttelte sie den Kopf. «Nein», sagte sie nur.

«Doch. Gestern beim Isarlauf. Er ist umgefallen, und man konnte ihn nicht wiederbeleben. Sie sagen, es war ein Herzinfarkt, aber ich habe meine Zweifel.»

Marita setzte sich. «Warst du dabei?»

«Nein. Wir sind getrennt gelaufen, ich meine zehn, er die vollen zweiundvierzig Kilometer. Ich habe ihn nicht mehr lebend gesehen, und ich habe mich nicht verabschiedet.» Nasrin fühlte, wie ihr die Tränen über die Wange liefen. Hinter ihr öffnete sich die Küchentür. Marita schickte die Kinder wieder weg. Ihre Stimme war so entschieden, dass die beiden nicht zu widersprechen wagten.

Nasrin hatte sich endlich wieder im Griff und sah ihre Schwägerin an. Auf deren Gesicht spiegelten sich widersprüchliche Emotionen.

Nach der Trennung von Kijan hatten die beiden einen erbitterten Rosenkrieg geführt. Es ging ums Geld, um die

Kinder, um Enttäuschung, Liebe und Hass. Das Übliche. Nasrin hatte zu Kijan gehalten, als er von seiner Frau verlangte, dass sie schnell wieder zu arbeiten anfing. Schafften es andere nicht auch, Beruf und Kinder unter einen Hut zu bekommen? Marita, Vollblutmutter aus Überzeugung, hatte ihr das nie verziehen. Danach sah Nasrin die Kinder kaum mehr, und die Distanz, die immer schon zwischen den beiden Frauen bestanden hatte, wurde noch größer. Nasrin merkte, dass auch jetzt kein Weg mehr zueinander führte.

«Es tut mir leid, Nasrin», sagte Marita. «Für dich tut es mir leid und für die Kinder.» Sie unterbrach sich und sah Nasrin an, als fiele ihr erst jetzt auf, was Nasrin im Nachsatz angedeutet hatte. Mit einer gewissen Härte in der Stimme sagte sie: «Was sind das für Zweifel, die du hast?»

«Er war so fit, so gesund, und dann soll er so plötzlich –» Nasrin verstummte.

Marita starrte auf ihre Hände. «Keine Ahnung. Weiß ich nicht. Vielleicht hatte er einen Herzfehler, irgendwas, das nicht gefunden wurde.» Sie wischte einen Krümel vom Tisch und stand auf.

Nasrin erhob sich ebenfalls. Als Marita nicht weitersprach, sagte sie leise: «Ich würde mich um die Beerdigung kümmern, wenn du willst.»

«Ja, ich glaube, das ist besser.»

Als Nasrin wieder in der U-Bahn saß, war sie noch müder als zuvor.

Montag, 30. September

Quast hatte einen Entschluss gefasst. Die Symptomatik, die Frieda beschrieben hatte, passte nicht zu einem Herzversagen. Das Schwitzen, die Aggression, die roboterartigen Bewegungen, von denen Karl gesprochen hatte, irritierten ihn. Er wollte wissen, was geschehen war. Was für ein Stoff war dem Psychiater zum Verhängnis geworden, und warum hatte er ihn genommen?

Dass er nicht offiziell aktiv werden durfte, lag auf der Hand. Die neue Chefin hatte die internistische Abteilung der Eisbachklinik einen Monat zuvor übernommen, und es war eine ihrer ersten Amtshandlungen gewesen, Quast zu sich zu rufen und ihm freundlich und verbindlich klarzumachen, dass sie von ihm absolute Loyalität und Unauffälligkeit erwartete. Sprich: Sollte Quast noch einmal aus der Reihe tanzen, würde es Mittel und Wege geben, ihn vor die Tür zu setzen. Sie wusste, dass er vor einem Jahr einen gewaltigen Wissenschaftsskandal an der Eisbachklinik aufgeklärt hatte. Sie wusste auch, dass die Stelle, die sie nun innehatte, nur frei geworden war, weil Quast dafür gesorgt hatte, dass ihr Vorgänger seinen Posten räumen musste. Und sie war der festen Überzeugung, dass sie nur dann erfolgreich würde arbeiten können, wenn nichts Derartiges mehr passierte.

Man kennt rechtsmedizinische Abteilungen aus dem Fernsehen. Klinisch saubere, leere Kellerräume, zu denen nur der zuständige Arzt und der jeweilige Kommissar Zutritt haben. Die Toten sind ordentlich in gekühlten Schubladen abgelegt, alles läuft pietätvoll und ruhig ab.

Die rechtsmedizinische Abteilung der Eisbachklinik war anders.

Sie war in einem neobarocken Gebäude etwas abseits auf dem Klinikgelände untergebracht. Als Quast am nächsten Tag sein Rad vor dem «Lieferanteneingang» an der Rückseite des Gebäudes, durch den die Toten zur Sektion gebracht wurden, abstellte, schlug ihm schon der charakteristische Geruch nach Verwesung und Desinfektion entgegen.

Quast betrat den Eingangsbereich zeitgleich mit zwei Männern vom Hol- und Bringdienst, die gerade mit lautem Scheppern eine Rollbahre mit einem Toten über die Schwelle bugsierten. Während der Leichentransport auf den Lift wartete, durchschritt er eine Glastür und ging einen engen Gang in den Keller hinunter. Pathologische Abteilungen sind häufig im Keller zu finden, der konstant kühleren Temperaturen wegen.

An den Seiten des Gangs, der zum Sektionssaal führte, befanden sich weitere Bahren mit Leichen, die aus ganz Südbayern angeliefert worden waren und an diesem Tag obduziert werden sollten.

Von manchen hatte man die Leintücher bereits abgezogen. Quast ging an den toten Körpern vorbei, achtete kaum auf die wächsernen Gesichter, ignorierte die nackten Zehen, an denen Namensschilder hingen, und öffnete die Tür zum Sektionssaal. Barbarischer Gestank schlug ihm entgegen.

Quast war oft hier gewesen. Zuletzt hatte er an einer

Sektion teilgenommen, als er ein Stück aus der Leber eines mit Ricin Vergifteten benötigte. Dennoch konnte er sich an diesen Ort nicht gewöhnen. Er hatte einen Beruf gewählt, in dem es darum ging, zu heilen, Leben zu erhalten oder wenigstens die Lebensqualität Erkrankter zu verbessern. Hier wurde ihm die Vergeblichkeit seines Tuns brutal vor Augen geführt. Der Tod, der aus dem modernen Leben so effektiv verbannt worden war, zeigte sich hier emotions-, aber nicht geruchlos. Hinter diesen Mauern ging man tagtäglich mit ihm um, versuchte, ihn zu ergründen, ihm auf die Schliche zu kommen.

An diesem Ort gab es kein Mysterium. Es wurde untersucht, seziert und asserviert. Weit oben an der Wand stand der Satz: *Mortui vivos docent* – Die Toten lehren die Lebenden.

An drei Tischen wurde gearbeitet, man war hochkonzentriert bei der Sache. Pro Tisch wurde ein Toter seziert, je ein Arzt und ein Präparator standen vor einer Leiche. Über den Tischen hing jeweils ein Diktiergerät, in das immer wieder vorformulierte Sätze zur Sektion gesprochen wurden. Dazwischen tauschte man Fußballergebnisse und Kollegentratsch aus; es mischten sich übergangslos Satzfetzen aus der Welt der Lebenden mit den diktierten Fakten des Todes.

Neben den routinierten Ärzten standen blasse Polizeischüler, die ein Praktikum zur Abhärtung ableisten mussten, und junge Juristinnen, die aus ähnlichen Gründen hier waren.

Quast erkannte den Leiter der Abteilung, Gisbert Mayer, am mittleren Tisch. Gisbert war älter als Quast, ein untersetzter Mann, dessen Kittel über seinem Bauch so sehr spannte, dass er vorne kürzer zu sein schien als hinten. Wirre Haare umkringelten seinen Kopf wie ein weißer Heiligenschein; mit seinem rosigen Teint wirkte er nicht wie der Herr über die Toten, sondern eher wie ein wohlgelaunter Obstverkäufer.

In diesem Moment bemerkte Mayer Quast. Er ließ Tisch und Leiche zurück, streifte seine Handschuhe ab und begrüßte Quast erfreut. Quasts Spezialgebiet, die Toxikologie, faszinierte Mayer, der immer begierig darauf war, von den Kollegen der angrenzenden Wissenschaften etwas Neues zu lernen.

Er führte Quast durch das morbide Gewimmel in das Kämmerchen, das ihm als Büro diente, und bot ihm einen Platz an. Quast kam sofort zum Punkt. «Ich bin wegen einem Kijan von Sydow da, er war Psychiater bei uns. Habt ihr den schon gemacht?»

Mayer nickte. «Ja, aber wir haben nichts Besonderes gefunden. Auf dem Totenschein hieß es Herzversagen – wir haben es dabei belassen.»

«Bist du dir sicher?»

«Mei, was heißt schon sicher. Sicherheit gibt es nicht in dem Geschäft. Das weißt du doch selber.»

«Er hatte erstaunliche Symptome vor seinem Zusammenbruch. Er lief wie ein Roboter, hat geschwitzt, war aggressiv.»

Mayer lächelte Quast erfreut an. «Das klingt interessant. Gibt's schon eine These?»

«Eine Vergiftung wäre durchaus möglich, vielleicht auch Doping, Drogen vielleicht.»

Gisbert Mayer seufzte. «Quast, für eine toxikologische Untersuchung brauch ich die Genehmigung vom Staatsanwalt. Außerdem kostet das Geld, und du weißt ja, unser Budget … «

«Bitte, Gisbert. Probier's.»

«Ich kann mal nachfragen, aber ich seh schwarz. Auf dich kann ich mich ja schlecht berufen.»

Quast nickte. Seit den Ereignissen des letzten Jahres galt er in der Klinik als Nestbeschmutzer und bei der Staatsanwaltschaft, die ein Jahr zuvor die Ermittlungen im Mordfall Gabor Nader viel zu schnell eingestellt hatte, als Querulant.

«Gibst du mir Bescheid, wenn du was weißt?»

«Klar. Wenn du willst, mach ich ein kleines Drogenscreening. Das geht auch so.»

«Danke, Gisbert!»

«Immer wieder gern.»

Frieda sagte sofort zu, als Nasrin sie bat, am Abend mit in die Wohnung ihres Bruders zu kommen, um die Unterlagen, die für die Formalitäten notwendig waren, zu suchen. Sie war froh, irgendwie helfen zu können. Treffpunkt war der Rotkreuzplatz in Neuhausen.

Frieda wartete vor einem Kaufhaus, das um diese Zeit schon geschlossen war.

Eine beleibte Dame dengelte auf hochhackigen Stiefeln vorbei, einen winzigen Hund hinter sich herziehend. In der Hand hielt sie eine Waffel mit einem riesigen Turm aus pastellfarbigem Eis, der ebenso zu schwanken schien wie sie selbst.

In der Nähe setzte sich eine Rolltreppe surrend in Bewegung, und wenig später tauchte Nasrins schmale, dunkle Gestalt aus dem U-Bahn-Schacht auf. Mit einer flüchtigen Bewegung ihrer Hand deutete sie an, dass sie Frieda gesehen hatte. Sie lächelte nicht, ihre Lippen waren ein weißer Strich. «Danke fürs Mitkommen», sagte sie statt einer Begrüßung.

«Klar», antwortete Frieda, und sie liefen los, eine breite Straße entlang, die um diese Zeit wie ausgestorben war.

Nach wenigen Metern blieb Nasrin stehen und holte einen Schlüssel aus einem Seitenfach ihrer Aktentasche. Sie betraten ein dunkles Treppenhaus, stiegen einige Stufen zum Hochparterre hinauf und standen vor einer schmucklosen weißen Tür, in die ein Spion eingelassen war. Nasrin stieß hörbar die Luft aus, als sie noch einen Schlüssel hervorkramte und aufsperrte. Mit routiniertem Griff schaltete sie das Deckenlicht ein. Ein überdimensionierter Lüster tauchte den kleinen Vorraum in grelles Licht.

Nasrin öffnete eine Tür zur Linken und drückte erneut einen Schalter. Wieder erstrahlte ein Kronleuchter, noch größer als der erste. Sie standen im Wohnzimmer. Der Raum wurde von einer riesigen roten Couch beherrscht, die Böden waren mit Teppichen ausgelegt, auch die Wände waren mit Teppichen behängt. Schwere Samtvorhänge hingen vor den Fenstern.

«Kijan gefiel der Einrichtungsstil unserer Eltern, und er ist dabei geblieben», sagte Nasrin, als sie Friedas Ratlosigkeit bemerkte.

«Wer ihn nicht kannte, hätte nicht vermutet, dass er so wohnt», fuhr sie fort, «aber es passte zu ihm.»

Mit einer fahrigen Bewegung strich sie sich eine Strähne aus der Stirn, zog die Vorhänge zurück und öffnete ein quadratisches Kunststofffenster, das nicht zum opulenten Stil der Ausstattung passte. Kühle Nachtluft strömte in den stickigen Raum. Sie blieb stehen und starrte ins Dunkel.

Frieda holte einen seidenbespannten Hocker unter einem

Tisch aus Kirschbaumholz hervor und setzte sich. Es dauerte lange, bis Nasrin sich wieder umwandte. Ihr Gesicht war ausdruckslos, als sie Frieda ansah. Sie hatte ihre Haltung wiedergefunden. «Also, fangen wir an. Wir sind nicht zum Vergnügen hier.»

«Weißt du, wo er seine Sachen aufbewahrt?»

«Keine Ahnung.»

Nasrin glitt in den nächsten Raum, ihre Schritte verursachten kein Geräusch.

Das Schlafzimmer konnte Frieda schon nicht mehr überraschen: ein überdimensioniertes Messingbett, dessen Löwenfüße tief in den hochflorigen roten Plüschteppich einsanken, silber glänzende Bettwäsche, ein riesiger Goldspiegel an der Wand, ein Nachttisch in Neobarock, an einer Wand eine schwarz lackierte Truhe. Nasrin durchquerte mit schnellen Schritten den Raum und kniete sich hin. Mit beiden Händen stemmte sie den Deckel hoch, Daunenkissen quollen heraus. «Hier ist schon mal nichts.»

Sie schaute zu Frieda auf und kam mühsam wieder auf die Beine. Dann öffnete sie die Türen eines Einbauschranks und trat einen Schritt zurück. Frieda staunte: ein Anblick wie aus dem Katalog eines Einrichtungshauses. Ganz oben hing eine Reihe Anzüge, nach Schattierungen geordnet. Darunter ein Regal mit gestärkten Hemden, auch sie nach Farben sortiert, genauso die T-Shirts und Pullover. Alle Schuhe in der untersten Abteilung waren auf Hochglanz poliert. Wenn Kijan diesen Schrank selbst eingeräumt hatte, war er fast zwanghaft ordentlich gewesen. Wieder eine Facette seiner Persönlichkeit, die Frieda nicht vermutet hätte.

Nasrin schloss die Türen, schob einen schwarzen Samtvorhang zurück, der Frieda zuvor nicht aufgefallen war, und machte Licht. In der Nische dahinter stand ein kleiner Biedermeiersekretär. Das filigrane Stück bildete einen seltsamen Kontrast zum Pomp der restlichen Ausstattung des Apartments.

«Er hat sich das Ding nur gekauft, weil es ein Geheimfach hat. Kijan liebte Geheimnisse.» Frieda fiel plötzlich auf, dass Nasrin die gleiche Stimme hatte wie ihr Bruder. Ein rauchiges, dunkles Timbre, das schon für den zierlichen Psychiater zu sonor war, bei seiner grazilen Schwester aber noch überraschender wirkte.

«Willst du nachschauen, ob er irgendetwas deponiert hat?»

Nasrin zog eine große Schublade aus dem Möbelstück und fasste in die entstandene Öffnung. Als sie die Hand wieder herauszog, hielt sie einen Schuber zwischen den Fingern. Vorsichtig trug sie ihn zum Bett und setzte sich. Frieda folgte ihr zögernd.

«Als Kind hat er mich immer verprügelt, wenn ich an seine Sachen gegangen bin.» Nasrin strich zart über den Umschlag, der zuoberst lag, bevor sie ihn vorsichtig herausnahm. Er enthielt Bargeld, sonst nichts. Darunter kam eine Plastikmappe mit Krügerrand-Münzen zum Vorschein, dann ein rot lackiertes Kästchen, das auf kleinen goldenen Füßen stand. Es war verschlossen, der Schlüssel aber war mit einem Klebestreifen unter dem Boden befestigt. Nasrin wog die Schatulle in der Hand und nickte. «Hier ist die also. Sie hat unserer Großmutter gehört. Nach ihrem Tod haben wir sie überall gesucht, konnten sie aber nicht finden. Wir haben schon die Putzfrau verdächtigt.»

Vorsichtig zupfte sie den Schlüssel ab, schob ihn in das winzige Schloss, öffnete die Schatulle und hielt gleich darauf einen Stoß Fotos in der Hand. Langsam blätterte sie die Bilder durch. Frieda konnte erkennen, dass es sich um Abbildungen von Frauen handelte. Alle Fotos waren unterbelichtet, so als seien sie im Halbdunkel ohne Blitz aufgenommen worden.

«Ist das so etwas wie eine Trophäensammlung?» Schon während Frieda sprach, bereute sie ihre Worte.

Nasrin sah sie mit einem finsteren Blick an und ließ ihre Hand mit den Bildern in ihren Schoß sinken. Dann legte sie den Stoß vorsichtig in das Kästchen zurück, schloss es ab und steckte den Schlüssel sorgfältig in ihre Handtasche. «Ich hätte dich nicht mitnehmen sollen, Frieda», sagte sie leise und stand auf. «Ich hätte das alleine machen sollen. Bist du mir böse, wenn –»

Frieda biss sich auf die Lippe und stand zögernd auf. Warum konnte sie nicht einmal den Mund halten? Welcher Teufel ritt sie? «Meinst du nicht, ich kann dir –», setzte sie an.

Nasrins Blick blieb verschlossen.

Frieda griff nach ihrer Tasche und wandte sich zum Gehen. «Klar. Kein Problem. Ruf mich einfach an, wenn ich dir helfen kann.»

Nasrin blieb sitzen, während Frieda leise die Wohnung verließ.

Frieda fuhr durch den Olympiapark nach Schwabing zurück. Leise surrten ihre Reifen auf dem glatten Asphalt, der im Kegel ihres Frontstrahlers grau vorbeizog. Kaum jemand war um diese Zeit unterwegs, die weitläufigen Rasenflächen lagen verlassen da. Nur hin und wieder kam ihr ein eiliger Radfahrer entgegen. Die Luft war schon feucht, es roch modrig, als sie am Olympiasee vorbeiglitt. Frieda schauderte, als sie an die Stelle kam, an der Kijan kollabiert war. Die Stadtreinigung hatte ganze Arbeit geleistet, nichts erinnerte an die Ereignisse von Samstag. Gern wäre sie abgestiegen, aber das fahle Mondlicht, die Stille und die Kälte ließen sie weiterstrampeln.

Ihre Gedanken kreisten im Rhythmus ihrer Tritte. Was war das gewesen, in der Wohnung dieses Toten? Noch immer ärgerte sie sich über ihre Taktlosigkeit. Es war nicht schön, in die Wohnung von jemandem einzudringen, der vor einer Woche noch gelebt hatte. Tote waren wehrlos. Frieda stellte sich fremde Hände vor, die in ihren eigenen Sachen wühlten, ihre Aufzeichnungen durchsahen, ihre Wäsche berührten, ihre Fotos durchblätterten. Was würde man nach ihrem Tod finden? Was für ein Bild von ihr würde in den Köpfen derer entstehen, die ihren Nachlass aufzulösen hatten? Würde ihre Habe Rätsel aufgeben? Eher nicht. Sie würde als ordentliche, etwas langweilige junge Frau durchgehen, so jedenfalls dachte sie. Aber was bedeuteten die Bildnisse dieser schlafenden Frauen? Hatte Sydow so seine Affären dokumentiert? Waren sie während seiner Ehe entstanden oder danach? Wussten die Frauen von den Bildern? Wohl kaum.

Frieda schwirrte der Kopf, als sie in der Elisabethstraße ankam. Enttäuscht stellte sie fest, dass Quast nicht da war. Heute hätte sie gern mit ihm zusammen ein Bier getrunken.

Mittwoch, 2. Oktober

Quast zuckte zusammen, als es klopfte.

Er lag auf seinem Sofa im Keller der Eisbachklinik; neben ihm standen sein Mittagsespresso und ein Tässchen mit Papierschnipseln, die er in der morgendlichen Frühbesprechung zu kleinen Häkchen gefaltet hatte. Mit einem Haushaltsgummi schnalzte er die Minigeschosse in einen Papierkorb, der mitten auf seinem Schreibtisch stand.

Bei einer endlosen Sitzung hatte er einmal neidisch einen jungen Kollegen beobachtet, der unter dem Tisch ein Handyspiel geöffnet hatte, bei dem mit Vögeln auf gestapelte Kisten geschossen wurde. Damals hatte er sich zum ersten Mal überlegt, ob er sich nicht doch ein Smartphone kaufen sollte. Da dies jedoch seiner Grundeinstellung vollkommen zuwiderlief, behalf er sich mit diesem kleinen analogen Spaß.

Seufzend stopfte Quast den Gummi in seine Hosentasche, stand auf und suchte nach seinen Schuhen, die unter das Sofa gerutscht waren. Er kniete in Strümpfen auf dem Boden, als die Tür sich öffnete. Jemand schob sich durch den Spalt. «Hallo, Quirin, störe ich?»

«Natürlich!», wollte Quast sagen, kam aber nicht dazu, da Nasrin Hamemi schon in ihrer ganzen Schönheit vor ihm stand und ihm die Hand hinhielt, um ihm aufzuhelfen. Er rappelte sich hoch.

«Jemand auf deiner Station meinte, ich könnte dich hier finden.» Quast nickte.

«Ich möchte mich eigentlich nur bedanken. Ihr wart sehr nett zu mir.»

Quast fragte sich, ob sie sich ihr dunkle Stimme erraucht oder ob sich die Natur einen Scherz erlaubt hatte.

Die Besitzerin der erotischen Stimme ließ sich inzwischen auf der vordersten Kante seines Sofas nieder. Sie war noch immer blass.

Quast räumte einen Stapel Zeitschriften von dem Sessel, der ihm als Couchtisch diente, und setzte sich ebenfalls. Schließlich gab Nasrin sich einen Ruck. «Hast du gestern Abend mit Frieda gesprochen?»

«Nein. Ich bin spät heimgekommen. Da war sie wahrscheinlich schon im Bett.»

Nasrin rutschte unruhig auf dem Sofa herum. «Sie hat mich gestern in Kijans Wohnung begleitet – und der Abend ist ungut zu Ende gegangen.»

Quast kramte nach dem Gummi in seiner Hosentasche, spannte ihn und schnipste ein Häkchen in Richtung Papierkorb. Daneben. «Ach so?»

Nasrin sah ihn irritiert an. «Wir wollten nur die Unterlagen für die Bestattung suchen, aber wir haben etwas anderes gefunden.»

Nasrin schaute einem weiteren Papiergeschoss nach, das diesmal auf dem Schreibtisch landete. «Ich hatte mit so etwas nicht gerechnet und habe Frieda ziemlich harsch gebeten zu gehen. Das hat sie auch getan, und jetzt habe ich ein schlechtes Gewissen.»

Quast ließ seinen Gummi sinken. «Was habt ihr gefunden?»

«Fotos.»

«Was für Fotos?»

«Fotos von Frauen.»

«Nackten Frauen», konstatierte Quast.

«Nein, nein. Einfach Frauen. Von schlafenden Frauen.»

«Ja, und?»

«Die Bilder waren in einer versteckten Schatulle. Als Frieda dann einen ihrer trockenen Kommentare abgab, hab ich überreagiert.»

«Was hat sie denn gesagt?»

«Sie hielt es für eine Trophäensammlung.»

Er zuckte mit den Schultern. «Da könnte sie doch recht haben.»

Nasrin fuhr sich nervös mit der Hand durch die Mähne.

«Die Fotos sind – eigenartig. So, als hätte er sie heimlich gemacht.»

«Hat er wahrscheinlich auch.»

«Ja. Aber ich kann mir nicht vorstellen, dass er so etwas tun würde. Wie ich mir auch nicht vorstellen kann, dass er so viele Affären hatte.»

Quast beschloss, nicht weiter in sie zu dringen, und begab sich auf sicheres Terrain. «Von wann sind die Fotos, stand das auf den Abzügen?»

«Ja. Sie reichen ein paar Jahre zurück.»

«Also sind auch einige davon entstanden, als er noch verheiratet war.»

Nasrin nickte. Sie tupfte sich die Augen und stopfte das Taschentuch in ihren Ärmel, eine altmodische Geste, die Quast lange nicht mehr gesehen hatte. Er griff zu seinem Gummi und verwackelte den nächsten Schuss.

Nasrin zupfte das Taschentuch wieder heraus, richtete

sich auf und sagte leise: «Das ist noch nicht alles. Ich, ich glaube, ich kenne zwei der Frauen.»

Quast hob eine Braue.

Nasrin schluckte. «Ich bin mir nicht ganz sicher. Vielleicht täusche ich mich auch.» Sie verstummte.

Quast räusperte sich und fragte sehr behutsam: «Woher?»

Zum ersten Mal sah Nasrin Quast ins Gesicht. «Ich bin in einem Frauenclub. Vielleicht hast du davon gehört: der Athena-Club. Wir sind karitativ tätig, es geht aber auch ums Netzwerken. So etwas wie Lions, nur für Frauen.»

Quast glaubte etwas in der Richtung in der Zeitung gelesen zu haben. Er stellte sich ein Mittelding zwischen Häkelclub und literarischem Salon vor. Was Nasrin in so einem Schnepfenverein wollte, war ihm nicht klar.

«Bizarr», rutschte es ihm heraus.

Nasrin runzelte die Stirn. «Ich habe ihn ein paarmal zu Veranstaltungen mitgenommen, um ihn nach seiner Scheidung aufzumuntern. Aber ich wusste nicht –» Sie ließ die Worte im Raum stehen.

«Was?»

«Dass er da Kontakte gepflegt hat. Er hat nie etwas erwähnt, und auch niemand aus dem Club hat mit mir über ihn gesprochen.»

Quasts nächster Schuss traf mitten ins Ziel. «Hast du irgendeine Erklärung dafür, Nasrin?»

Nasrin zuckte mit den Schultern. «Nein, überhaupt nicht. Ich bin verwirrt. Ich verstehe all das nicht. Und ich bin so müde.»

Quast legte den Gummi beiseite. «Hast du die Fotos dabei?»

Sie schüttelte den Kopf.

«Willst du, dass wir sie uns mal in Ruhe ansehen?»

Als Quast Nasrins dankbares Lächeln sah, wurde ihm warm ums Herz.

Als Frieda aus der Klinik kam, sah sie Quast wartend auf einer der Parkbänke vor dem Hinterausgang sitzen. Er winkte ihr schon von weitem, steckte den Artikel, in dem er gelesen hatte, weg und sprang auf.

Wenig später saß sie ihm vor dem Atzinger im Schatten gegenüber. Um sie herum geschäftiges Feierabendtreiben: flatternde Sommerkleidchen auf Rädern, Studienmaterialien unter nackten Armen, Hunde an Leinen. Drüben in der News Bar trank man Spritz, auf dieser Seite der Amalienstraße Bier.

«Deshalb war sie so komisch.» Frieda säbelte an ihrer Currywurst herum. «Sie hat die Frauen erkannt und befürchtet jetzt, dass er sich durch ihren Club gevögelt hat.» Frieda mochte ihren eigenen Tonfall nicht.

Quast klaute ihr ein Pommes vom Teller und schwieg. Dann sagte er sanft: «Ich glaube, sie weiß überhaupt nicht, was sie denken soll. Ich kann das schon nachvollziehen.»

Natürlich hatte er recht. Frieda bemühte sich um eine versöhnlichere Stimmlage. «Ja, ich auch, eigentlich, aber ich bin mir nicht sicher, ob ich da wirklich hineingezogen werden will.»

«Sie ist deine Freundin.»

«Ja, schon.»

«Sie hat uns um Hilfe gebeten.»

«Dich, nicht mich.»

«Sie hat sich nicht getraut, dich direkt zu fragen, nach ihrem Auftritt gestern.»

«Willst du dir nicht vielleicht selbst Pommes bestellen?»

Quast zog seine Hand, die sich schon wieder ihrem Teller genähert hatte, beleidigt zurück.

«Sie hat dich gefragt, weil du Toxikologe bist.»

«Und dich, weil sie glaubt, dass du für sie da bist.»

«Also, was machen wir?»

«Am besten wäre es, wenn der Staatsanwalt der toxikologischen Untersuchung zustimmen würde. Wenn da was gefunden wird, schaltet sich die Polizei ein, und wir sind raus aus der Sache.»

«Und wenn nicht?»

«Wenn nicht, überlegen wir uns etwas anderes.»

Bei diesen Worten stutzte Frieda. Etwas anderes.

Sie hatte schlecht geschlafen in den letzten Nächten. Immer wieder durchlebte sie im Zustand zwischen Wachen und Schlaf die Situation, in der sie untätig neben Kijan stand. Kijan, der wenig später tot war. Immer wieder überlegte sie, was sie hätte besser machen können, ob sie, ob Quast, ob irgendjemand den Mann hätte retten können.

Die Gedankenmühle drehte sich, Bilder, Gedankensplitter, Ahnungen. Sie war gefangen in einer Endlosschleife, bis ihr plötzlich etwas an dem Bild auffiel.

Erst jetzt, bei Quasts Worten, kam ihr wieder in den Sinn, was das gewesen war.

Sie räusperte sich. «Du, Quast, mir ist noch etwas eingefallen.»

Quast schob seinen Teller beiseite. «Und zwar?»

«Als Kijan kollabiert ist und du dich geweigert hast einzugreifen», sie machte eine wirkungsvolle Pause, aber Quast reagierte nicht, «da bin ich doch hingegangen.»

Quast setzte eine sehr geduldige Miene auf.

«Ich habe ihn doch gesehen, da mitten auf der Straße. Er hat wie wild um sich geschlagen und fast den Sanitäter getroffen – mit so einer klobigen Uhr aus Plastik. Ziemlich hässliches Teil.»

Quast schien sie sofort zu verstehen. «Eine Pulsuhr?»

«Ja, vielleicht. Es gibt doch jetzt diese Selbstoptimiereruhren. Die überwachen deinen Lebensstil, wie viel du schläfst, ob du dich genügend bewegst.»

«Ob du regelmäßigen Stuhlgang hast und ausreichend Sex», ergänzte Quast.

«So in etwa.» Frieda grinste.

Ein Lächeln huschte über Quasts Gesicht. «Das würde zu Sydow passen, klar.»

«Und wenn da wirklich ein Pulsmesser dran war und im günstigsten Fall auch ein Chip –»

«Könnten wir sehen, was da los war, wie die Pulsfrequenz war und so weiter.»

Frieda nickte. «Soll ich Nasrin fragen, ob sie sie vom Krankenhaus bekommen hat?»

«Tu das.»

Und dann fragte sie ihn doch: «Hast du eigentlich ein schlechtes Gewissen, weil du nicht hin bist, als von Sydow zusammengebrochen ist?»

Quast kaute an einem weiteren Pommes. «Nein. Natürlich nicht. Ich würde es genauso wieder machen. Ich hätte auch nicht mehr ausrichten können als die Sanis.»

Frieda wurde nicht schlau aus Quast.

Sie schwiegen. Schließlich lächelte Frieda. «Okay,

Schwamm drüber. Wir warten jetzt einfach mal ab. Und dann sehen wir weiter.»

Quast hob sein Glas. Sie hob ihres. Leises Klirren.

Erneutes Schweigen.

Mittwoch, 9. Oktober

Am zweiten Tag nach der Obduktion war Quast unruhig geworden und hatte wider besseres Wissen zum Telefonhörer gegriffen.

Im Laufe des Gesprächs mit dem Staatsanwalt war die distanzierte Kühle, mit der sich der Jurist Quasts Schilderung der letzten Minuten des kollabierten Marathonläufers anhörte, einer eisigen Kälte gewichen, die über die übliche Wortkargheit bayerischer Beamter hinausging.

Während Quast mühsam versuchte zu retten, was nicht zu retten war, begriff er, dass dem Mann die Verbindung zwischen dem Anrufer und jenem Toxikologen, der im letzten Jahr einen Chefarzt eines dreisten Wissenschaftsbetrugs bezichtigt hatte, klargeworden war.

Der Klinikleiter hatte damals Forschungsergebnisse manipuliert, um an Drittmittelgelder zu kommen. Als dies publik wurde, musste er zwar seinen Posten in der Eisbachklinik räumen, man bemühte sich jedoch, die Sache möglichst zu vertuschen. Quast, der die Untersuchung ins Rollen gebracht hatte, galt seither als Querulant.

Wenn der Staatsanwalt je vorgehabt hatte, einer toxikologischen Untersuchung des Urins zuzustimmen, hatte er während des Gesprächs seine Meinung geändert.

Mit seinem Anruf hatte Quast die einzige Chance auf eine legale Möglichkeit, in Besitz des Urins zu kommen, verspielt. Wütend auf sich und wütend auf die Welt legte er auf.

Da seine Stimmung ohnehin ihren Tiefpunkt erreicht hatte, griff er ergeben seufzend nach seinem Aufnahmegerät und begann die Arztbriefe, um die er viel zu lange einen viel zu weiten Bogen gemacht hatte, zu diktieren.

Im Laufe seiner Dienstjahre waren seine Formulierungen immer kürzer geworden. Inzwischen gelang es ihm, fast jede Krankengeschichte in wenigen, prägnanten Sätzen abzuhandeln.

So wanderte Akte um Akte vom rechten Schreibtischende zum linken.

Als der Erledigt-Stapel höher war als der Unerledigt-Stapel, war sein Kopf frei, seine Zunge jedoch trocken.

Er sah auf die Uhr: 18.50 Uhr. Noch zehn Minuten war im Patientencafé ein Bier und vielleicht auch etwas Essbares zu bekommen.

Nach einer kleinen Stärkung war vermutlich auch noch der Rest des Papierbergs zu bewältigen. Allein die Vorstellung, der ewig vorwurfsvollen Sekretärin den ganzen Aktenhaufen triumphierend auf ihren ewig aufgeräumten Schreibtisch werfen zu können, ließ Quast beschwingt zum Geldbeutel greifen und aufspringen.

Er verließ gerade die Cafeteria, als er Gisbert Mayer inmitten einer größeren Kollegenschar zum Haupteingang eilen sah.

Quast nahm an, dass man zur Verbesserung des Betriebsklimas gemeinsam essen ging, womöglich sogar auf Chefkosten, und schüttelte den Kopf. Er hielt wenig von teambildenden Maßnahmen, seiner Erfahrung nach wurden aus Haifischen keine Delfine, nur weil man sie fütterte. Nicht ahnend, wie falsch er mit seiner Vermutung lag, ließ er die Bierflasche in der einen und die Breze in der anderen Kitteltasche verschwinden und sah dem Grüppchen versonnen nach.

Mayer schien tatsächlich die ganze Belegschaft geschlossen bei sich zu haben, und das sprach aus Quasts Sicht durchaus für den Rechtsmediziner.

Für Mayer sprach auch, dass er wie versprochen ein kleines inoffizielles Drogen-Screening bei Sydow durchgeführt hatte – wie befürchtet ohne Ergebnis.

Als Mayer Quast dies tags zuvor mitgeteilt hatte, hatte er zugleich klargestellt, dass er zu mehr nicht bereit war.

Während Quast am Ausgang der Cafeteria stand und Mayers Entourage hinterherblickte, kehrte sein Grimm unversehens zurück. Polizei und Staatsanwaltschaft würden nicht tätig werden. Die Leiche war freigegeben. Man würde sie abholen und vermutlich verbrennen. Mit ihr würde der Schlüssel zu dem Geheimnis, das Quast umtrieb, in Flammen aufgehen.

Quast war nicht gewillt, dies zuzulassen.

Er schlug die Richtung ein, aus der Mayer gekommen war, verließ das Hauptgebäude und überquerte einige menschenleere Höfe, bis er vor dem Bau der Rechtsmedizin innehielt, der sich etwas abseits unter herbstlich gefärbten Bäumen befand.

Dann beschleunigte er seine Schritte und gab seinen Bewegungen etwas Planvolles, Selbstverständliches. Er sprang die Freitreppe zum ornamental verzierten Hauptportal empor und versuchte, die schwere Metallklinke herabzudrücken. Vergeblich.

Schließlich umrundete er das dunkle Gebäude, doch auch

am Hintereingang hatte er kein Glück: Der Aluknauf ließ sich nicht bewegen.

Inzwischen dämmerte es. In manchen Räumen des Vorderhauses hatte man Licht gemacht. Eine Laterne, ganz im neobarocken Stil des Gebäudes, ging an.

Quast setzte sich auf eine schmiedeeiserne Bank und fischte nach seiner Breze – ein erschöpfter Arzt, der eine Pause im Freien einlegt. Die Bierflasche ließ er in der Kitteltasche.

Das Gemäuer vor ihm blieb dunkel. Nicht einmal auf den Gängen war Licht. Die Toten waren allein.

Die letzten rötlich blauen Schlieren am Himmel ergrauten langsam; im künstlichen Licht der Laterne schimmerten die Gelb- und Rottöne des Ahorns. Die Temperatur sank schnell. Er fröstelte. Wind kam auf.

Während er langsam das Salz von der Breze rieb, schaute er auf das Gebäude. Die dicken Mauern mit ihren Vorsprüngen und Verzierungen schienen unüberwindbar. Quast ließ seinen Blick von Fenster zu Fenster, von Ornament zu Ornament wandern. Er konzentrierte sich.

Alles war dunkel, doch plötzlich nahm er aus dem Augenwinkel eine helle Bewegung am Fuß der Freitreppe, die ins Hochparterre führte, wahr. Er erstarrte. Um sich zu beruhigen, biss er in die Breze; das Krachen seiner Zähne im Gebäck ließ ihn zusammenzucken. Erneut bewegte sich etwas Weißes neben den Stufen zum Hauptportal. Quast kniff die Augen zusammen und versuchte, den Punkt zu fixieren. Was er einen kurzen irrationalen Moment lang tatsächlich für einen weißen Spuk gehalten hatte, war eine Jalousie, die sich im Luftzug bewegte. Quast lehnte sich zurück, streckte die Beine von sich und atmete bewusst ein und aus. Seine Fingerspitzen prickelten, seine Atmung beschleunigte sich, der Adrenalinspiegel stieg. Ein Gedanke, den er verdrängt hatte, wurde plötzlich konkret. Beängstigend konkret.

Das Gebäude der forensischen Medizin der Eisbachklinik verfügte über weite Kellerfluchten. Im Zentrum des Baus befand sich der Sektionssaal. Quast glaubte sich zu erinnern, dass es unter der Decke der vier Meter hohen Halle Fenster gab, die jedoch durch Jalousien verdeckt wurden.

Er holte die Bierflasche aus seiner Kitteltasche und stellte sie unter die Bank, die Breze hängte er nach einem letzten Biss an den Flaschenhals.

Er richtete sich auf, sah sich kurz um und war mit wenigen schnellen Schritten an der Stelle, die ihm aufgefallen war. Tatsächlich hatte jemand ein Oberlicht weit aufgemacht und die Jalousie davor herabgelassen. Die typischen Gerüche des Ortes strichen unangenehm um seine Nase. Er schob zwei Finger zwischen die Lamellen, spähte durch den Schlitz und wartete, bis sich seine Augen an die Dunkelheit gewöhnt hatten. Schemenhaft erkannte er weit unten die stählernen Untersuchungstische, alles war ruhig. Er holte tief Luft, schätzte die Höhe des Raumes ab, schob seine Füße unter der Jalousie durch, drehte sich um und lag mit der Hüfte auf dem Fensterbrett. Er musste sich nur an den Händen abwärtsgleiten lassen und springen. Zeit für Überlegungen hatte er nicht, wenn jetzt jemand auf den Hof trat, wäre er in Erklärungsnöten. Langsam ließ er sich hinab, bis ihm die Aluminiumkante des Fensterrahmens schmerzhaft in die Finger schnitt. Noch einmal sah er hinunter. Tiefe Schwärze, der Boden war im Dämmerlicht kaum auszumachen. Er musste sich ins Nichts fallen lassen.

Kurz sah er sich selbst verletzt im Sektionssaal liegend, dazu verdammt, die Nacht an diesem Ort zu verbringen und am Morgen mit einer Begründung aufwarten zu müssen. Hatte er sein Handy? Es war zu spät, das zu überprüfen. Seine Oberarmmuskeln zitterten, er spürte jedes Kilo. Die Jalousie schepperte ohrenbetäubend. Sein Fall dehnte die Zeit.

Er fand sich hockend am Boden wieder und horchte ins Dunkel. Weit oben schwang metallen die Jalousie nach. Ansonsten Stille. Vorsichtig betastete er seine Beine. Kein stechender Schmerz, alles schien in Ordnung zu sein. Mühsam rappelte er sich auf. Wo war sein Handy? Im Kittel: nichts, in der Brusttasche: auch nichts. Fast panisch tastete er weiter, bis er es schließlich in seiner Hosentasche fand.

Düsternis und der süßlich-scharfe Duft des Todes umgaben ihn, über allem ein Hauch Formaldehyd.

Erdrückende Stille herrschte in dem Raum, den er nur in hektischer Betriebsamkeit kannte. Die drei Arbeitsplätze waren verwaist. Er war schon oft hier gewesen, ohne große Regungen jenseits des wissenschaftlichen Interesses. Die nächtlich-dunkle Ruhe dieser Halle aber, in der in den letzten hundert Jahren viele tausend Menschen, die meisten unter ungeklärten Umständen zu Tode gekommen, seziert worden waren, ließ ihn schaudern. Er spürte eine Beklemmung, die er sich nie zugetraut hätte. Er musste sich zusammenreißen. Krankheit war sein Metier, der Tod gehörte zu seinem Job.

Er hatte seinen Entschluss so schnell gefasst, dass er weder Laborröhrchen noch Spritze mitgenommen hatte. So etwas sollte es hier zur Genüge geben. Die Frage war nur, wo.

Froh darüber, ein Ziel zu haben, tastete er sich durch den Saal und stand vor dem Rollschrank, in dem er die Untersuchungsmittel vermutete. Dann zog er im Halbdunkel wahllos Schublade um Schublade auf. Das Rollen und Klappen der Schübe dröhnte durch den Raum. Mit zittrigen Händen arbeitete er sich tastend durch die Fächer, versuchte den Lärm, den er machte, auszublenden, bis er Spritze und Probenfläschchen gefunden hatte. Erleichtert ließ er die Beute in seine Kitteltasche fallen.

War da ein Knirschen vor dem geöffneten Fenster? Er erstarrte. Nein, nichts. Seine überreizten Sinne spielten verrückt.

Quast vermutete den Laborschrank in einer Nische am anderen Ende des Saales. Der Durchgang war ein schwarzer Fleck im Grau.

Er lauschte ins Dunkel, wieder glaubte er draußen etwas zu hören, dann erneut Stille. Nur das Rascheln seiner Kleidung und das leise Quietschen seiner Sohlen. Auf halbem Weg ließ ihn erneut ein kaum wahrnehmbares Geräusch innehalten. Er hielt die Luft an: Eine Windböe drückte die Jalousie in den Raum. Licht von draußen wurde reflektiert. Er blendete das leise Klappern aus, um seinen archaisch-dunklen Ängsten keine weitere Nahrung zu geben, und schlüpfte in die Nische. War es im Saal dunkel gewesen, umgab ihn hier reine Schwärze. Er kramte sein Handy heraus und versuchte, sich in dessen bläulich blassem Schein zu orientieren. Tatsächlich, da waren die Asservatenschränke.

Er hoffte inständig, dass Mayer den Urin noch nicht verworfen hatte, und öffnete die erste Tür. Er leuchtete mit dem Handy, entzifferte die Beschriftungen, zog Schübe heraus und versuchte, die Logik des Systems zu durchschauen.

Endlich fand er, was er suchte. Das Glasbehältnis war sauber beschriftet, die Flüssigkeit würde ausreichen. Vorsichtig stellte er das Gefäß auf eine Arbeitsplatte, während er nach seinen Utensilien kramte. Dann steckte er sich das Handy in den Gürtel vor den Bauch, sodass es seine Hände beleuchtete, drehte den Deckel des Fläschchens ab, zog den Urin auf die Spritze und achtete darauf, dass ein Rest übrig blieb. Niemand würde Verdacht schöpfen. Er befüllte das Gefäß, das er entwendet hatte, und verschloss es vorsichtig.

Im Lichtkegel des Telefons räumte er sorgfältig alles weg, schloss den Schrank, richtete sich auf, verließ die Nische – und erstarrte. In der Dunkelheit vor ihm schwebten zwei kleine helle Quadrate. Quasts Herz schlug dröhnend, das Blut rauschte in seinen Ohren. Es dauerte zu lange, ehe er verstand: Im Flur vor der Sektionshalle hatte jemand Licht gemacht. Bevor Quast einen klaren Gedanken fassen konnte, näherten sich Stimmen. Die Doppeltür flog auf, die Deckenbeleuchtung wurde eingeschaltet, und ein Schwall plaudernder Menschen ergoss sich in den Sektionssaal.

Mayer schritt im Kittel voran. Der Rechtsmediziner stutzte kurz, als er den zerknitterten Quast mit seinen weiten Pupillen erblickte, fasste sich jedoch schnell und rief: «Ja Herr Kollege, noch bei der Arbeit!» Nichts an seinem Verhalten ließ Irritation erkennen.

Quast rief zurück: «Dem Fleißigen schlägt keine Stunde.» Schnell steckte er die eine Hand mit dem Fläschchen in seine Kitteltasche, mit der anderen zog er das Handy aus dem Gürtel. Er glaubte ein Blinzeln im Auge des Rechtsmediziners zu erkennen.

Gisbert Mayer wandte sich an die Leute, die sich inzwischen um ihn geschart hatten und Quast neugierig fixierten: «Hier sehen Sie unseren großen Sektionssaal. Den Ort, an dem wir unser Handwerk, die kalte Chirurgie, ausüben.»

Ein wohliger Schauer ging bei seinen Worten durch das Publikum. Erst jetzt sah Quast, dass viele Besucher ein Buch in Händen hielten: «Gisbert Mayer: Der kalte Schnitt. Aus dem Leben eines Rechtsmediziners.» Er sah die Leute an, sah, wie sie ehrfürchtig mit einem Finger über die Stahltische fuhren und vorsichtige Blicke zu den Fächern warfen, in denen sie die Leichen vermuteten.

Ein gemischtes Trüppchen hatte sich hier versammelt. Es gab Nerd-Brillen und Kassengestelle, Schnauzer und Hipster-Bärte, Sakkos und ausgeleierte Poloshirts, Pumps und Sneakers. Tod und Gewalt interessierten alle.

Quast war gespannt, was jetzt passieren würde. Würde Mayer zum allgemeinen Gaudium eine Kostprobe seines Könnens an einer Leiche seiner Wahl oder gar an einer Kandidatin aus dem Publikum geben?

Was die Leute hertrieb, verstand er natürlich. Das Sterben, das immer ein konkreter Teil des menschlichen Lebens gewesen war, fand heute weit weg in Krankenhäusern, Hospizen und Heimen statt. Der Tod, eine Macht, mit der jeder zu rechnen hatte, war abstrakt geworden und in die Ferne gerückt.

Diese Leute hier waren gekommen, um einen näheren Blick zu erhaschen.

Waren sie enttäuscht oder erleichtert, dass keine Leichen herumlagen? Trieb sie das Unbehagen über ihr tägliches Verdrängen her oder die Lust am Grusel?

Mayer hatte sich neben einer Bahre wirkungsvoll mit einem Tablett platziert, auf dem Pinzetten, Scheren, Skalpelle und Sägen ausgelegt waren. Launig erzählte er von seinem Geschäft. Es sei davon auszugehen, sagte er, dass sechzig Prozent der Sektionsdiagnosen in irgendeiner Form von der ursprünglichen Diagnose abwichen. Durchschnittlich zwanzig Prozent der Ausgangsdiagnosen seien vollkommen verkehrt. Ein hoher Prozentsatz, der zeige, welch wichtiges Mittel der Qualitätskontrolle die Untersuchung *post mortem* sei.

Quast befühlte das Röhrchen in seiner Tasche. In dieser Hinsicht gab er Mayer recht. Er hatte eine lange Nacht vor sich.

Als sich die Gruppe in Bewegung setzte, um zur Lehrsammlung der Abteilung weiterzugehen, nutzte Quast die Gelegenheit und drängelte sich an der Gruppe vorbei in Richtung Ausgang. Als er an Mayer vorbeikam, raunte dieser ihm zu: «Egal, was Sie hier getrieben haben, im Zweifel decke ich Sie nicht.»

Donnerstag, 10. Oktober

Zwiebelduft lag in der Luft. Frieda stieg die ausgetretenen Holzstufen in den vierten Stock hinauf, gespannt, welche Nachricht Quast ihr mit einer weiteren kalorienvergessenen Schlemmerei versüßen wollte. Solange sie hier wohnte, war an Diät nicht zu denken. Egal.

Oben warf sie ihre Tasche in die Garderobe, schnüffelte noch einmal und ging in die Küche.

Quast hatte ein Fenster aufgerissen, die letzten Abendstrahlen der Herbstsonne fielen in staubdurchwirbelten Streifen herein. Das Wirrwarr aus Antennen und Kaminen draußen war näher als sonst. Unwirklich gleißte das Blau des Himmels, es war zu warm für einen Oktobertag in Nordeuropa.

Quast drehte sich zu ihr um, einen überdimensionierten Semmelknödel in der Hand. «Servus, es gibt Schwammerl», begrüßte er sie.

Dann ließ er den Knödel in den Topf gleiten, wusch sich die Hände, nicht ohne eine ordentliche Portion Teig auf dem Wasserhahn zu hinterlassen, und hob den Topfdeckel. Es dampfte. «Steinpilze und Reherl, hab ich auf dem Elisabethmarkt gekauft.»

Sie schob ihren Stuhl in einen der Sonnenstreifen.

Ungefragt stellte er ihr eine offene Flasche Augustiner hin und prostete ihr zu, bevor er den Deckel seines Kruges aufklappte und trank. Bier macht unheimlich dick, dachte sie und nahm einen tiefen Schluck.

«Riecht gut», sagte sie und lehnte sich zurück. «Also, was willst du mir erzählen?»

Quast grinste, zog sich auch einen Stuhl heran und setzte sich. «Es war kein Herzversagen.»

War das Stolz in seiner Stimme? Oder Beunruhigung?

«Was?»

«Von Sydow ist nicht an Herzversagen gestorben.»

Frieda stellte ihre Bierflasche ab und verschränkte die Arme. «Was macht dich so sicher?»

«Ich habe seinen Urin getestet.»

«Den du bitte woher hattest?»

Quast erzählte von seinem Abenteuer, und Frieda wusste nicht, was sie sagen sollte.

Einerseits wäre sie gerne gefragt worden, andererseits war ein illegaler nächtlicher Abstecher in die Rechtsmedizin keine besonders attraktive Freizeitbeschäftigung.

Sie schwieg.

Quast rührte inzwischen wieder im Topf und sagte nach hinten: «Ich wusste ja ungefähr, was ich suchen musste. Und trotzdem hat mich das Ergebnis überrascht.»

«Nun sag schon.»

«Erst hab ich Fluoxetin gefunden.»

«Prozac.»

«Wenn du's unbedingt amerikanisch haben willst. Ja, Prozac.»

«Das passt.»

«Ich schätze ihn auch so ein.» Quast griff wieder nach seinem Bier und lehnte sich an den Kühlschrank. «Die Trennung von seiner Frau hat ihn mitgenommen. Oder er hatte ein schlechtes Gewissen wegen irgendwelcher Weibergeschichten. Es ging ihm jedenfalls nicht so gut, wie er es gern gehabt hätte – also hat er ein paar Pillen eingeworfen. Und, schwups!, war alles wieder rosig, wie es sein sollte.»

«Aber das erklärt nicht, was bei dem Lauf passiert ist. Oder gibt es irgendwelche Nebenwirkungen von Fluoxetin, die so einen Zusammenbruch verursachen könnten?»

«Nein, gibt es nicht.» Quast rührte wieder in seinem Topf. Sie wurde ungeduldig.

«Jetzt red schon.»

Quast grinste zufrieden. «Ich habe also weiterprobiert. Erst habe ich nichts gefunden, bis ich ein paar abwegigere Sachen versucht habe.»

«Sag halt endlich.»

«Ich habe Spuren von Harmalin gefunden, auch das ist ein Antidepressivum – und so erklärt sich die Krise bei dem Lauf: Das Harmalin hemmt den Abbau von Serotonin, gleichzeitig ist die Wirkung des Serotonins durch das Fluoxetin zusätzlich verlängert und verstärkt worden. Daher das Schwitzen, der roboterartige Lauf, die Aggression – ein klassisches Serotoninsyndrom.»

Sie starrte Quast ungläubig an. «Kijan war Psychiater. Warum sollte er so einen absurden Medikamentencocktail nehmen?»

Quast zuckte mit den Schultern. «Entweder er war ein miserabler Psychiater – oder jemand, der wusste, dass er Fluoxetin nimmt, hat ihm den zweiten Stoff untergejubelt.»

«Ich glaube nicht, dass er ein schlechter Psychiater war.»

«Dann bleibt nur die zweite These.»

«Mord», rutschte es ihr heraus.

Das Wort hing im Raum wie eine schwefelige Wolke.

Frieda stand auf und öffnete das zweite Fenster. Sie lehnte sich hinaus und holte tief Luft.

Die Sonne rutschte gerade hinter den Dachfirst des gegenüberliegenden Hauses. Der Hinterhof lag im Schatten. Es wurde kühl.

Als sie das Fenster schloss und sich umwandte, war es auf einmal finster im Raum. Quast stand vor seinen Töpfen, die Hände in den Hosentaschen, und Frieda guckte auf seine Grübchen, als er in seinem behäbigen Bayerisch sagte: «Komm, essen wir unsere Knödel.»

Sie räumte also brav die zerlesenen Zeitungen beiseite. Ein bisschen taz, ein bisschen Süddeutsche, sogar der Feuilletonteil des Münchner Merkur. Sie hatte sich oft gefragt, woher er die Zeit nahm, so viel zu lesen. Vielleicht genügte es ihm ja, alles ordentlich zu zerfleddern, für eine Weile neben der Toilette zu deponieren und dann wegzuwerfen.

Frieda fühlte sich unwohl. Sie wollte nicht noch einmal in einen Kriminalfall verwickelt werden, nicht schon wieder am Lack der Welt kratzen, ohne zu wissen, was darunter zum Vorschein kommen würde. Eine anständige Ärztin wollte sie werden und sich trotzdem noch ein bisschen amüsieren.

Schweigend stellte sie zwei Teller auf den Tisch und legte Löffel aus angelaufenem Silber daneben. Quast werkelte unter lautem Topfgeklapper weiter. Schließlich wandte er sich mit dem Blick des Zauberers, der das Kaninchen aus dem Hut zieht, um und zeigte ihr einen Teller: ein Riesenknödel in einer petersiliendurchsprenkelten Soße. Es duftete sahnig-säuerlich. Frieda nahm ihren Teller, Quast seinen, sie setzten sich und aßen.

Schon beim ersten Biss dachte sie: Wald. Wald und Herbst und Rahm und Essig und Pilz und Zwiebel. Der Schwefel hatte sich verzogen. Sie musste die Augen geschlossen haben, denn als sie sie wieder öffnete, hatte Quast wieder seinen selbstzufriedenen Blick.

Sie aßen, und für einen Moment war alles fast wie früher.

Es war schon spät, als es läutete.

Frieda ging zur Tür und hätte Nasrin beinahe nicht erkannt. Sie trug eine sehr schwarze, sehr eckige Brille, die ihre Augen größer erschienen ließ, ihre blauschwarze Mähne hing ihr strähnig ins Gesicht, aus ihrem übergroßen Tod's-Beutel ragte der Hals einer Flasche.

Als sie Friedas erstaunten Blick sah, zuckte sie entschuldigend mit den Schultern. «Ich hab die Linsen nicht reingebracht. Zu viel geweint.»

Und als Frieda sich immer noch nicht regte, setzte sie hinzu: «Kann ich reinkommen?»

Frieda nickte.

Nasrin trat ein, stieg aus ihren hochhackigen Pumps, kramte die Weinflasche hervor und folgte Frieda auf Nylonfüßen in die Küche, wo Quast mit dem Abwasch beschäftigt war.

Er drehte sich um und lächelte den Gast erfreut an. «Hallo, Nasrin.»

Nasrin lächelte zurück, stellte die Flasche auf den Tisch und sank auf einen Stuhl: «Für euch.»

Quast wies auf seinen halbgefüllten Bierkrug. «Wir sind eher beim Bier – willst du einen Schluck?»

«Danke, nein, ich trinke zurzeit nichts. Alkohol macht alles noch schlimmer.»

Quast schaute kurz skeptisch und begann dann, linkisch den soßenbekleckten Küchentisch abzuwischen. Bier war für ihn Grundnahrungsmittel, nicht Alkohol. Toxikologie hin, 5,2 Volumenprozent her.

Frieda, die sich fragte, wie sie Nasrin das Laborergebnis beibringen sollte, suchte nach den richtigen Worten, als diese ihr eine Hand auf den Arm legte. «Du, mir tut das alles leid. Ich war blöd zu dir. Und jetzt kreuze ich noch um diese Uhrzeit hier auf.»

Frieda wehrte peinlich berührt ab. «Schon gut. War viel in letzter Zeit.»

Nasrin nickte nur. Sie wich Friedas Blick aus und begann, wieder in ihrem Luxusbeutel zu kramen. Schließlich fand sie, was sie suchte, und legte zögernd einen Stapel Fotos auf den Tisch. Noch immer sah sie nicht auf.

«Sind das die Fotos?», fragte Quast und griff zu.

«Ja.» Nasrin betrachtete weiter ihre Hände, die gefaltet vor ihr auf der Tischplatte lagen.

Während Quast die Bilder durchblätterte, presste er die Lippen aufeinander, als ekle er sich. Zwischen seinen Brauen entstand eine tiefe Furche, die Frieda noch nie aufgefallen war.

Schließlich reichte er den Stapel an Frieda weiter, ohne Nasrin anzusehen.

Die Fotos waren aus nächster Nähe aufgenommen worden. Man sah jeweils das Gesicht einer schlafenden Frau – bis auf das Motiv hatten die Bilder jedoch nichts gemein mit zärtlichen Schnappschüssen, wie sie Liebende von ihren schlummernden Partnern machten. Der Fotograf hatte im Halbdunkel auf den Auslöser gedrückt, während die Abgebildeten tief schliefen, als sei es ihm darum gegangen, den Moment der vollkommenen Wehrlosigkeit einzufangen. Trotz der Intimität der abgebildeten Situation waren es keine schönen Bilder. Der kalte Blick der Kamera richtete sich gnadenlos auf halb offene Münder und eingefallene Wangen, auf schlaffe Haut und verschmierte Wimperntusche.

Angewidert schob Frieda den Stapel von sich weg. Was sie da sah, war ihr unangenehmer als ein überraschender Blick zwischen nackte Beine. Die Bilder machten den Betrachter zum Voyeur.

Was brachte einen Psychiater dazu, solche Fotos anzufertigen und sie dann sorgfältig zu verstecken? Genügte es ihm nicht, dass seine Patienten ihre Seele in der Therapie entblößten? War der Anblick dieser im Schlaf ausgelieferten Frauen ein letzter Kick, wenn Pornographie überall verfügbar war?

Frieda schauderte.

Nasrin griff über den Tisch und blätterte den Stapel mit schnellen Fingern durch, als habe sie dies schon öfter getan.

Dann zog sie zwei Aufnahmen heraus und legte sie auf den Tisch.

«Sind das die beiden, die du kennst?», fragte Quast.

«Ja, ich glaube, die sind in meinem Club.»

Das Gesicht der einen Frau war halb von einem Schwall dunkler Haare bedeckt. Man sah nur ihren fein geschnittenen, auffällig großen Mund, in dessen Winkel ein dünner Speichelfaden hing. Darüber hohe Wangenknochen, lange Wimpern, halbmondförmige Brauen. Die andere Frau war etwas älter, ihre Züge wirkten selbst im Schlaf hart, ein Eindruck, der durch ihr sehr kurzes, sehr blondes Haar noch verstärkt wurde. Ihre Lider waren nicht ganz geschlossen; man sah das Weiß ihres Augapfels unter hellen Wimpern. Frieda fragte sich, wie diese Frauen reagieren würden, wüssten sie, dass diese Fotos hier auf dem Küchentisch lagen. Keine sehr angenehme Vorstellung.

Zwischen Abscheu und Faszination, konnte Frieda ihre Augen nicht von den Fotos lösen. Nur mit halbem Ohr lauschte sie der heiseren Stimme Nasrins, die Quast von ihrem Club erzählte und dabei sichtlich auflebte.

Nasrin war seit Jahren begeistert im Vorstand des Athena-Clubs tätig. In der festen Gewissheit, damit einen wichtigen Beitrag zur Chancengleichheit zwischen Männern und Frauen zu leisten, stürzte sie sich dort in die Arbeit. Ihrer Meinung nach war es höchste Zeit, dass Frauen endlich Netzwerke bildeten, sich gegenseitig unterstützten und förderten, um die Wettbewerbsvorteile der Männer auszugleichen.

Frieda kannte Nasrins Meinung, aber sie war skeptisch. Was half es, wenn Frauen anfingen, sich zu organisieren, wenn sie sich dann doch gegenseitig torpedierten? Viel Frauensolidarität hatte sie in ihrem Klinikalltag nicht kennengelernt. Wenn sie so etwas jedoch gegenüber Nasrin erwähnte, schimpfte diese sie eine Defätistin und befahl ihr, endlich den Hintern hochzubekommen. Vielleicht hatte sie recht.

Frieda sah schweigend zu, wie sich Nasrin mehr und mehr aufrichtete, wie Leben in ihre Hände kam, die bis zu diesem Moment kraftlos vor ihr gelegen hatten, wie ihre Augen zu glänzen begannen. Selbst jetzt wurde sie von ihrer Begeisterung und der Überzeugung getragen, etwas Sinnvolles zu tun.

Trotzdem – es war an der Zeit zu erzählen, was Quast herausgefunden hatte. Eigentlich hätten sie das längst tun sollen.

Frieda räusperte sich und stieß Quast, der an Nasrins Lippen hing, mit dem Ellenbogen an. «Du, ich glaube, wir sollten –» Quast räusperte sich ebenfalls.

Nasrin sah sie alarmiert an.

Während sie Quast zuhörte, sackte Nasrin wieder in sich zusammen und starrte erneut auf ihre Hände. Als der Toxikologe fertig war, schwieg sie.

«Es tut mir leid», endete Quast.

«Mir auch.» Nasrin zog die Fotos zu sich heran. «Meint ihr, die Fotos haben –»

«– etwas mit seinem Tod zu tun?», vervollständigte Quast den Satz. «Keine Ahnung.»

«Mir jedenfalls sind sie unheimlich», warf Frieda ein.

Quast blieb sachlich. «Nasrin, warum fragst du die beiden Damen nicht einfach, ob sie das sind? Vielleicht gibt es ja eine ganz einfache Erklärung.»

«Eine Erklärung.» Hoffnungslosigkeit mischte sich in Nasrins Stimme mit Sarkasmus. «Mir fällt überhaupt keine Erklärung ein. Und eine harmlose gleich dreimal nicht. Ich kann die nicht ansprechen. Was soll ich denn sagen? Wenn Kijan wirklich etwas Dummes gemacht hat, kann er sich jetzt ja nicht mal mehr verteidigen. Dann erinnern sich alle nur an jemanden, der – keine Ahnung, was auch immer.»

Sie traut es ihm zu, dachte Frieda, während Nasrin sprach. Sie traut ihrem Bruder zu, etwas getan zu haben, das nicht ans Licht der Öffentlichkeit gelangen durfte. Frieda dachte an den kleinen Psychiater mit dem großen Elan. Moralische Bedenken hätten ihn wohl kaum von etwas abgehalten, das ihn reizte.

«Sie hat recht, Quast. Diese Fotos sind seltsam.»

Nasrin fügte hinzu: «Mir ist der Club wichtig – ich kann

mich da ja nicht mehr blicken lassen, wenn –» Sie hielt inne und stützte die Stirn in die Handfläche. Eine nur angedeutete theatralische Geste.

«Gut. Klar. Wenn du meinst.» Quast stand schwerfällig auf, um ein neues Bier aus dem Kühlschrank zu holen. «Aber was wäre die Alternative?»

Nasrin räusperte sich. «Kann ich vielleicht doch ein Bier haben?»

Quast stellte ein Glas vor sie hin und goss ein.

Nasrin nippte nur. «Ich habe euch ja von unseren Charity-Events erzählt.»

Bei dem Wort «Charity-Event» sah Frieda Quast an, doch der reagierte nicht. Unter anderen Umständen hätte dieser Anglizismus sicher Quasts bösartigste Seite wachgerufen, die traurige Nasrin jedoch löste bei ihm eine Beißhemmung aus.

«Also, mein Bruder», Nasrin schluckte, «mein Bruder kannte jemanden, der Pilzexkursionen veranstaltet, einen Pilz-Coach.» Frieda hob ostentativ eine Braue bei diesem Wort, aber Quast ignorierte sie. Nasrin, die Friedas Irritation nicht bemerkt hatte, fuhr ungerührt fort: «Mein Bruder fand das spannend und hat ihn an den Club für eine Veranstaltung vermittelt.» Erklärend fügte sie hinzu: «Natürlich ist das nicht das, was wir sonst machen, aber die ständigen Kammerkonzerte holen ja keinen Hund hinter dem Ofen hervor.»

Sie sah Quast an, bis dieser pflichtschuldig nickte, und sagte sehr schnell: «Der Ausflug ist am Sonntag.» Dann fixierte sie Quast mit einem abwartenden Blick.

«Kommt nicht in Frage. Ich bin ein Mann», beeilte sich Quast zu sagen.

«Männer sind in solchen Fällen zugelassen. Es geht da ja nicht direkt um Frauenthemen – außerdem ist der Pilzführer auch ein Kerl. Vielleicht kennst du ihn, er arbeitet bei euch im Krankenhaus, ein Doktor Sterzl.»

Ein schiefes Grinsen erschien auf Quasts Gesicht. «Das hätte ich mir ja fast denken können. Der Sterzl.»

«Du kennst den wirklich?»

«Ja, den kenne ich.» Er klang resigniert. «Der ist gerade auf der Tox eingeteilt. Ein hochauffälliger Mensch. Macht so ziemlich alles, was abwegig ist: Homöopathie, Naturheilverfahren, Chinesische Medizin – jetzt sucht er also auch noch Schwammerl.» Quast überlegte. «Vielleicht hat er auch so etwas gesagt. Ich höre meistens nicht zu, wenn der redet.»

«Also, kommt ihr mit?» Nasrin schaute Quast aus feuchten, dunklen Augen an, und Frieda erkannte, was sie vorhatte. Die hilflose Masche zog bei Quast.

Tatsächlich seufzte Quast. «Warum nicht? Schwammerlsuchen war ich schon seit Jahren nicht mehr.» Und er fügte nach kurzem Nachdenken hinzu: «So ein Steinpilzhut im Moos ist ja schon etwas Schönes.»

Nasrin strahlte. «Wir treffen uns Sonntag um Viertel vor sieben.»

«Morgens?», entfuhr es Frieda.

«Klar, sonst finden wir ja nichts.»

«Und was sollen Quast und ich da?»

«Vielleicht schaut ihr euch die beiden ja mal an, redet mit ihnen. Ganz unauffällig, versteht sich.»

«Versteht sich.»

Nasrin überhörte den Sarkasmus in Friedas Stimme. «Wenn ihr wollt, könnt ihr auch am Abend mitkommen.»

Auch Quast schaute jetzt wenig erfreut.

«Wir essen die gefundenen Pilze im Triclinium. Bubu Bauer kocht selbst.»

Frieda konnte sich ein Grinsen nicht verkneifen. Das Triclinium war eines der angesagten Lokale in der Stadt. Man aß für viel Geld bei Fackelschein im Liegen. So etwas Abwegiges passte unbedingt zu Nasrin.

Frieda konnte sich lebhaft vorstellen, dass nicht jedes der vermutlich sehr distinguierten Clubmitglieder diese Art von Veranstaltung gutgeheißen hatte, aber sie kannte Nasrin. Wenn sie von etwas überzeugt war, konnte nichts sie aufhalten. Vielleicht waren die Geschwister sich in dieser Hinsicht ähnlich gewesen. Diese Unbedingtheit faszinierte Frieda, auch wenn ihr die mangelnde Außenwahrnehmung Nasrins auf die Nerven ging. Dass ein solches «Event» für Quast die Höchststrafe darstellte, kam ihr nicht in den Sinn.

Doch Quast bekam gar keine Gelegenheit, sich herauszuwinden, denn Nasrin lächelte entschuldigend, stand abrupt auf und griff nach ihrer Tasche. «Ich geh jetzt ins Bett. Es ist spät.»

Quast brachte sie hinaus und setzte sich dann wieder zu Frieda an den Tisch. Wortlos griff er nach den Aufnahmen, die Nasrin liegen gelassen hatte, als wolle sie sich ihrer entledigen.

Freitag, 11. Oktober

Normalerweise ging Quast Philipp Sterzl in der Klinik aus dem Weg, denn dessen Übereifer war ihm unangenehm. Heute jedoch verlangsamte er den Schritt, als er den Assistenten aus der Ferne herbeieilen sah, und deutete sogar ein Lächeln an.

Sterzl sah gut aus, wie amerikanische Footballspieler gut aussehen. Sein markantes Kinn suggerierte Männlichkeit, aber sein Gesicht war zu glatt, um wirklich ansprechend zu sein. Quast zumindest fand das, Frauen waren vielleicht anderer Meinung.

Sterzl hing seit Wochen wie ein Welpe an Quasts Rockschoß, saugte jedes Wort auf, das der Toxikologe sprach, und recherchierte alles, was er im Laufe des Tages hörte, am Abend noch einmal nach. Dennoch glaubte Quast nicht, dass aus ihm je ein guter Arzt werden würde. Sterzl konnte das Puzzle der Informationen nicht zusammensetzen, ihm fehlte das Gefühl für das Ganze, zu oft verlor er den Überblick. Die Herzen der Patienten, die sich an Quasts mürrischer Art stießen, eroberte er mit seiner naiven Begeisterungsfähigkeit jedoch im Sturm. In seinem Schrank stapelten sich Pralinen, selbst gemachte Marmeladen, Weinflaschen und Dankesbriefe.

Ein bizarres Interesse für Umweltgifte hatte ihn zur Toxikologie geführt, nachdem er zu der Überzeugung gekommen war, das Amalgam in seinem Mund bringe ihn langsam um. Nach einer langen Zahnbehandlung war er zu Quasts Assistenten geworden, und Quast brachte es nicht übers Herz, ihn wegzuschicken.

Vor der Toxikologie hatte Sterzl sich mit gleicher Begeisterung der Homöopathie und davor der traditionellen chinesischen Medizin gewidmet. Ihn interessierte alles, am meisten aber hatten es ihm die mystischen Randbereiche der Wissenschaft angetan.

«Ja, Sterzl», begann Quast leutselig, «was habe ich gehört, Sie veranstalten Pilzführungen? Das haben Sie ja gar nicht erzählt.»

Ein glückliches Strahlen huschte über das Knabengesicht. «Letzte Woche habe ich die Prüfung in Pilzkunde geschafft. Jetzt bin ich offizieller Pilz-Coach.»

Quast konnte sich nicht vorstellen, dass Sterzl in der Lage war, einen Satansröhrling von einem Steinpilz zu unterscheiden. Der Mann war seiner Meinung nach schon als Arzt eine Gefährdung für die Menschheit, als Pilzführer aber bekam seine Unbeholfenheit eine ganz andere Dimension.

Er setzte ein verträumtes Lächeln auf. «Mei, ich hab schon seit Jahrzehnten keinen Steinpilz mehr aus dem Moos spitzen sehen. Das ist ja das Allerschönste.»

Sterzl reagierte wie erhofft. «Doktor Quast, wenn ich gewusst hätte, dass Sie so was mögen, ich hätte Sie ja schon längst gefragt. Aber es ist ja noch nicht zu spät.»

«Wofür denn?», fragte Quast scheinheilig.

Feierlich warf Sterzl sich in die Brust: «Dr. Quast, darf ich Sie zu meiner ersten Pilzführung einladen? Es wäre mir eine Ehre, Sie als meinen Mentor dabeizuhaben.»

Bei dem Wort Mentor zuckte Quast kurz zusammen,

aber er behielt die Contenance. «Wirklich, Sterzl, wäre das möglich?»

«Am Sonntag führe ich einen Club. Eigentlich ist das nur für Frauen, aber Sie als mein Mentor bilden natürlich eine Ausnahme.»

Quast biss sich auf die Zunge und lächelte. «Mei, Sterzl, da machen Sie mir aber eine Freude. Darf ich denn meine Mitbewohnerin mitbringen?»

Ihm waren die begehrlichen Blicke, die Sterzl Frieda zuwarf, wenn er ihr begegnete, nicht verborgen geblieben, und tatsächlich konnte der Assistent sein Glück kaum fassen.

«Frieda ist natürlich auch eingeladen.»

«Dann ist das abgemacht. Wir lassen uns am Sonntag von Ihnen führen, Sterzl. Schreiben'S mir doch ein Mail, wo wir wann sein müssen.»

Mit diesen Worten ließ er den Assistenten stehen, ehe dieser auf die Idee kommen konnte, ein neues Gesprächsthema anzuschneiden.

Sonntag, 13. Oktober, morgens

Es war früh. Quast parkte den Citroën Déesse am Waldrand; hinter den dunklen Tannen begann sich der Horizont milchig rot zu färben, doch am Himmel stand noch der Mond.

Als er den Motor abstellte, zuckte Frieda neben ihm zusammen. «Sind wir schon da?», murmelte sie und setzte sich auf. Ihre Wange hatte auf der Scheibe des Wagens einen kleinen Fleck hinterlassen. Sie gähnte und streckte die Füße von sich, soweit das im Wageninneren möglich war. «Wie spät ist es?»

«Kurz vor sieben», antwortete er und fischte nach ihrer Jacke, die auf dem Rücksitz lag. «Zieh dir was an.»

Neben der Déesse parkte ein Mini, daneben noch einer, dahinter zur Abwechslung ein VW-Beetle.

Auf der anderen Seite der Lichtung erkannte er im Rückspiegel Philipp Sterzl, um den sich zehn bis fünfzehn Frauen scharten. Ein durchaus wohlwollendes Grinsen huschte über Quasts Gesicht, er ahnte, wie sein Assistent die Situation genoss.

Während er den angehenden Pilz-Coach noch beobachtete, schob sich eine dunkle BMW-Limousine heran und hielt links neben der Déesse. Mit einer gewissen Erleichterung registrierte Quast, dass auf der Beifahrerseite des BMWs ein Mann saß. Er hatte schon befürchtet, bis auf Sterzl allein unter Frauen zu sein.

Im Dämmerlicht erkannte Quast Wolfram Pongratz' mächtige Gestalt erst, als dieser zwischen den Autos hervorgetreten war und als graue Silhouette vor grauem Hintergrund im Rückspiegel auftauchte.

Quast fragte sich, was den emeritierten Psychiatrieprofessor, den er noch aus dessen aktiver Zeit an der Eisbachklinik kannte, hierher verschlug.

Pongratz schien für einen Ausflug in die Natur gerüstet. Er hielt einen Leinenrucksack in der Hand, dazu trug er ein Tweedsakko mit Flicken am Ärmel und Cordhosen, die vermutlich braun oder grün waren; im Zwielicht war das schwer zu erkennen. Der Psychiater sah aus wie von Burberry zur Jagd ausgestattet, eine Annahme, die Pongratz selbst sicher amüsiert hätte.

Quast blickte immer noch in den Rückspiegel, als neben dem Psychiater eine ebenfalls dunkel gewandete Gestalt erschien. Fast so massig wie Pongratz und fast so groß, gekleidet in wallende Stoffe, die selbst in diesem Licht teuer aussahen. Die Frau trug das glänzende schwarze Haar stecknadelkurz, auf ihrer stattlichen Brust ruhte eine große silberne Kugel, die an einer dicken Kette befestigt war.

Quast hatte Frieda ganz vergessen. Sie nestelte verschlafen am Türgriff und schälte sich aus ihrem Sitz, während er noch müde sitzen blieb und wartete, bis auch sie im Rückspiegel erschien. Neben den beiden Riesen wirkte sie sehr zart.

Endlich stieg Quast aus und trat auf die Gruppe zu.

Die drei sahen ihm entgegen, Pongratz streckte ihm die Hand hin und dröhnte: «Dr. Quast, was verschlägt Sie zu so unchristlicher Zeit in die Wildnis?»

Dieser grinste und warf einen vielsagenden Blick zur

Gruppe auf der anderen Seite der Lichtung. «Der Pilzführer arbeitet in der Tox.»

Ein Lachen tief aus dem riesigen Brustkorb, zu laut für die morgendliche Stunde. «Ah so, hoffentlich ist er nicht auf Patientenfang!» Noch eine Lachsalve. «Mich hat meine liebe Freundin Wilhelmine hierhergeschleppt! Wilhelmine, das ist Dr. Quast, ein sehr geschätzter Kollege, seines Zeichens Toxikologe. Dr. Quast, Wilhelmine Ungefähr.»

Wilhelmine Ungefähr hatte ein rundes, altersloses Gesicht, das, obschon von Stoppelhaar umrahmt, mädchenhaft wirkte. Sie reichte Quast spöttisch lächelnd die Hand. «Sehr erfreut, Ihre junge Begleitung haben wir schon kennengelernt.»

Er wusste, was sie dachte, und fühlte sich geschmeichelt.

Ihr Händedruck war fest. Als Quast nichts sagte, fuhr sie fort: «Einige Damen des Vorstands des Athena-Clubs haben diese kleine Exkursion organisiert.»

Nach einer nachdenklichen Pause fügte sie hinzu: «Sonst bieten wir meist kulturelle Veranstaltungen an, das hier ist etwas Neues. Aber warum nicht. «

Sie sah aus, als wüsste sie genau, warum nicht.

Da Quast nicht nachhakte, sagte sie: «Also los, bringen wir es hinter uns.»

Quast folgte ihr, dankbar, zu viel Smalltalk am frühen Morgen vermeiden zu können.

Das Grüppchen auf der anderen Seite der Lichtung zwitscherte und gurrte. Ab und an war ein helles Lachen zu hören. Philipp Sterzl, der neben Nasrin stand, fiel nicht nur auf, weil er ein Mann war, sondern auch weil er als Einziger keine Waldfarben trug. Er hatte sich für ein frisch gestärktes weißes Hemd und eine makellose Jeans entschieden.

Als er seines Vorgesetzten ansichtig wurde, löste er sich aus der beige-grün-braunen Umgebung und kam ihnen als heller Fleck entgegen. «Dr. Quast, Frieda, ich freue mich.»

Er gab jedem reihum höflich die Hand und stellte sich vor. Man tauschte Förmlichkeiten aus. Von weitem nickte Nasrin ihnen zu.

Wilhelmine Ungefährs Blick wechselte von distanziert zu ironisch, als Sterzl sich auf einen Baumstumpf stellte und um Ruhe bat. «Mein Name ist Philipp Sterzl. Ich begrüße Sie zur heutigen Pilzexkursion, die übrigens meine erste ist. Vielen Dank an die Organisatorinnen vom Athena-Club, die mich eingeladen haben.»

Das höfliche Klatschen verplätscherte rasch wieder. Sterzls Stimme bebte vor Begeisterung, als er mit seinem Vortrag begann: «Pilze gehören zu den am meisten unterschätzten Lebewesen der Erde. Sie zählen – und das weiß kaum jemand – weder zu den Pflanzen noch zu den Tieren. Und doch sind sie unerlässlich für ein Leben im Wald.»

Pongratz und seine Begleiterin hatten es sich inzwischen etwas weiter weg auf einer Bank bequem gemacht. Der Rest der Gruppe scharte sich um Sterzl auf seinem Podest. Man rieb sich die Hände und trat von einem Fuß auf den anderen. Noch war es kühl.

«Wir sind hier in einem Fichten-Buchen-Mischwald. Es gibt hier praktisch keinen Baum, der nicht von einem Pilz mit ernährt wird. Wenn Sie auf den Boden schauen», alle schauten brav nach unten, «auch alle Kräuter hier brauchen Pilze zum Überleben. Der Pilz liefert den Pflanzen Wasser und im Wasser gelöste Mineralien, die die Pflanze nicht selbst aus der Erde ziehen kann. Dafür bekommt er vom Baum den Zucker, von dem er sich ernährt. Den eigentlichen Pilz, das Mycel, sehen wir dabei kaum. Er bildet ein riesiges, zum Teil tonnenschweres Geflecht unter dem Erdboden. Was wir essen, ist nur der ausgebildete Fruchtkörper.»

Wie ein drückender Schleier umgab Quast die Morgenmüdigkeit. Ihm war unbehaglich zumute, als er sich die weiten Geflechte im Untergrund vorstellte, die wie zur Beruhigung ab und an in harmlos kleiner Form an die Oberfläche traten. Der Gedanke an den unablässigen Austausch zwischen Oberfläche und Untergrund, an das geräuschlose Treiben jenseits des Sichtbaren machte ihn schwindlig. Er lehnte sich an einen Baum, saugte die Morgenluft ein und legte seine Hände flach auf die verlässliche Rinde.

Frieda stand etwas abseits von dem Rest der Gruppe. Sie schaute zu den Frauen hinüber, die Fäuste in den Taschen, auch sie an einen Baum gelehnt. Als eine der Zuhörerinnen ihren forschenden Blick fragend erwiderte, zuckte sie mit den Schultern und schaute zu Sterzl. Der war am Ende seiner einführenden Worte angekommen. «Das, was wir eventuell später finden, wird Bubu Bauer, Sie kennen ihn sicher alle, für uns kochen. Am Abend treffen wir uns zu einem Diner im Triclinium. Wir haben einen langen Tag vor uns, also los. Haben Sie zu Beginn schon Fragen?»

«Welche Pilze werden wir heute suchen?» Quast verengte seine Augen zu Schlitzen, um die Frau, die diese Frage gestellt hatte, in der morgendlichen Düsternis besser erkennen zu können. Sie war Mitte dreißig, groß, sportlich und sehr blond, neben ihr saß ein edler brauner Jagdhund.

Quast war sich fast sicher, dass sie eine der schlafenden Frauen von den Bildern war. Ihr markant-androgynes Gesicht, das auf dem Foto blass ausgesehen hatte, war nun so stark geschminkt, dass es selbst hier im schwachen Licht zu leuchten schien.

Ihr ging es um Aufmerksamkeit von Anfang an, das war klar, aber die Frage war berechtigt. Quast bewunderte im Grunde den Elan von Menschen, die ihre Präsenz zu jeder Gelegenheit beweisen und zur Schau stellen mussten; zugleich war er davon abgestoßen. *Bene vixit, qui bene latuit* – Gut gelebt hat, wer im Verborgenen gelebt hat, war sein Leitspruch. Eine Sentenz Ovids, der sich selbst nicht an diese Weisung gehalten hatte und seinen Lebensabend daraufhin in der Verbannung am Schwarzen Meer fristen musste.

«Welche Pilze Sie finden, hängt zu einem großen Teil vom Boden ab. Hier ist der Boden kalkhaltig. Sehen Sie sich um. Wir haben hier Fichten, Kiefern, Buchen. Das bedeutet, dass wir Birkenpilze, Rotkappen, Maronen-Röhrlinge suchen. Wir konzentrieren uns also auf die Röhrlinge – und gehen damit auf Nummer sicher. Lebensgefährlich giftige Pilze finden sich nur unter den Lamellenpilzen.»

Kluger Schachzug, dachte Quast.

Die Gespräche setzten wieder ein, Quast sah sich nach Frieda um, aber sie war verschwunden.

Sterzl stapfte inzwischen los, abseits des Weges in den Wald hinein. Die Blonde schritt mit weit ausholenden Schritten hinter ihm her, den Hund hatte sie an der kurzen Leine neben sich.

«Quirin?»

Quast fuhr herum. Eine schmale Hand lag auf seinem Ärmel, er schaute in Nasrins dezent geschminktes Gesicht. Der leise Herbstgesang einer Amsel setzte in der Ferne ein.

«Danke noch mal, dass ihr da seid», sagte sie. Ihre Stimme war noch dunkler als sonst.

«Schauen wir mal, was wir finden.»

«Ja, schauen wir mal.»

«Die Frau beim Sterzl ist eine von den schlafenden Frauen, oder?», fragte Quast nach einiger Zeit.

«Glaubst du auch, dass sie es ist?»

«Das ist schon ein sehr markanter Typ. Ziemlich unverwechselbar.»

Quast sah nach vorne, wo die Blonde neben Sterzl am Rand eines Unterholzes ging, die Augen fest auf den Boden gerichtet. Es bestand kein Zweifel. «Und die andere?»

«Die ist, glaube ich, nicht da.» Schweigend marschierten sie weiter, umrundeten ein kleines Gehölz, vorbei an einem halb zerfressenen Parasol, den Sterzl hatte stehen lassen.

«Hast du schon einmal Schwammerl gesucht?», wechselte Quast das Thema.

«Mit der Familie einer Freundin. Ich bin in Bochum groß geworden, da gab's natürlich nicht viel», fügte sie hinzu. «Es hat geregnet in letzter Zeit, vielleicht finden wir etwas.»

Erstaunlich. Nasrin Hamemi sah so gar nicht aus wie eine Schwammerlsucherin. Quast warf einen unauffälligen Blick auf ihre Schuhe, braune Bergstiefel, die tatsächlich Gebrauchsspuren aufwiesen.

«Obwohl», fügte sie noch hinzu, «die Mutter meiner Freundin hat immer gesagt, wo Pilze wachsen, liegt ein Toter. Sie war ein wenig abergläubisch.» Sie verstummte.

Schweigend setzten sie ihren Weg fort.

Frieda ließ sich bald zurückfallen und stapfte lustlos und müde dahin. Vorne hörte sie Stimmen, Rufe, brechende Zweige, die Geräusche entfernten sich jedoch allmählich. Sie starrte im Gehen auf den Waldboden: Moose, Nadeln, Wurzeln, Erika, Blaubeersträucher ohne Blaubeeren, ein umgetretener Fliegenpilz. Wollte sie den Anschluss nicht verlieren, musste sie sich beeilen. Jemand räusperte sich. «Wo ist denn Ihr Dr. Quast?»

Sie fuhr herum. «Mein Dr. Quast?»

Es war Wilhelmine Ungefähr, die finster auf einem Baumstamm abseits des Weges saß und einen ihrer schweren Bergstiefel ausleerte. Sie sah aus wie eine erschöpfte große Waldhexe. «Ja, Ihr Wanderfreund, der Toxikologe.»

Frieda schwieg irritiert, und Ungefähr fügte hinzu: «Meine Güte, ich frage mich, was ich hier soll – dieses spießige Gedöns erinnert mich an die Sonntage meiner Jugend.» Die Clubdame verströmte aus jeder Pore schlechte Laune.

Schnaufend zog sie ihren Schuh wieder an und schnürte ihn energisch um ihre stattlichen Waden. «Pilzsuche, ein billiges Vergnügen der Nachkriegszeit. Ich hatte gehofft, das hinter mich gebracht zu haben.»

Frieda grinste, Ungefähr stemmte sich hoch und fragte: «Also, wo steckt Ihr Begleiter?»

«Ich», begann Frieda, unterbrach sich dann aber. Sie hatte keine Lust, einer Fremden Rede und Antwort zu stehen. Wilhelmine Ungefähr schaute sie immer noch interessiert an und sagte dann ohne Vorwarnung: «Hat der Sie für Nasrin Hamemi stehenlassen?»

Frieda merkte, wie sie rot wurde. Sie beeilte sich abzuwinken: «Nein, das –»

Ungefähr unterbrach sie mit einer ungeduldigen Geste;

an ihrem Arm klirrten die Silberreifen. «Ich habe gesehen, wie Sie geschaut haben. Es hat Sie geärgert.»

Was war dazu zu sagen? Frieda fragte sich, was Ungefähr mit ihrer Stichelei bezweckte. Fast schien es, als habe sie eine Rechnung offen mit Nasrin und suche eine Verbündete. So leicht wollte Frieda sich jedoch nicht manipulieren lassen und sagte spitz: «Aber Sie sind auch allein.»

Die Waldhexe kicherte plötzlich wie ein junges Mädchen. «Pongratz hat sich nach fünf Schritten den Fuß verknackst und wartet im Auto. Ich würde sagen, ein klassischer Heimatschuss. Jetzt hört er wahrscheinlich Wagner, bis der Wagen wackelt. Seine Tochter hat ihn früher hin und wieder in die Berge geschleppt, aber im Grunde entspricht Wandern weder seinem Wesen noch seiner Wampe. Das Gleiche gilt für mich.» Ihr Kichern wuchs sich zum Lachen aus, ihr rundes Gesicht warf viele kleine Falten.

Frieda fragte versöhnlicher: «Und Sie, warum sind Sie nicht umgekehrt?»

Sie stapften nebeneinander einen Hang hinauf, den der Rest der Gruppe schon längst passiert haben musste. Die Waldhexe atmete schwer, die silberne Kugel rollte im Rhythmus ihrer Schritte über ihre Brust. «Ich, ja ich, ich kann mich als Clubvorstand nicht so einfach drücken.» Sie blieb stehen, die Hände in die Hüften gestützt, und schaute tadelnd den Hügel hinauf. «Ich habe diesen Club mit wer weiß wie viel Einsatz aufgebaut, und ich fühle mich verantwortlich. Bisher sind wir mit Lesungen, Konzerten und Vortragsabenden immer gut gefahren. Aber jetzt wollen sich zu viele nur noch profilieren. Sie überschlagen sich mit Ideen, eine neuer und spektakulärer als die andere. Events!» Sie spie das Wort aus, setzte sich wieder in Bewegung und stapfte mit zornigen, schweren Schritten den Hügel hinauf. «Statt Konzentration auf das Wesentliche sucht man Unterhaltung. Mir könnte es ja egal sein. Ist es aber nicht.»

Frieda begann zu verstehen. Ungefähr ärgerte sich über Nasrins Aktivitäten im Club und machte jetzt ihrem Unwillen Luft.

Noch ehe sich Frieda eine diplomatische Antwort überlegen konnte, fragte Ungefähr: «Und Sie? Sind Sie organisiert?»

«Ich bin bei ‹Ärzte ohne Grenzen›.»

Ungefähr nickte. «Schön, ja. Gibt es da eine Frauen-Division?»

Frieda war bis zu diesem Moment nicht einmal auf die Idee gekommen, dass es so etwas geben könnte. «Nein – ich weiß nicht.»

«Schade. Wir sind noch nicht so weit, dass wir die Hände in den Schoß legen könnten. Wir müssen dranbleiben.»

«Wie meinen Sie das?»

«Wir müssen etwas tun für die Frauen in der sogenannten Dritten Welt, in den Schwellenländern, und auch hier bei uns läuft das alles nicht so, wie es sollte. Was machen Sie beruflich?»

«Ich bin Ärztin.»

«Stimmt. Liegt nahe. Und da gibt es keine männlichen Seilschaften? Keine gläserne Decke für Frauen, nichts?»

«Doch, aber ...»

«Sehen Sie: Gerade wir hochqualifizierten Frauen sollten uns nicht mit dem Erreichten begnügen. Wir dürfen uns nicht in unserer kuscheligen Ecke einmummeln. Wir müssen uns engagieren!»

«Wahrscheinlich haben Sie ...»

«Recht, ja. Sehen Sie, Frau –»

«May, Frieda May.»

«Frau May. Sie haben einen sozialen Beruf. Wir brauchen Damen wie Sie, Frauen, die sich engagieren und nicht nur profilieren wollen. Wir haben zu viele Selbstoptimiererinnen unter uns.»

Ungefähr kramte im Gehen einen Hochglanzprospekt aus der Tasche ihres voluminösen Mantels hervor und hielt ihn Frieda hin. «Lassen Sie sich von meiner Krittelei nicht abschrecken. Es gibt großartige Frauen bei uns, kommen Sie vorbei und sehen Sie sich die Sache an.»

Nasrin wanderte neben Quirin Quast her und wunderte sich, wie leicht das Schweigen mit ihm war. Es gab nicht viele Themen, die sie gemeinsam hatten, und viele, die sie in geheimem Einverständnis aussparten. Er war nicht ihr Typ, aber erstaunlicherweise gefiel es ihr, neben ihm herzugehen. Sie hatte ihm von ihrer Kindheit im Ruhrpott erzählt, und er hatte zugehört.

Von Frieda war nichts zu sehen, sie hatte sich unters Volk gemischt.

Als Nasrin mit Quast die Lichtung betrat, auf der die Cateringfirma alles vorbereitet hatte, erblickte sie Marita von Sydow und blieb wie erstarrt stehen: Ihre Schwägerin war am Buffet und steckte sich irgendwas in den Mund. Sie trug eine ihrer dezenten Blusen, eines ihrer fröhlich-bunten Halstücher und eine ihrer sandfarbenen Hosen. Sie spielte also nicht die trauernde Witwe. Nasrin schloss die Augen. Bis jetzt hatte sie gut durchgehalten, aber sie merkte, wie ihre Kräfte schwanden. Marita hatte mehrmals versucht, sie zu erreichen, aber nach dem distanzierten Gespräch der letzten Woche hatte Nasrin kein Bedürfnis, mit ihr zu reden.

Sie hatte nie verstanden, was Kijan an Marita gefunden hatte, denn allein körperlich passten die beiden nicht zusammen. Jeder schien das zu sehen, nur sie selbst nicht. Schon mit Anfang zwanzig hatte Marita etwas Walkürenhaftes an sich gehabt, neben ihr hatte Kijan noch schmaler und graziler gewirkt. Auch wie es Marita gelungen war, Kijan zu domestizieren, war Nasrin ein Rätsel. Schon bald nach ihrem Kennenlernen hatte er sich zurückgezogen, Treffen wurden immer wieder verschoben, Gespräche waren nicht mehr möglich. Als Zeichen guten Willens hatte Nasrin Marita mit in den Club genommen. Marita war dort mit offenen Armen empfangen worden, und bald bewegte sie sich unter den Frauen wie ein Fisch im Wasser. Ihr Verhältnis hatte sich dadurch nicht verbessert, im Gegenteil. Nach einem Jahr war Marita schwanger, danach sofort wieder. Sie hängte ihren Job nur zu gern an den Nagel und wurde Hausfrau und Mutter – ein Fehler, wie sie nach der Trennung merken sollte.

Ein Gedanke hatte sich langsam in Nasrin geformt, ließ sich schließlich nicht mehr verdrängen: Marita hatte Kijan nach der Trennung gehasst. Weil er sie hatte sitzenlassen, mit den Kindern und ohne Job, weil er nur das Nötigste hatte zahlen wollen, weil er weitermachen konnte wie bisher, während Maritas Lebensentwurf zerbrach. Tatsache war: Als Witwe würde Marita erben. Kijans Tod löste für sie alle Probleme, mit denen sie sich im letzten Jahr herumgeschlagen hatte. Marita profitierte von Kijans Tod.

Jetzt hatte ihre Schwägerin sie bemerkt und grüßte mit einem Nicken. Nasrin nickte zurück und wandte sich ab. Sie hatte eine Rede zu halten.

Was war nur aus der guten alten Brotzeit geworden?, fragte sich Quast. Er befand sich allein am Rand der Waldlichtung – Nasrin hatte ihn plötzlich stehenlassen. Am Ende eines Waldwegs parkte ein Kastenwagen; daneben ein langer Tisch, bedeckt mit einer blütenweißen Damastdecke. Vier Silberplatten mit Häppchen, Sellerie-Sticks, Melonenbällchen und Tomaten-Mozzarella-Spießchen, alles auffallend kalorienarm, kein Fleisch, keine Kohlenhydrate. Auf einem Beistelltisch stand ein Korb mit Pilzen. Obenauf lag ein kugelrunder, samtiger Steinpilz, daneben dekorativ ein paar kleine buttergelbe Pfifferlinge, darunter undefinierbar Braunes. Es war elf Uhr, und die schwächliche Herbstsonne stieg langsam über die sich allmählich färbenden Wipfel der Bäume. Noch war das Gras feucht.

Jemand hatte Picknickdecken in einheitlichem Tartanmuster auf die Erde gelegt, doch die anwesenden Damen standen im Kreis um die karierte Fläche herum. Vor Quasts geistigem Auge erschien Monets «Frühstück im Grünen». Er dachte wehmütig an Kleider und Röcke, die sich elegant um weibliche Körper legten. Für Frauen war es inzwischen schwer, auf dem Boden kauernd eine gute Figur zu machen.

Er nahm sich gerade ein auf einem Silbertablett dargereichtes Glas mit Orangensaft, als Frieda mit Wilhelmine Ungefähr auf die Lichtung trat. Um ihn herum trank man Prosecco, er bekam davon Sodbrennen. Ein Weißbier wäre jetzt das Rechte gewesen, aber das hatte wahrscheinlich zu viele Kalorien.

Es wurde höchste Zeit, sich zu verabschieden.

Frieda hielt gerade Ausschau nach Quast, als Nasrin an ein Glas klopfte und um Ruhe bat.

Nasrin war zwar dunkel gekleidet und blass, aber nichts an ihrer Haltung verriet, was sie durchgemacht hatte und noch durchmachte. Beherrscht und gelassen bedankte sie sich bei den Anwesenden für ihr Kommen, natürlich besonders bei Philipp Sterzl, Doktor Philipp Sterzl, wie Nasrin betonte, und forderte alle auf, für ein gemeinsames Projekt zu spenden. Ihre Professionalität hatte etwas Unheimliches. Frieda fragte sich, ob die anderen Anwesenden dies genauso empfanden, doch aus den Gesichtern der Umstehenden ließ sich nichts ablesen außer freundlicher Höflichkeit.

In Friedas Nähe stand die Frau mit der blonden Kurzhaarfrisur, die ihr schon zu Beginn des Ausflugs aufgefallen war. Auch sie hatte ein Sektglas in der Hand, neben ihr saß aufmerksam der Hund. Frieda rief sich das Bild aus Sydows Wohnung ins Gedächtnis und war sich sicher, die Frau wiederzuerkennen. Sie hatte ihre engen Jeans in hohe Schaftstiefel gesteckt; darüber trug sie eine kurze dunkelblaue Daunenjacke, deren Volumen ihre Beine noch dünner aussehen ließ.

Als der Applaus nach Nasrins Ansprache aufbrandete, trat Frieda einen Schritt an die Frau heran. «Unglaublich, wie Nasrin sich hält.»

Überrascht sah die Frau sie an und runzelte die Stirn. Zumindest versuchte sie dies, denn die Bewegungsfähigkeit ihrer Gesichtsmuskulatur war deutlich eingeschränkt.

«Kennen wir uns?», fragte sie. Die Augen, die auf Frieda herunterblickten, waren eisgrau. Etwas sagte Frieda, dass ihr Gegenüber an die zehn Jahre älter war als sie; auf welche Beobachtung sich dieser Eindruck konkret stützte, hätte sie jedoch nicht benennen können. Frieda lächelte und streckte ihre Hand aus. «Frieda May, ich bin zum ersten Mal bei so einer Veranstaltung. Nasrin hat mich mitgebracht.»

Die Blonde ergriff Friedas Rechte. «Marie Jung. Ich bin schon länger dabei.» Marie Jung sah zu Nasrin hinüber, die sich wieder unter die Leute gemischt hatte. «Ja, sie ist tapfer. Ich bin gespannt, wie lang sie das schafft. Ich an ihrer Stelle hätte die Sache heute abgeblasen, aber sie glaubt wahrscheinlich, sie sei das hier ihrem Bruder schuldig.»

«Das verstehe ich nicht», behauptete Frieda.

Jung strich ihrem schönen braunen Hund nachdenklich über den Kopf. «Soweit ich weiß, hat er den Kontakt zu Philipp Sterzl hergestellt, und Nasrin fand, dass so ein Pilztag eine gute Idee ist. Wenn sie sich in etwas hineinsteigert, ist sie nicht zu halten.» Jung schaute Frieda kurz direkt ins Gesicht. «Aber das wissen Sie bestimmt.»

Frieda nickte. Jetzt war der Moment. Sie musste nur einfach ihre Frage stellen. «Kannten Sie denn Nasrins Bruder?»

Frieda erwartete eine Abfuhr, doch Marie Jung antwortete, ohne zu zögern. Dabei sah sie allerdings nicht hoch, sondern sprach eigentlich zu ihrem Hund, den sie noch immer zwischen seinen glänzenden Ohren kraulte. Klar, sie habe Kijan schon gekannt. Es sei schon besonders traurig, wenn so ein junger Mensch sterbe. Im Übrigen könne man sich duzen, das sei im Club so üblich. Bei den letzten Worten hob sie den Blick. Frieda lächelte und sagte: «Frieda.» Marie deutete ihr Lächeln nur an: «Marie.»

Dann wandte sie sich ab und ging mit federnden Schritten davon. Der Hund folgte ihr. Keiner von beiden sah sich um.

Ihr Abgang glich, wenn schon keiner Flucht, so zumindest einem geordneten Rückzug.

Frieda sah ihr nachdenklich nach und hielt Ausschau nach Quast, endlich entdeckte sie ihn. Er stand neben Sterzl, in der einen Hand einen Teller mit Essbarem und in der anderen eine Gabel.

Frieda trat zu den beiden. «Gut gemacht, Philipp», sagte sie höflich zu Sterzl, der sie glücklich anstrahlte und mit einer wegwerfenden Bewegung antwortete: «Für das erste Mal war es in Ordnung. Schade, dass wir nicht mehr gefunden haben.»

Noch bevor er Luft holen konnte, um weiterzureden, zog Frieda Quast von ihm weg, nicht ohne entschuldigend die Achseln zu zucken. Einen weiteren Vortrag wollte sie auf keinen Fall riskieren. Sterzl sah ihnen enttäuscht nach.

Als sie außer Hörweite waren, zischte Frieda: «Mann, wo warst du? Hast du die dunkelhaarige Nymphe von dem Foto entdeckt?»

Quast schüttelte den Kopf. «Die ist nicht da, hat Nasrin gesagt, gehört wohl nicht zu den Wanderratten. Vielleicht kommt sie zum Essen heute Abend – hast du denn die Blonde angequatscht?»

«Klar, deswegen sind wir ja hier. Sie heißt Marie Jung.» Frieda merkte selbst, wie spitz ihre Stimme klang. Vielleicht hatte Wilhelmine Ungefähr ja recht mit ihrer Vermutung, dass sie eifersüchtig auf Nasrin war.

Wenn Quast ihren Unterton registriert hatte, so wusste er es gut zu verbergen. Mit einer resignierten Geste wies er auf die Lichtung, die inzwischen von Prosecco trinkenden, aufgekratzten Frauen bevölkert war. Immer wieder sah eine zu ihnen herüber.

«Frieda, mir reicht es jetzt hier. Es gibt kein Weißbier, keine Weißwürste, nicht einmal Brezn. Und ich würde heute noch gern was anderes machen, als hier herumzustehen, wenn wir heute Abend schon in dieses Lokal müssen.»

Und so traten auch sie den Rückzug an.

Nasrin, die in ein Gespräch verwickelt schien, winkten sie im Weggehen zu.

Den Nachmittag verbrachte Frieda anders als Quast, der, bewaffnet mit einem Stapel wissenschaftlicher Artikel, im Café verschwunden war, mit Hausarbeit. Gerade Bügeln half ihr normalerweise, ruhig zu werden, als glättete sich etwas in ihrem Gemüt, wenn das Eisen über den warmen Stoff glitt. Kijans Tod war nun zwei Wochen her, und Friedas Anspannung war in dieser Zeit von Tag zu Tag stärker geworden. Wieder hatte sie es mit Menschen zu tun, die ihre Geheimnisse sorgsam wahrten – exakt wie während der Ermittlungen im letzten Jahr. Nach der Aufklärung des Mordes an Gabor Nader war sie nach Peru geflohen, um Abstand zu bekommen. Vergeblich, denn kaum war sie zurück, steckte sie schon wieder in solch einer Geschichte. Ob es an ihr selbst lag?

Frieda versuchte, sich Marie Jungs Gesichtsausdruck ins Gedächtnis zu rufen, bevor diese ihr kurzes Gespräch abgebrochen hatte. Etwas in ihrer Haltung, die schon zuvor abweisend gewesen war, hatte sich unvermittelt geändert, als habe sich ein unsichtbarer Vorhang gesenkt. Was war das Gefühl gewesen, das dieser Reaktion vorausging? Angst? Ablehnung? Frieda versuchte wieder und wieder, sich zu erinnern, erfolglos. Vielleicht würde sie am Abend mehr erfahren.

Frieda sortierte Socken, als das Telefon klingelte. Sie schmiss die Strümpfe in einen Korb, nahm das Gespräch an und hörte zunächst nur Schluchzen. Nasrin.

Frieda schloss die Augen. Marie Jung hatte mit ihrer Prognose recht gehabt: Nasrin hatte das Pilzesuchen gerade noch überstanden, danach war sie zusammengebrochen und saß nun weinend im Auto vor dem Haus. Friedas Angebot hereinzukommen lehnte sie ab, weil sie in ihrem Zustand niemand begegnen wollte.

«Warte», befahl Frieda unnötigerweise und stürmte die Treppe hinunter. Es hatte zu nieseln begonnen. Nasrins roter Mini stand mit beschlagenen Scheiben in der Einfahrt. Frieda öffnete die Beifahrertür, schob einen Haufen zerknüllter Taschentücher vom Sitz und setzte sich neben sie. Nasrin sah ihr mit verquollenem Gesicht entgegen. Wie hatte Frieda annehmen können, dass die Ereignisse spurlos an ihr vorübergehen würden? Hätte sie auch nur kurz nachgedacht, hätte sie ihre Freundin nicht ohne Verabschiedung auf dieser Waldlichtung zurückgelassen.

«Es tut mir so wahnsinnig leid», flüsterte Frieda.

Wieder rann eine einzelne Träne über Nasrins Wange. Sie wischte sie weg und sagte leise: «Ich kann nicht mehr. Erst stirbt Kijan. Dann die Ungewissheit, was ihm zugestoßen ist. Und dann dieser Verdacht, dass er irgendetwas Schlimmes angestellt hat. Er war so ein toller Bruder, aber manchmal war er», sie suchte nach dem richtigen Wort, «wild.»

Wild war nun nicht das Wort, das Frieda in Zusammenhang mit Kijan von Sydow eingefallen wäre, und sie nahm sich vor, bei Gelegenheit nachzuhaken. Jetzt aber lehnte sie sich zu Nasrin hinüber und legte ihr die Hand auf die Schulter: «Wir versuchen, ob wir etwas herausfinden können. Heute Abend ist dieses Essen. Quast und ich gehen einfach hin und schauen, was passiert. Und du nimmst noch eine von Quasts Pillen und gehst ins Bett.»

Nasrin schniefte erleichtert wie ein kleines Kind, das nicht zur Schule muss. Dann richtete sie sich in ihrem Sportsitz auf, schnäuzte sich und griff nach dem Handy. «Ich rufe vorher noch an und sorge dafür, dass ihr am richtigen Tisch landet.»

Als sie telefonierte, verriet nichts an ihrer Stimme den desolaten Zustand, in dem sie sich gerade noch befunden hatte.

Sonntag, 13. Oktober, abends

Schwarze Stufen führten in die Tiefe. Frieda tastete sich hinter Quast den düsteren Schacht hinunter. Im Keller zuckte Fackellicht über rot lackierte Wände.

Am Fuß der Treppe trat ein Jüngling in einem weißen Walleröckchen, das vermutlich einer römischen Tunika nachempfunden war, auf sie zu.

Sie sah, wie Quasts Blick unwillkürlich an dem Knaben hinabrutschte und an dessen sehr glatter Brust hängen blieb. Der Jüngling seinerseits betrachtete Quasts schwarze, ausgeleierte Lederjacke mit ähnlich irritiertem Interesse.

Hinter dem Jungen hörte man Stimmengewirr und Gläserklirren.

«Geschlossene Gesellschaft», hauchte der Knabe und lächelte kaum verhohlen schadenfroh.

«Wir gehören dazu», knurrte Quast.

Der Knabe hob eine Braue: «Frauenclub Athena?»

«Ja», sagte Quast.

«Wie Sie wünschen», sagte der Junge schnippisch, drehte sich mit einer schnellen Bewegung um, sodass sein Röckchen kess durch die Luft schwang und muskulöse Schenkel ahnen ließ. Quast steckte die Hände in die Hosentaschen, machte die Schultern breit und folgte ihm. Frieda hatten die beiden wohl vergessen.

Sie traten durch ein schweres Holzportal und standen in

einem riesigen Gewölbe. An zwei Wänden befanden sich große Ruhebetten, bezogen mit schwarzem Samt. Sie standen in Dreiergruppen um niedrige Tische – wie bei einem römischen Gelage konnten sich auf jeder Liege drei Personen nebeneinander niederlassen.

Auf den ersten Blick waren nur Frauen zu sehen.

In einer Ecke war die Küche aufgebaut. Offenes Feuer, große Pfannen, Köche, ganz in Schwarz gekleidet. Frieda überlegte gerade, wie viele Beamte vom Brandschutz bestochen worden waren, um das hier möglich zu machen, als sie lautes Rufen von dem Diwan hörte, auf den der Knabe zielstrebig zusteuerte.

Es war Sterzl, offensichtlich erleichtert, dass noch ein Mann eingetroffen war.

Als sie näher traten, erkannten sie neben dem Assistenzarzt Marie Jung in einem schmal geschnittenen schwarzen Hosenanzug. Die beiden lagen so entspannt beieinander, dass Frieda sich fragte, ob sie sich schon länger kannten.

Auf dem mittleren Diwan lag nur Wilhelmine Ungefähr. Sie hatte sichtlich Schwierigkeiten, eine bequeme Position zu finden, und verlagerte ihr Gewicht im Sekundentakt, ihr Lächeln wirkte angestrengt.

Auf dem dritten Diwan hatte es sich eine dunkelhaarige Schönheit bequem gemacht.

Friedas Puls beschleunigte sich, als sie zu ihr ins Halbdunkel hinüberstarrte. Die Frau lagerte allein auf dem schwarzen Samt, gelassen wie eine junge Löwin. Frieda meinte wahrzunehmen, dass sie eine ihrer halbmondförmigen Brauen hob, und sah schnell weg. Sie war sicher, die dunkle Schönheit von Kijans Foto vor sich zu haben.

Der römisch-griechische Kellner nahm ihnen die Jacken

ab, wies mit eleganter Geste auf die Schuhe, die in einer ordentlichen Reihe vor dem Diwan standen, und bat sie, ebenfalls die Schuhe auszuziehen. Frieda bemerkte, wie Quast etwas sagen wollte, sich dann jedoch besann und seine Turnschuhe neben ein Paar cognacfarbene Schaftstiefel, die sie Marie Jung zuordnete, stellte. Frieda streifte unter den beobachtenden Blicken der Tischgesellschaft ihre Pumps ab, platzierte sie neben spitzen Stiefeletten, die zu Ungefährs Hexenoutfit passen konnten, und kramte noch ein bisschen in ihrer Tasche, während Quast schon in die Runde grüßte. Es wurde zurückgegrüßt und zurückgelächelt.

Sie war froh, als sie das Besteigen des Polsters mit Anstand hinter sich gebracht hatte und neben der schwarzhaarigen Prinzessin zu liegen gekommen war. Quast krabbelte zu Wilhelmine Ungefähr, die ihm belustigt entgegensah.

Die Prinzessin mit den Halbmondbrauen reichte Frieda die Hand – kein einfaches Unterfangen, da sie auf ihren Ellenbogen gestützt war – und sagte vergnügt: «Servus, ich bin die Marley.» Frieda entspannte sich. Man hörte, dass die Frau vom Land kam; ihr Idiom hatte etwas Derbes, das ihr nymphenhaftes Aussehen beruhigend konterkarierte.

Frieda stellte sich vor, nicht ohne ihren eigenen fränkischen Akzent ein wenig herauszukehren. Auch Quasts Bayerisch schien breiter, als er leutselig in die Runde grüßte.

Marley nahm ihr Glas, das auf einem Tischchen vor dem Liegesofa stand, und prostete in die Runde: «Prosit, wie wir Römerinnen sagen!» Man hob die Gläser und trank. Marley wandte sich Quast zu. «Und was bringt euch auf den Hühnerhof hier?»

«Hühnerhof wäre jetzt nicht die Beschreibung meiner Wahl gewesen», antwortete Quast höflich.

«Klar, wenn ich so was sage, ist das okay – wenn ein Kerl das sagt, ist es sexistisch», grinste Marley.

«Dr. Sterzl fällt auch eher nicht in die Kategorie Hühner», schaltete sich Wilhelmine Ungefähr mit neutraler Stimme ein. «Und ich würde mich auch nicht in diese Kategorie einordnen wollen», fügte sie hinzu.

«Bleiben wir beide!», sagte Marie Jung und hob ihr Glas in Friedas Richtung. «Prost! Auf alle Hühner und solche, die es werden wollen.»

War das Eis nun gebrochen, oder fand da ein Spiegelgefecht statt, das sie nicht verstand? Frieda nippte an dem Wein, den der Kellner, ohne zu fragen, vor sie hingestellt hatte.

Gerade als klarwurde, dass es schwierig war, ein gemeinsames Thema zu finden, trat ein schwarz gekleideter Hüne mit einem kleinen Körbchen an ihren Tisch. Blonde Dreadlocks hingen zu einem Zopf zusammengefasst schwer auf seinem Rücken, an klobigen Händen glänzten Silberringe. Das Gesicht passte nicht zu seinem martialischen Aussehen: Kleine Schweinsäuglein strahlten munter, seine dicken Backen waren prall wie die eines Kindes, und wenn er lächelte, erschien in der Mitte des Kinns ein lustiges Grübchen.

Während ein weiterer Knabe jedem am Tisch eine von einem Siegel gehaltene Schriftrolle reichte, stellte der Mann mit dem Körbchen sich vor, was gar nicht nötig gewesen wäre, denn alle kannten ihn. Es war Bubu Bauer, der neue Star am Münchner Küchenhimmel, groß geworden in der Provinz und unter lautem Pressegetöse angetreten, die süddeutsche Gastronomielandschaft aufzumischen.

Nun holte er die Pilze einen nach dem anderen aus dem Korb und erklärte, was er mit ihnen zu tun gedachte. Sie verschwanden dabei fast zwischen den feisten Fingern des Kochs. Das Menü hörte sich bis auf die Vorspeise vielversprechend an:

MENÜ
Jakobsmuschel an Bärlauchpesto
Waldpilz-Consommé
Gebratener Zander auf sautierten Pfifferlingen
Waldpilz-Knödel gefüllt mit Entenleber und Entenbrust
Steinpilz-Sahneeis mit Rauke und Preiselbeeren

Bei dem Wort Bärlauchpesto prostete Quast Frieda zu und raunte: «Wird schon gutgehen!»

Frieda nahm einen Schluck Wein und lächelte. Marley schaute neugierig zu ihnen herüber. Sie konnte nicht wissen, dass die beiden in einen Mordfall verwickelt gewesen waren, bei dem das Opfer durch ein vergiftetes Bärlauchpesto zu Tode gekommen war.

Als der Koch gegangen war, hob Quast sein Glas charmant in Marleys Richtung und fragte: «Ich habe Sie gar nicht gesehen heute Morgen. Wandern Sie nicht gern?»

«Wandern ginge schon zur Not – aber die Abfahrtszeit war nicht mit meinem Biorhythmus zu vereinbaren.»

Frieda fand einerseits, dass das eine sehr vernünftige Einstellung war, andererseits verstand sie Wilhelmine Ungefähr, die ziemlich unwirsch dreinschaute. Die alte Dame hatte ihre gut hundert Kilo Lebendgewicht fast klaglos durch den Wald geschleppt, ohne auf ihren Biorhythmus Rücksicht zu nehmen. Frieda hatte das Gefühl, sich in einem Schützengraben zu befinden, ohne die Fronten zu kennen.

Glücklicherweise kam nun der erste Gang. Die Menge des

Pestos, das um die Jakobsmuscheln getropft worden war, hätte wohl kaum für eine ordentliche Vergiftung gereicht, selbst wenn etwas Herbstzeitlose unter den Bärlauch geraten wäre. Ringsum wurde mit Tellern balanciert, gekleckert und gekichert. Der Alkohol tat das Seine. Die Stimmung lockerte sich. Das Gespräch oszillierte zwischen den Techniken der Trüffelsuche – hier beteiligte Quast sich rege – und den neuesten Methoden der Reproduktionsmedizin – hier ergriff Quast öfter das Weinglas als das Wort.

Als Marley kundtat, dass sie – logisch – ihre Eizellen einfrieren lassen würde, um nicht abhängig von ihrer eigenen Biologie und irgendwelchen Kerlen – das Wort schien in ihrem Wortschatz häufiger vorzukommen – zu werden, machte Sterzl den Fehler, das als widernatürlich abzutun. Auf einmal waren sich die Frauen auf ihren Sofas einig.

Die Möglichkeit, die Gebärfähigkeit länger zu erhalten, sei ein großer Schritt hin zu einer Befreiung der Frau von der männlichen Dominanz und habe mit egoistischen Motiven nichts zu tun, sagte Wilhelmine Ungefähr, und Marie Jung pflichtete ihr uneingeschränkt bei. Marley hingegen nannte Sterzl freundlich einen ignoranten Chauvinisten.

Frieda hoffte, Sterzl werde zurückrudern, aber aus unerfindlichen Gründen erklärte er unbeeindruckt, man müsse ja nicht alles tun, was machbar sei, und überhaupt, der Mensch solle Gott nicht ins Handwerk pfuschen. Seine Stimme wurde lauter, und ehe er es sich versah, manövrierte er sich in die Ecke des religiös-eifernden Konservativen.

Frieda tat er leid, und sie wechselte entschlossen das Thema. «Ich soll alle von Nasrin grüßen, es geht ihr nicht gut, sie lässt sich entschuldigen.»

Wilhelmine Ungefähr nickte. «Ja, ich habe mit ihr telefoniert. Die Arme. Ich fand sie sehr tapfer heute.» Dann aber fügte sie mit einer gewissen Härte hinzu: «Aber sie hat uns das ja auch eingebrockt, da konnte sie schlecht wegbleiben.»

«Kannten Sie Nasrins Bruder?», hakte Quast nach.

«Sie hat ihn ab und an mitgebracht, wenn es offene Veranstaltungen gab. Er war Psychiater, und ich glaube auch kein schlechter. War nicht auch die eine oder andere von uns bei ihm?», fragte sie in die Runde.

«Weiß ich nicht», sagte Marley. «Er hat in Borderline und Essstörungen gemacht. Das ist ja ein weites Betätigungsfeld, aber nichts für mich.»

Sprach's und nahm genüsslich einen Schluck von der Waldpilz-Consommé, die inzwischen gebracht worden war. Frieda bemerkte Quasts Blick, der zu Marleys wohlproportionierten Hüften wanderte, und bekam sofort Zweifel an dieser gelassenen Einstellung zum Essen. Gab es da nicht irgendeine These bei Freud, die besagte, dass die Verneinung einer Aussage zugleich deren Bejahung beinhalte?

Noch ehe der Zander kam, klingelte Quasts Telefon. Der Toxikologe rappelte sich auf, ging einige Schritte vom Diwan weg und nahm das Gespräch an. Frieda versuchte, etwas aus seiner Gestik und Mimik abzulesen, aber Quast stand mit dem Rücken zu ihr.

Nach kurzer Zeit kam er zurück und wandte sich an Sterzl. «Du, Sterzl, wir haben einen Neuzugang. Leberversagen. Der Dienst ist ein bisschen hilflos. Ich fahr geschwind hin. Wenn du mitkommen willst –»

Noch ehe er zu Ende gesprochen hatte, war Sterzl auf den Beinen. Fast wäre er in Socken losgerannt, doch dann fielen ihm seine Schuhe ein.

Die beiden gaben ein nettes Bild ab, wie sie vor dem Diwan knieten und sich in ihre Schuhe kämpften. Als sie nach einer kurzen Verabschiedung Richtung Ausgang marschierten, keimte in Frieda ein leiser Verdacht auf.

«Da gehen sie hin», konstatierte Marley «Dann können wir ja jetzt zum gemütlichen Teil übergehen.»

Frieda war sich nicht sicher, dass sie das genauso empfand.

«Dr. Quast, ich bin so froh, dass Sie mich mitnehmen», sagte Sterzl, als sie draußen waren.

«Jetzt gehen wir erst einmal zum Adria und kaufen uns eine Pizza. Und dann können Sie mit ins Jennerwein kommen, wenn Sie wollen.»

«Aber das Leberversagen –»

«Welches Leberversagen? Mein Gott, Sterzl, das war bloß die Weckfunktion vom Handy. Ich geh doch nicht ernsthaft in die Klinik, wenn ich keinen Dienst habe.»

«Aber –»

«Sie können auch wieder reingehen, wenn Sie wollen.»

«Nein. Natürlich nicht.»

«Na also. Los. Ich habe Hunger.»

Erst als Quast mit Sterzl vor dem Lokal stand, das früher das legendäre Adria gewesen war und immer noch so hieß, fiel ihm wieder ein, dass er sich längst vorgenommen hatte, nicht mehr hierherzukommen.

Nach dem Ende der Sperrstundenregelung hatte sich der alte Laden, der seit der Olympiade 72 Münchens Nachtmenschen bis zum Morgen mit dicken Pizzastücken für zwei Mark versorgt hatte, nicht mehr halten können.

Der neue Pächter hatte das Restaurant aufpoliert und aufgemotzt, neben Pizza und Bier gab es jetzt auch Seeteufelfilets und Qualitätswein. Der natürliche Gang der Dinge.

Als Sterzl sich zur Pizza Margherita ein Glas Leitungswasser bestellte, dachte Quast, dass er seinen Assistenten doch besser bei den Damen gelassen hätte. Frieda war einfach die nettere Gesellschaft. Zu Pizza Margherita und Wasser war Frieda gar nicht fähig.

Was, fragte sich Quast, verband diesen wassertrinkenden Sterzl in seinem schlecht sitzenden Zweiteiler mit Kijan von Sydow?

Sterzl war ein Träumer, der sich treiben ließ und impulsiv seinen obskuren Ideen folgte. Sydow dagegen suchte zielstrebig Erfolg und Anerkennung. Als Migrant der zweiten Generation hatte er den Namen seines Vaters für den Adelstitel seiner Frau aufgegeben; mit Mitte dreißig war er arrivierter Oberarzt an der Uniklinik gewesen.

Sterzl war zwar ein bisschen jünger, aber er hatte noch nicht einmal den Facharzt, weil er sich immer wieder verzettelt hatte.

Und doch hatte Sydow Sterzl als Pilzführer an den Club vermittelt. Wie passte das zusammen?

Sie saßen in einem holzumzäunten Verschlag unter großen Schirmen. Quast aber hätte viel lieber im Stehen gegessen. Dieser Platz, der immer eine Durchgangsstation gewesen war, lud seiner Meinung nach auch heute nicht zum Verweilen ein.

Bald legte Quast zwanzig Euro und ein paar Münzen auf den Tisch, stand auf und verließ das Lokal mit einem «Auf geht's!» in Richtung Sterzl. Dieser wischte sich mit der Serviette den Mund ab und folgte Quast zu den Rädern.

Im Jennerwein bestellte Quast erst einmal zwei Weißbier, denn das Helle von Löwenbräu mochte er nicht. Ansonsten mochte er alles an dieser Kneipe.

Er schaute zur jungen Senta Berger auf, die von der Wand lächelte, während Sterzl irritiert den nackten Mann, der daneben hing, musterte. Quast freute sich über das Wiedersehen: das rötliche Licht, die psychedelische Tapete, die Hirschgeweihe an den Wänden, die zerschundenen Tische, alles war wie immer.

Dass Veränderungen zum Leben in einer Großstadt gehören, galt für München ohnehin weniger als für andere Metropolen. Quirin Quast aber wäre es am liebsten gewesen, wenn alles so geblieben wäre, wie es war. Der Wandel seiner Umgebung führte ihm das Altern allzu plastisch vor Augen – und wenn er ehrlich war, mochte er das nicht.

So konnte er sogar die Spinner verstehen, die sich aufgeregt hatten, als der Nachkriegsbau in der Feilitzschstraße, in dem die «Schwabinger Sieben» untergebracht war, abgerissen wurde. Die «Schwabinger Sieben» war einer der hässlicheren Fixpunkte auf seiner inneren Landkarte gewesen, doch wenn er heute an dem eleganten vierstöckigen Gebäude vorbeiradelte, das den Platz des unansehnlichen Flachbaus eingenommen hatte, spürte er jedes Mal einen Stich. Quast leistete sich den Luxus der Nostalgie, aber natürlich nicht ohne ein Quäntchen Selbstverachtung. Anderswo wurden Kriege geführt, Grenzen verschoben, Gesellschaften verändert – und er machte sich Gedanken um den Erhalt einer baulichen Übergangslösung, bloß weil die lange genug da gewesen war. Er fand sich selbst dekadent.

Daran, dass er nicht mehr viel sagte, erkannte Quast, dass auch Sterzl sich entspannt hatte.

«War ein langer Tag», sagte er schließlich. Sterzl wischte sich Schaum vom Mund und nickte.

«Der Sydow hat das alles organisiert, oder?»

Erneut nickte Sterzl.

«Hast du den gut gekannt, den Sydow?»

Diesmal ein Kopfschütteln. Die verstockte Seite seines Assistenten hatte Quast noch gar nicht kennengelernt. War das Müdigkeit oder doch eher Taktik?

«Aus der Klinik, oder?»

«Ich war mal kurz Assi in der Psychiatrie. Daher.» Er verstummte.

«Willst nicht drüber reden, oder?»

Kopfschütteln.

«Klar. Kann man verstehen», log Quast und gab auf.

Sie tranken weiter.

Nachdem die Männer gegangen waren, wurde es doch noch nett im Triclinium. Nach und nach gewöhnte man sich an das Essen im Liegen, es kam Bewegung in die Gesellschaft. Frauen wechselten die Plätze, man tauschte Freundlichkeiten und Informationen aus. Wilhelmine Ungefähr wollte alles über ihr Jahr in Peru wissen, und Frieda genoss es zu erzählen. Die Stimmung war gelöst. Ungefähr rutschte ein großes Stück Waldpilzknödel in ihren Ausschnitt, und sie fischte es unter lautem Hallo wieder heraus, Marley trat beim Aufstehen in ihr Weinglas und fluchte laut. Ihr Gang war unsicher, als sie Richtung Toiletten davonstöckelte. Frieda begann das schummrige Licht, das angenehme Gefühl der Sättigung, die beginnende Schläfrigkeit zu genießen.

Sie hatte Marley fast vergessen, als diese plötzlich neben dem Diwan stand: Eine Hand auf den Bauch gedrückt, stützte sie sich mit der anderen an einer Säule ab. Ihr Blick war starr, gepresst bat sie Frieda, mit nach draußen zu kommen.

Frieda rappelte sich auf und suchte im Halbdunkel hektisch nach ihren Schuhen, während Marley schwer atmend und vornübergebeugt an ihrer Säule lehnte. Frieda hakte Marley entschlossen unter und schob sie Richtung Ausgang. Kaum jemand hatte sie bemerkt. Nur Marie Jung kam hinter ihnen her.

Verdammt, die Pilze – und Quast war nicht da. Frieda verfluchte Quast, der sich einmal mehr im entscheidenden Moment davongemacht hatte.

Gemeinsam mit Marie manövrierte sie Marley, die keuchend atmete, die steilen Stufen hinauf, mit der freien Hand tastete sie in ihrer Tasche nach dem Handy. Immer wieder mussten sie innehalten, weil sich Marley, die vor Übelkeit ächzte, krümmte.

Ein berockter Ober kam beflissen hinter ihnen her, Frieda rief ihm über die Schulter zu, er solle schnell eine Tüte herbeischaffen. Als der Mann einen Moment später einen Beutel brachte, auf dem elegant das Emblem des Tricliniums prangte, war es bereits zu spät. Frieda konnte Marley gerade noch die Haare aus dem Gesicht halten, als diese sich schon in einem Schwall übergab, mitten auf der Treppe, gerade noch an Friedas Handtasche vorbei, über die Sandalen des Jünglings. Während der noch perplex auf seine Füße starrte, befahl Frieda ihm, einen Krankenwagen zu rufen.

Ohne auf eine Reaktion zu warten, schleppten sie Marley an die frische Luft. Schwer atmend ging sie vor der Tür in die Hocke. Marie Jung kauerte sich daneben und legte ihr einen

Arm um die Schultern. «Kriegt der das hin mit dem Krankenwagen?», fragte sie an Frieda gewandt.

«Ich frage nach. Bin gleich wieder da», sagte Frieda.

Während sie den übel riechenden Gang hinunterstieg, ohne darauf zu achten, ob sie in unverdaute Pilzstücke trat oder nicht, ging sie fieberhaft die möglichen Diagnosen durch, das Telefon in der Hand.

Am Fuß der Treppe kam ihr schon der Ober entgegen – ohne Sandalen und mit unbewegtem Gesicht. «Der Krankenwagen kommt», meldete er und wandte sich, noch während er sprach, ab. Es war offensichtlich, dass er nicht weiter involviert werden wollte. Frieda rief ihm einen Dank hinterher und nickte Wilhelmine Ungefähr zu, die fragend herübersah. Den neugierig-besorgten Blicken der anderen wich sie aus.

Vor der Tür hatte sich bereits ein Grüppchen um Marley geschart. Frieda wechselte die Straßenseite und wählte Quasts Nummer. Nach dem vierten Läuten hörte sie Stimmengewirr, Musik und Gläserklirren, eher untypische Geräusche für eine Klinik. Quast hatte sich tatsächlich in eine Kneipe abgesetzt.

«Quast!», bellte sie in den Hörer. «Quast, hier gibt es einen Notfall. Ich versuche, den Krankenwagen in die Eisbachklinik umzuleiten. Kannst du hinkommen?»

«Frieda?»

«Quast, ein Notfall!», wiederholte sie, diesmal lauter.

«Jetzt red doch mal zusammenhängend. Was ist los?»

Frieda schilderte die Ereignisse, und Quast blieb enervierend ruhig. «Reg dich nicht immer gleich so auf. Wenn's so schnell anfängt, ist es meistens nicht so tragisch.»

Mit aller ihr zu Gebote stehenden Freundlichkeit erinnerte sie Quast daran, was beim letzten Mal geschehen war, als er nicht eingegriffen hatte, und Quast versprach widerwillig, in die Notaufnahme zu kommen.

Sie steckte das Handy weg und ging zu Marley zurück.

Etwas hatte sich geändert in der kurzen Zeit, in der sie mit Quast gesprochen hatte. Ein Flirren, eine spürbare Anspannung, eine unterdrückte Aufregung lag in der Luft.

Marley war von noch mehr Clubkolleginnen umringt. Zwei hockten neben ihr, die anderen standen. Marie Jung kam Frieda entgegen, ihr Gesicht leuchtete blass im Lichtkegel der Straßenlaterne. «Wir fragen uns», begann sie, «ob das», sie zeigte auf Marley, die zusammengekrümmt an einer Hauswand lehnte, «etwas mit dem Essen hier zu tun haben kann.»

Frieda spürte die auf sie gerichteten Blicke. Den Gedanken an die Pilze hatte sie zunächst weggeschoben, so vieles konnte Übelkeit auslösen. Auch das Rebellieren ihres eigenen Magens hatte sie bislang ignoriert: fettes Essen, üble Gerüche, mehrere Gläser Wein. Alles im normalen Bereich. Sie zuckte mit den Schultern: «Ich habe da wenig Erfahrung. Natürlich könnte das –»

Schon nachdem sie die ersten Worte gesprochen hatte, wusste sie, dass sie etwas Unkluges gesagt hatte. Eine Frau neben ihr presste bereits die Faust auf den Oberbauch, eine andere unterdrückte ein Aufstoßen, eine dritte atmete schwer.

«Mir ist auch nicht gut», erklärte Marie Jung sachlich. «Kann eine Pilzvergiftung so schnell auftreten?»

«Ich weiß nicht.» Wieder die falsche Antwort. Sie musste sich zusammenreißen. Was hatte Quast gesagt? Sie räusperte sich. «Eigentlich ist die Inkubationszeit zu kurz.»

Hatte sie «eigentlich» gesagt? Die Inkubationszeit war zu kurz für eine schwere Pilzvergiftung, das war eine Tatsache.

Sie setzte noch einmal an: «Also – bei der kurzen Inkubationszeit kann das eigentlich nichts Schlimmes sein.» Wieder dieses überflüssige Wort. Sie redete sich hier um Kopf und Kragen.

In dem Moment riss eine Frau im goldenen Minirock die Hand zum Mund und wandte sich ab. Breitbeinig stand sie auf hohen Hacken vornübergebeugt und würgte, ihr perlenbesticktes Clutch-Täschchen hatte sie von sich geworfen. Spastiken schüttelten ihren Körper. «Wir brauchen mehr als einen Krankenwagen», stellte Marie Jung nüchtern fest und zückte das Handy.

Als Franz Voigt an diesem Abend mit seinem Beagle Derrick auf die Straße trat, bot sich ihm ein Bild wie aus einem Katastrophenfilm. Hektisches blaues Blinken beleuchtete die Szenerie. Die Nachtluft war erfüllt von Türenschlagen, von lauten Stimmen und vom Lärm der an- und abfahrenden Wagen.

Uniformierte und Sanitäter liefen durcheinander. Zwei Polizisten waren dabei, die Straße abzusperren.

Menschen traten vornübergebeugt aus der Tür des Hauses gegenüber. Voigt fiel auf, dass es sich nur um Frauen zu handeln schien.

Er hatte geahnt, dass mit diesem Etablissement etwas nicht stimmte. Allein die Haare von diesem Koch bewiesen, dass der was mit Drogen zu tun hatte. Warum sonst sollte man auch im Liegen essen. Aber heute hatten sie es wohl zu weit getrieben. Voigt konnte Derrick gerade noch von einem Haufen Erbrochenem wegziehen und ging zufrieden seiner Wege.

Nasrin Hamemi verbrachte diesen Abend auf ihrem Sofa. Gerade biss sie in einen Riegel Kinderschokolade, es war der letzte, der in der Packung war. Um sie herum lag bunt zerknülltes Schokopapier, hin und wieder trank sie einen Schluck Bier aus der Flasche. Das passte zwar nicht zur Schokolade, wohl aber zu ihrer Stimmung. Im Fernsehen lief eine Reality-Show, in der Leute erst füreinander kochten und dann übereinander herzogen. Der Raum um den Fernseher herum war unbeleuchtet: Schuhe, zerknüllte Tempos, Bücher, ein Kilo Zwiebeln im Netz, Kaffeetassen, Handykabel, verstreute Wäschestücke, Notizzettel, Computermäuse, Münzen, Schminkutensilien und Wasserflaschen blieben im Halbdunkel gnädig verborgen. Nasrin selbst gab ein Bild der Verwahrlosung ab. Sie trug noch dieselbe Kleidung wie am Vormittag, hatte aber die erstbeste Winterjacke, die sie gefunden hatte, über ihren Pulli gezogen. Die Kälte war ihr in die Knochen gekrochen, und die Heizung wollte nicht anspringen. Nur die Stiefel hatte sie ausgezogen und gegen Plüschpantoffeln getauscht. Selbst ihr Haar hatte sich der Umgebung angepasst und lag in fettigen Strähnen auf ihren Schultern.

Sie verabscheute sich dafür, die Abendveranstaltung geschwänzt zu haben, und es war, als hätte diese eine Undiszipliniertheit eine seelische Kettenreaktion ausgelöst. Kijan hätte sie gerüttelt und auf die Beine gestellt, hätte er sie so gesehen, aber die Zeiten waren passé. Vergangen. Vorbei. Sie versuchte, den Gesprächen auf dem Bildschirm zu folgen, doch es gelang ihr nicht. Sie hörte die Worte, verstand aber nicht, was gesagt wurde. Sie wusste, gedämpftes Licht, ein warmes Bad, melancholische Musik würden Wunder wirken, aber Schokolade und Alkohol waren in diesem Moment alternativlos.

Das Läuten nahm sie zuerst gar nicht wahr. Erst als das Schrillen unregelmäßig, aber insistierend im Raum schwebte, stemmte sie sich langsam vom Sofa auf und schlurfte zur Tür.

Das Bild auf dem Monitor neben dem Eingang zeigte eine massige dunkle Gestalt. Es dauerte einen Moment, bis Nasrin erkannte, wer da unten stand und das Gesicht in die Kamera hielt: Wilhelmine Ungefähr. Nasrins Herz schlug hart. Eine üble Melange aus schlechtem Gewissen, Unsicherheit und unerklärlicher Nervosität überkam sie, und sie drückte, ohne nachzudenken, auf den Türöffner. Ungefährs runder Kopf verschwand vom Bildschirm.

Was wollte die Ungefähr mitten in der Nacht bei ihr? Das Verhältnis zwischen der Grande Dame des Athena-Clubs und Nasrin war durchaus nicht so, dass ein unangemeldeter nächtlicher Besuch im Bereich des Möglichen oder auch nur Denkbaren lag. Etwas musste geschehen sein.

Nasrin schätzte und fürchtete Wilhelmine Ungefähr. Die Soziologin hatte den Athena-Club fast im Alleingang aufgebaut. Damals, in den Siebzigern, waren die Fronten zwischen Mann und Frau noch klar gewesen und ein weiblicher Kampf unbestreitbar notwendig. Inzwischen aber war vieles von dem, was damals auf der Agenda gestanden hatte, erreicht – und doch blieb viel zu tun. Was das aber war, war heute viel schwerer zu bestimmen.

Nasrin war sich sicher, dass Wilhelmine Ungefähr bei allem Intellekt nicht mehr richtig einschätzen konnte, wo die Genderdiskussion aktuell stand. Deshalb konnte sie es nicht hinnehmen, dass Ungefähr die Deutungshoheit im Club nicht aus der Hand gab. Es war an der Zeit, der jüngeren Generation den nötigen Gestaltungsspielraum zu lassen.

Eines kam hinzu: Nasrin hatte nie vergessen, dass Ungefähr in einer Vorstandssitzung Nasrins Lieblingsidee vom Tisch gewischt hatte wie einen lästigen Krümel. Seit Jahren arbeitete Nasrin an einem Konzept für ein Onlineportal, in dem Frauen ihre Arbeitgeber anonym beurteilen konnten. Es sollte um Kriterien gehen wie den Frauenanteil in den Chefetagen, die Vereinbarkeit von Kindern und Beruf, um sexuelle Belästigung und anderes, über das offen zu sprechen immer noch schwierig war. Ungefähr hatte «anonym» gehört und war explodiert. Wer nur offen sprechen könne, wenn ihm Anonymität zugesichert werde, sei feige, und für Feigheit war im feministischen Kampf, wie ihn Ungefähr verstand, kein Platz. So war das Vorhaben in der Schublade verschwunden. Nasrin hatte dieses Machtwort nicht vergessen – und war jetzt doch froh über die Aussicht auf ein wenig Gesellschaft in dieser Nacht.

Quast fuhr nicht wie versprochen direkt in die Eisbachklinik, sondern zunächst zurück ins Triclinium. Seinen Assistenten schickte er nach Hause – wenn Sterzl wirklich giftige Pilze gesammelt hatte, würde er es früh genug erfahren.

Vor der Tür des Lokals stand eine Gruppe rauchender Frauen, die Mehrzahl langhaarig und schlank, die meisten trugen kurze Röcke oder enge Hosen. Von hinten wirkten sie wie zwanzig, von vorne wie vierzig – mindestens. Nur eine war stämmig, mit kurzen Locken und strengem Sakko. Als Quast im Vorbeigehen seinen Schritt verlangsamte, sagte sie: «Gehn Sie da nicht rein. Da stinkt's.»

Quast blieb stehen.

Eine andere meinte: «Kollektive Pilzvergiftung.»

Quast tastete nach seinen Zigaretten. «Kollektiv?»

«Da ist ein paar Leuten schlecht geworden. Die sind inzwischen alle in die Klinik gefahren. Mit viel Tatütata.»

«Sauber», sagte Quast, während er in sich hineinhorchte. Ein bisschen übel war ihm auch.

«Wie vielen ist schlecht geworden?» Er trat die Zigarette, die er gerade angezündet hatte, wieder aus.

«Keine Ahnung. Waren schon ein paar.»

Eine zückte ihr iPhone und öffnete WhatsApp. «Die hängen da rum und langweilen sich.» Sie hielt das Telefon hoch und zeigte das Bild eines Warteraums: Auf Plastikstühlen saßen blasse, gut gekleidete, handtaschenbewehrte Frauen. Quast glaubte das Schwabinger Krankenhaus zu erkennen. «Aber Ihnen geht es gut?»

«Alles easy», sagte eine, die ebenfalls auf ihrem Telefon herumspielte.

Quast zählte kurz zusammen, was er getrunken hatte. Ein paar schnelle Gläser Wein, dann zwei Bier, eine leichte Irritation der Magenschleimhaut konnte das schon auslösen, andererseits … Er schob den Gedanken beiseite.

«Ist noch jemand da?», fragte er und wies auf die Eingangstür.

«Ein paar von der Crew.»

«Na, dann schau ich mir das mal an.» Er spürte die neugierigen Blicke der Frauen im Rücken, als er die Tür zum Triclinium öffnete. Hinter ihm wurde getuschelt.

Auf der Treppe nach unten roch es streng nach Putzmittel. Das Lokal war heller beleuchtet als zuvor, aus der Toilette hörte man das Klicken von Schrubbern und Lachen, ein Mann wischte den Boden, hinter der Bar aus schwarzen Granitplatten erkannte er Bubu Bauers blonde Dreads. «Geschlossen!», knurrte der Koch durch den Raum und wedelte mit beringten Fingern, als wolle er einen Hornissenschwarm verscheuchen.

Quast aber ließ sich nicht verscheuchen und kletterte auf einen mit schwarzem Samt bespannten Barhocker. «Ich bin wegen den Schwammerln da.»

«Wegen den Schwammerln», wiederholte der Koch finster und schaute Quast von oben bis unten an. Dann begann er, hysterisch zu lachen. Er hielt sich mit einer Hand den nicht unbeträchtlichen Bauch, mit der anderen klammerte er sich am Tresen fest. Quast gefiel die Situation auf einmal. Die grob behauene Steinbar, der schräge Vogel dahinter, die alternden lässigen Mädels oben, die Nacht, das Gefühl, dass er mitten in einer Geschichte mit unbekanntem Ausgang war – all das taugte ihm.

Er musste gelächelt haben, denn der Koch hörte auf zu lachen, verschränkte die Arme und schaute ihn an. «Was wollen Sie, Mann?»

«Ich kenn mich mit Gift aus.»

Der Koch brach erneut in schallendes Gelächter aus. «Mit Gift. Ja da schaug her.»

«Ich bin der Chef von dem Kerl, der die Schwammerl gesammelt hat, die Sie heute gekocht haben, und ich –»

Bauer schaute ihn an, wieder mit diesem Blick. Seine kleinen Augen blitzten. «Sind Sie aus Litauen?»

«Was?», fragte Quast.

«Ob Sie aus Litauen sind.»

«Ich weiß nicht einmal, wo Litauen genau liegt.»

«Na dann», sagte Bauer, als sei die Sache damit erledigt. Quast begann zu dämmern, worauf Bauer hinauswollte. «Dann haben Sie gar nicht die Schwammerl gekocht, die wir da heute früh gesucht haben?»

Wieder brach Bauer in hysterisches Lachen aus. Er griff hinter sich und holte eine türkis geschliffene Flasche aus dem Regal. «Wollen'S einen Marillenschnaps? Der ist aus der Wachau. Kostet ein Vermögen. Ich lad Sie ein. Heut ist es auch schon wurscht.»

«Ja dann – unbedingt.»

Bauer goss zwei Gläser voll und prostete Quast zu. Er trank auf ex und wischte sich den Mund. «So etwas wie dieses braune Geschlonz, das ihr da angebracht habt, koch ich doch nicht. Ich hab einen Ruf zu verlieren. Klar habe ich schon in der Früh eingekauft, was ich gebraucht habe. Das waren super Steinpilze und ein paar Reherl vom Großmarkt. Zugegebenermaßen – aus Litauen. Aber trotzdem super Ware.»

«Und die Vergiftungen?»

«Wenn Sie mich fragen: hysterische Weiber. Morgen hab ich das Gesundheitsamt da – wegen Salmonellen, aber die finden nichts. Nicht bei mir.»

«Das geht sich auch eigentlich nicht aus. Zu kurze Inkubation. Staphylokokken dagegen – haben Sie was aufgewärmt? Die Pilzsuppe vielleicht?»

Der Koch machte eine wegwerfende Handbewegung.

Quast nickte, der Koch goss die Gläser noch einmal voll. «Na dann, Herr –»

«Quirin. Ich bin der Quirin.»

«Bubu.»

«Prost, Quirin.»

«Prost.»

«Ich wollte eigentlich einen Zeitungspapiertest mit den Schwammerlresten machen, aber das ist ja dann nicht nötig.»

«Nein. Ist nicht nötig. Keine Champignons, also auch kein Knollenblätterpilz.»

Quast nickte. «Aber wenn's nicht die Pilze waren – was war es dann?»

Bauer zuckte mit den Schultern.

Nasrin schaute sich in ihrer Wohnung um. Für einen Moment hatte sie den Impuls, aufzuräumen oder sich wenigstens selbst präsentabel zu machen, besann sich aber schnell eines Besseren. Wo anfangen, wo aufhören.

Stattdessen öffnete sie die Tür und hörte schon das Rucken des Aufzugs. Bald darauf stapfte Wilhelmine Ungefähr den Gang herunter, eine jüngere Ausgabe von Margaret Rutherford.

Nasrin verschränkte die Arme vor der Brust und lehnte sich in den Türrahmen. Ungefähr blieb vor Nasrin stehen, schaute sie lange an, streckte dann langsam eine beringte Hand aus und berührte sie zart am Arm. «Mein Gott, Mädchen, warum gehst du denn nicht an dein Handy?»

Nasrin zuckte die Schultern und sah hinter sich in die

Wohnung. Sie hatte das Telefon mehrmals läuten gehört, aber es gab niemand, mit dem sie hätte sprechen wollen.

Ungefähr zog ihre Hand zurück. «Kann ich kurz reinkommen?» Nasrin zuckte mit den Achseln und trat beiseite.

Die alte Dame wollte sich bücken, um die Schnürsenkel ihrer Stiefeletten zu lösen, doch Nasrin stoppte sie. «Schon gut, nicht nötig, das lohnt hier heute nicht.» Sie ging voraus, schaltete die Deckenbeleuchtung im Wohnzimmer an und den Fernseher aus. Ungefähr reagierte mit keinem Wort auf den Zustand der Wohnung, sondern zog sich einen Stuhl von der Wand, hängte ihre Tasche über die Lehne und setzte sich.

«Wollen wir etwas trinken?», fragte sie, als Nasrin schwieg. Erneut zuckte Nasrin mit den Schultern. «Wasser, Bier, Wein, Schnaps? Was möchtest du?»

«Du bist beim Bier, sehe ich.» Ungefähr blickte auf die Flasche neben dem Sofa, und Nasrin suchte vergeblich nach Missbilligung in ihrer Stimme. «Könnte ich trotzdem einen Wein haben?»

«Klar.» Nasrin ging in die Küche. Erst als sie das Licht über dem Herd einschaltete, sah sie, dass es hier im Vergleich zum Wohnzimmer aufgeräumt war. Sie hätte ihre Besucherin ganz einfach in die Küche bitten sollen. «Wilhelmine?», rief sie.

«Ja?»

«Komm doch hier herüber, da ist es zivilisierter.»

Sie hörte den Dielenboden knarzen, Ungefähr erschien neben ihr und setzte sich auf einen der Hocker am Küchenblock, erneut ohne zu warten, dass sie dazu aufgefordert wurde. Nasrin goss Rotwein aus einer angebrochenen Flasche in ein Burgunderglas.

«Danke», sagte Wilhelmine Ungefähr und fügte hinzu: «Komm, setz dich zu mir.»

Nasrin nahm ihre Bierflasche und setzte sich neben Ungefähr, die am Wein nippte. «Es ist schwer, oder?», fragte die Soziologin schließlich, und Nasrin nickte. Ungefähr trank noch einen Schluck. Schließlich sagte Nasrin: «Ich konnte heute einfach nicht. Ich –»

«Ich sehe das doch, Nasrin. Ich sehe das», beschwichtigte Ungefähr schnell. «Keiner hat von dir erwartet, dass du kommst.»

Nasrin fragte sich, was Ungefähr eigentlich von ihr wollte.

Als hätte Ungefähr ihre Gedanken gelesen, sagte sie nach einem weiteren damenhaft kleinen Schluck: «Eigentlich wollte ich nur die Nummer von diesem Dr. Quast und von deiner Freundin Frieda, dann habe ich dich aber nicht erreicht, hab mir Sorgen gemacht – und so bin ich hier.» Sie verstummte und strich langsam mit dem Zeigefinger über den Rand ihres Glases. Dann sah sie ihr Gegenüber erwartungsvoll an.

Erneut schlug Nasrins Herz so hart gegen ihre Rippen, dass sie es spüren konnte. Warum wollte Ungefähr die Nummern? Was war geschehen?

Wilhelmine Ungefähr spürte wohl, was in ihr vorging. Ohne weitere Fragen zu stellen, fasste sie mit knappen Worten die Ereignisse des Abends zusammen.

Zwischen Nasrins Schläfen begann ein Hämmern. Krampfhaft versuchte sie, Ungefährs Worten zu folgen, während sie merkte, wie ihr Körper taub wurde. Hektisch fuhr sie sich mit der Hand über das Gesicht, um sich aus der Erstarrung zu lösen, konnte das Gehörte aber nicht einordnen. Klar war nur, dass all das irgendwie eine Katastrophe war.

Ungefähr sah sie mitleidig an, suchte eine bessere Position auf dem Barhocker und sagte im Hin- und Herrücken: «Frieda May ist mit Marley in die Eisbachklinik gefahren – und wir wollten gerne bei ihr nachfragen. Auch um zu wissen, ob wir anderen irgendwie in Gefahr sind. Dieser Toxikologe, dieser Doktor Quast, ist schon früher gegangen, blöderweise.» Auch jetzt konnte Nasrin nur nicken.

Wieder legte Wilhelmine Ungefähr ihre Hand auf Nasrins Unterarm. «Nasrin, deine Schwägerin erzählt überall herum, dass deiner Meinung nach etwas nicht stimmt mit dem Tod deines Bruders – und jetzt dieser Eklat beim Essen. Was ist da los? Weißt du was?»

Nasrin wurde schlecht. Bier und Schokolade vertrugen sich nicht. Ihr Magen war in Aufruhr. Ohne ein Wort stürzte sie ins Bad und hockte endlich gekrümmt und schwer atmend vor der Toilettenschüssel.

Als Quast spät in der Klinik ankam, roch er nach Alkohol, kaltem Rauch und ein wenig nach Pfefferminz.

Frieda war froh, als er den Kopf durch die Tür des Raumes steckte, in dem Marley gerade untersucht wurde. Mit bleichem Gesicht lag die Patientin da, während der diensthabende Arzt den Ultraschallkopf auf ihren Bauch hielt.

Marley warf Quast einen kurzen finsteren Blick zu und bemerkte trocken: «Der ist ja betrunken.»

Quast ignorierte die Patientin samt ihrer Bemerkung und trat näher.

Der Arzt ließ den Schallkopf sinken und sah Quast an. «Dr. Quast. Die Kollegin hat schon gesagt, dass Sie kommen.» Man sah, dass er innerlich Haltung annahm, während er Bericht erstattete. «Wir haben noch nicht viel. Eine Gastroenteritis vielleicht, vielleicht Staphylokokken.»

«Labor habt ihr gemacht.»

«Ja.»

«Cholestasewerte, Transaminasen und so weiter.»

«Ja. Kann aber dauern, bis das kommt.»

«HCG?»

«Sie meinen –?»

«Ja, macht mal. Wer weiß.»

«Würden Sie die Güte haben, mir zu sagen, was das für mich heißt?», fuhr Marley dazwischen.

Frieda sah Quast an, Quast sah Frieda an. Schließlich sagte der Stationsarzt: «Dr. Quast schlägt einen Schwangerschaftstest vor.»

Marley richtete sich empört im Bett auf. «Ich bin nicht schwanger!»

«Wir wollen das nur ausschließen. Das gehört zum Prozedere bei diffuser Übelkeit.»

Marley ließ sich zurücksinken. «Also gut, macht, was ihr nicht lassen könnt.»

Als Quast zur Tür ging, stand auch Frieda auf. «Gute Besserung», sagte sie zu Marley. «Meine Handynummer hab ich dir aufgeschrieben. Wenn was ist.»

Marley nickte ergeben, schaute kurz auf den Zettel, den Frieda auf den Nachttisch gelegt hatte, und hob erschöpft eine Hand.

«Gute Besserung», sagte auch Quast. Und an den Assistenzarzt gewandt, fügte er hinzu: «Schicken Sie immer mal wieder jemanden vorbei, solange wir nicht wissen, was los ist.» Er merkte selbst, dass er die Konsonanten vernuschelte.

Draußen fuhr Frieda Quast harsch an: «Was soll das? Warum säufst du so viel?» Quast wich unwillkürlich ein wenig zurück. Sie standen auf dem nächtlich leeren Gang in der Toxikologie.

«Ich war beim Bubu Bauer. Der hat mich mit Schnaps abgefüllt.» Das Marillenzeug hatte es wirklich in sich gehabt.

«Und du hast dich abfüllen lassen. In dieser Situation.» Frieda stand wie eine Furie vor ihm, und auf einmal hatte er Lust, sie zu küssen. Er hatte wirklich viel zu viel getrunken, sie hatte recht. Er steckte die Hände in die Hosentaschen und sagte defensiv: «Die gute Nachricht ist, dass es nicht an Sterzls Pilzen liegt. Bauer hat die weggeschmissen.»

«Und die schlechte?»

«Marley ist nicht die Einzige. Da sind noch andere krank geworden.»

«Das glaub ich jetzt nicht.» Frieda verschränkte die Arme vor der Brust und schaute ihn wütend an.

«Die sitzen im Schwabinger Krankenhaus, glaub ich, in der Notaufnahme, soweit ich das auf dem Foto erkennen konnte.»

«Auf welchem Foto?»

«Ein paar Damen sind beim Bubu Bauer vor dem Lokal gestanden – die haben Fotos aus der Notaufnahme bekommen.»

Frieda überlegte. «Wäre gut zu wissen, ob denen wirklich was fehlt.»

«Ja.»

Er sah Frieda an, die breitbeinig und hoch aufgerichtet

vor ihm stand. Er fand sie wahnsinnig erotisch. Bis auf ihre Stimme, die unangenehm schrill klang, als sie sagte: «Nur um das mal klarzustellen. Wir haben mehrere Vergiftungen, und wir wissen nicht, wie ernst die sind.»

Quast nickte.

«Und du, als ausgewiesener Spitzentoxikologe, hast nichts anderes zu tun, als dir einen Schnaps nach dem anderen hinter die Birne zu kippen und dich außer Gefecht zu setzen? Sag mal, hast du sie noch alle?»

Eine Schwester streckte den Kopf aus ihrem Zimmer und legte einen Finger auf den Mund. Frieda nickte ihr kleinlaut zu.

«Wir gehen jetzt in dein Zimmer, und du rufst da an und erkundigst dich. Aber vorher machst du ein paar Liegestützen vor dem Fenster und trinkst einen halben Liter Wasser.»

Quast wusste, dass ihr Aktionismus nichts bringen würde, aber er wusste auch, dass er in seinem Zustand keine Chance hatte gegen eine zornige Frieda.

Zehn Liegestützen, einen halben Liter Wasser und eine Zigarette später hatte er die Notaufnahme des Schwabinger Krankenhauses am Apparat. Quast erklärte die Situation, sein Gegenüber am anderen Ende der Leitung aber holte nicht einmal Luft, sondern fing sofort an zu schimpfen: «Ja habt ihr uns die geschickt, die Krampfhennen? Aufgeregt, angeschickert, anspruchsvoll. Wir haben die heimgeschickt. Was sollen die gegessen haben?»

Quast gestand, dass er das auch nicht so genau wusste, und der andere erklärte, das habe er sich schon gedacht.

Quast legte auf und schaute Frieda an. «Die haben sie alle heimgeschickt.»

«Und? Kann das gefährlich werden?»

«Nein. Bei mäßigen Symptomen und einer kurzen Inkubationszeit eigentlich nicht.»

Frieda wollte gerade zu einem sarkastischen «eigentlich» ansetzen, als sein Telefon läutete.

Quast fummelte sein altes Nokiagerät heraus und drückte umständlich auf eine Taste. Er hob eine Braue, während die Person am anderen Ende der Leitung sprach, sein Tonfall wurde professionell und beruhigend. Nein, es bestehe keine akute Gefahr, nein, man könne zuwarten bis zum Morgen. Frieda hörte seine Jas, seine Neins, sah ihn nicken und den Kopf wiegen. Schließlich beendete er das Gespräch und schaute Frieda an. «Das war Frau Ungefähr. Sie wollte wissen, was los ist. Sie war bei Nasrin, die hat ihr die Nummer gegeben.»

Frieda nickte. «Und jetzt?»

«Jetzt gehen wir nach Hause und warten ab. Du kannst die Ungefähr ja anrufen, morgen.»

Frieda nickte noch einmal. Er hatte recht. Im Moment konnten sie nichts tun.

Montag, 14. Oktober

Am nächsten Morgen verließ Frieda die Wohnung, noch bevor Quast wach war. Sie hatte Dienst auf der Privatstation und musste die Visite vorbereiten, wenn sie sich nicht blamieren wollte.

Nachdem Professor Blücher, der ehemalige Chefarzt der Klinik, seinen Posten hatte räumen müssen, war das Unwahrscheinliche eingetreten: Eine Frau war Direktorin der inneren Abteilung geworden. Sonja Hansen schien in vielerlei Hinsicht ein Glücksfall zu sein. Sie war nicht nur gut ausgebildet, klinisch versiert und wissenschaftlich erfolgreich, sondern galt auch als effektiv und kultiviert. Wo sie die Zeit hergenommen hatte, all das zu tun, wovon ihr Lebenslauf erzählte, war Frieda ein Rätsel. In jedem Fall war sie der lebendige Beweis dafür, dass man es auch als weibliche Medizinerin an die Spitze schaffen konnte.

Frieda betrat müde die innere Abteilung. Auf dem Weg zum Stationszimmer begegnete ihr ein Pfleger. «Ja die Frau Doktor! Die Sonne geht auf», zwitscherte er.

«Morgen, Max.» Fast hätte sie gelächelt.

«Oh mei. Sind wir ein bisserl müde?»

«Gut erkannt.» Da war es, das Lächeln, Gegenwehr unmöglich.

«Willst einen Kaffee? Ich bring dir einen, weil du's bist.»

«Das wär der Wahnsinn.»

Sie zwang sich, wieder geschäftsmäßig zu werden. «Gibt's was Neues, Max?»

«Ja, ein Neuzugang, heute Nacht. Nichts Dramatisches. Zimmer 04.»

«Danke, ich schau dann mal.» Max ging weiter, und Frieda wusste, dass er sein Kaffeeversprechen wahr machen würde.

Noch ohne Kaffee betrat sie das Stationszimmer, um sich einen ersten Überblick über die Belegung zu verschaffen. Sie war nicht bei der Sache, als sie die Patientendateien aufrief. Stattdessen schwirrten ihr Erinnerungsfetzen des letzten Abends durch den Kopf. Sie hatte die erste Akte bereits durchgelesen, als sie merkte, dass es sich bei der schwangeren Patientin mit den unauffälligen Werten um Marley Rosenberg handelte. Quast hatte also richtiggelegen – betrunken oder nicht. Keine Salmonellen, keine Staphylokokken, kein Pilzgift. Stattdessen eine befruchtete Eizelle. Die Frauen waren in eine Vergiftungshysterie verfallen, und Quast hatte das geahnt.

Frieda beschloss, auf dem Weg zur Frühbesprechung bei Marley vorbeizusehen.

Als sie Marleys Zimmer betrat, traute Frieda ihren Augen nicht: Professor Dr. Sonja Hansen saß auf der Bettkante. Tatsächlich auf der Bettkante, um Viertel nach sieben. Frieda hätte das Zimmer fast rückwärts wieder verlassen, aber Marley hatte sie erspäht und winkte sie erfreut herein. «Frieda!»

Frieda merkte sofort, dass sie störte, aber es war zu spät. Professor Hansen senkte die Stimme und drehte sich ein wenig weg. Frieda, die nicht hörte, was geraunt wurde, blieb unschlüssig stehen. Dann erhob sich die Chefärztin, lächelte Marley noch einmal zu und kam zur Tür.

Hansen war eine aparte Erscheinung. Ihre schmale Nase bildete mit der Stirn eine fast gerade Linie, ihr Kinn sprang jedoch ein wenig vor, sodass der Blick des Betrachters zunächst an diesem Merkmal hängen blieb, bald aber von ihren Augen, die fast unnatürlich hell waren, angezogen wurde. Die neue Chefärztin musste über fünfzig sein, aber ihre Haut war von makelloser Glätte.

Das Lächeln, das sie nun auf ihr Gesicht zauberte, reichte fast bis in die Augenwinkel. «Dr. May – schon im Dienst. Großartig. Ich habe gehört, dass Sie gestern Abend hier waren.» Sie winkte Marley noch einmal zu, öffnete die Tür und schob Frieda mit den Worten hinaus: «Ich denke, Sie werden hier gerade nicht gebraucht.» Im Weggehen rief sie: «Wir sehen uns gleich!»

Damit ließ sie Frieda stehen und eilte davon. Frieda, die keine Ahnung hatte, was das Gebaren ihrer Chefin zu bedeuten hatte, nahm sich vor, später nach Marley zu sehen.

Nach der Frühbesprechung stand Frieda elend am Stationswagen und blätterte ein letztes Mal die Akten der Patienten, für die sie verantwortlich war, durch. Akte für Akte nahm sie zur Hand, versuchte, sich nochmals die Werte und Diagnosen einzuprägen, überlegte, welche Fragen ihr gestellt werden würden. Es war hoffnungslos. Selbst ausgeschlafen tat sie sich mit den freundlichen Fragen ihrer Chefin am Krankenbett schwer. In ihrem momentanen Zustand aber wäre sie am liebsten wieder nach Hause gegangen.

Die Akteure des zu erwartenden Dramas traten auf: Die Oberschwester begann nach einem spitzen «Guten Morgen», vorwurfsvoll die Akten zu ordnen. Der Oberarzt grinste sie aufmunternd an und blätterte gelangweilt in einem Ordner, ein Jungassistent lehnte weit hinten an einer Wand, ebenfalls bleich, beschäftigt damit, möglichst unsichtbar zu sein. Weitere Ärzte, weitere Schwestern trafen ein. Man wartete.

Endlich eilte Sonja Hansen mit schnellen Schritten heran. Keine Strähne ihrer dunklen Kurzhaarfrisur wagte es, den ihr zugewiesenen Platz zu verlassen. Sie schaute freundlich in die Runde und fasste jeden Einzelnen kurz ins Auge.

Ihr Guten Morgen klang so frisch wie das Weiß ihres gestärkten, leicht taillierten Kittels, und doch gelang es der Professorin, eine gewisse Wärme in die beiden Worte zu legen. Sie neigte den Kopf und nickte Frieda zu. Die Gruppe umfasste inzwischen um die fünfzehn Leute, alle warteten darauf, dass Frieda zu sprechen anfing. Frieda räusperte sich und begann damit, die Chefärztin mit den Informationen zu versorgen, die diese brauchte, um vor dem jeweiligen Patienten einen kompetenten Eindruck zu machen. Hansen hakte an einigen Punkten nach, und Frieda fand wider Erwarten plausible Antworten; sie wusste jedoch, dass weitere Fragen am Krankenbett gestellt werden würden. Schon öffnete der Jungassistent die Tür des ersten Zimmers und wartete, die Klinke in der Hand, am Durchgang, bis alle Personen des Trosses vorbeigeschritten waren. Hansen blieb vor dem ersten Bett stehen. «Das ist der Bluthochdruck, nicht?», wandte sie sich an Frieda.

«Ja, Frau Haller hatte eine hypertensive Krise, wir haben Nitrendipin gegeben.»

«Was vermuten Sie?»

Frieda spulte die naheliegenden Diagnosen herunter.

Als sie geendet hatte, traf sie der Blick der Professorin wie ein Bannstrahl. «Sie haben vergessen, das Phäochromozytom zu erwähnen. Wie Sie wissen, forschen wir hier zu den neuro-endokrinen Tumoren.»

Sie senkte die Stimme und wandte sich an ihren leitenden Oberarzt, als sie weitersprach. «Es wäre ein Jammer, wenn uns durch oberflächliche Diagnostik ein solcher Fall durch die Lappen ginge.» Als dieser nickte, wandte sie sich halb zum Krankenbett und sagte wieder lauter: «Und auch für die Patientin wäre es von Interesse, einen Tumor auszuschließen.» Kurz schien sie zu überlegen, bevor sie abschließend sagte: «Vielleicht bereiten Sie mir bis morgen einfach einen Kurzvortrag zu den Differentialdiagnosen des Bluthochdrucks vor. Zur allgemeinen Auffrischung. Und: Kommen Sie nach der Visite in mein Büro, ich wollte schon länger mit Ihnen sprechen.»

Frieda spürte, wie ihr das Blut ins Gesicht schoss. Sie biss sich auf die Lippen und sah zu der Patientin, einer robusten älteren Münchnerin, hinüber, die bei der Erwähnung des Wortes «Tumor» bleich geworden war. Dass Hansen für ihre kleine Machtdemonstration auch die Verunsicherung einer Patientin in Kauf nahm, ging über das übliche Maß an Kaltschnäuzigkeit hinaus. Was die Chefärztin dargelegt hatte, war Frieda bekannt. Sie wusste aber auch, dass gerade zwei von zwei Millionen Menschen an einem Nebennierenkarzinom erkrankten – und dass höchstens ein Viertel dieser Karzinome bösartig war. Das jedoch konnte sie in dieser Situation schlecht sagen.

Auf ein Nicken Hansens bewegte sich die Entourage ans nächste Bett. Die Visite, deren Ablauf ins Stocken geraten war, ging wieder ihren gewohnten Gang. Frieda aber ließ sich zurückfallen und versprach der verstörten Patientin leise, später noch einmal bei ihr vorbeizusehen.

Professor Hansen begrüßte Frieda mit einem festen Händedruck. Frieda bemerkte, dass sie passend zu ihren Ohrsteckern einen Ring mit einer gefassten großen Perle an ihrer manikürten Linken trug.

Hansen hatte das Büro des ehemaligen Chefarztes umbauen lassen. Die dunklen Einbauten und schweren Ledersessel waren verschwunden und hellen Möbeln in modernem Design gewichen. Auf dem leeren Schreibtisch stand außer einem aufgeklappten Laptop nur eine Kristallvase mit lachsfarbenen Rosen. Hansen führte Frieda zu einer eleganten Sitzgruppe, wies auf einen von zwei kleinen Sesseln, setzte sich in den anderen und schlug die Beine übereinander – die Situation suggerierte ein Gespräch auf Augenhöhe. Frieda wehrte sich gegen die aufsteigende Übelkeit und atmete bewusst in den Bauch. Hansen schaute sie an, das Schweigen dauerte bereits zu lange. Schließlich nickte Hansen ihr zu und sagte mit einem besorgten Runzeln der Stirn: «Sie sehen angestrengt aus, Frieda.»

Frieda zuckte mit den Schultern. Was konnte sie sagen. Sie hatte wenig geschlafen. Hansen rückte ein wenig auf ihrem Sessel nach vorn. «Frieda, lassen Sie mich ehrlich sein. Ich mache mir Sorgen um Sie.»

Hansen machte eine Pause, als wolle sie Frieda Gelegenheit geben zu antworten, aber es gab nichts, was darauf zu sagen war. Schließlich fuhr die Professorin fort. «Sie wissen, dass für die Arbeit an einer international anerkannten Klinik wie der unseren eine gewisse Belastbarkeit unabdingbare Voraussetzung ist, und Sie – nun, ich will offen sprechen – scheinen mir dem nicht immer gewachsen zu sein.»

Frieda dachte an ihre Arbeit in Peru. Zwölf, oft auch vierzehn Stunden direkt am Patienten. Arbeit, die sie nie zu so einer Erschöpfung gebracht hatte, wie sie sie in diesem Moment empfand. «Wir müssen über Ihre Zukunft reden, Frieda. Was haben Sie sich vorgestellt bei uns? Haben Sie schon über ein Habilitationsthema nachgedacht? Was wollen Sie bei uns erreichen?»

«Ich bin erst seit zwei Monaten wieder hier. Noch bin ich auf der Suche nach einem Thema.»

«Wir wollen, dass die Ärzte, die hier arbeiten, habilitieren, wir wollen, dass sie Karriere machen, wir wollen, dass sie Erfolg haben. Ihnen stehen hier alle Wege offen. Aber Sie selbst müssen wissen, ob Sie sich wirklich dafür entscheiden können.»

Frieda nickte. «Natürlich will ich das alles. Und ich denke schon, dass ich belastbar bin. In Peru –»

Mit einer schnellen Bewegung der Hand unterbrach Hansen Frieda.

«Jaja, ich weiß, dass Sie sich da engagiert haben. Ich habe die Zeugnisse gelesen. Aber das hier ist etwas anderes. Hier wird von Ihnen erwartet, dass Sie publizieren, publizieren, publizieren, und bisher sind Sie da noch nicht aktiv geworden. Warum haben Sie nicht längst das Gespräch mit mir gesucht? Ich bin dafür da, Ihnen mit Rat und Tat unter die Arme zu greifen.» Hansen sah gekränkt aus.

Frieda setzte an: «Ich wusste nicht –»

«Doch, Sie wissen das. Sie müssen anfangen, sich hier einzubringen, Frieda. Über das rein Klinische hinaus, sonst sind Sie hier nicht am richtigen Ort.» Frieda nickte einmal mehr.

«Ich schlage Folgendes vor: Sie hören sich um und suchen sich ein Thema – und wir beide sprechen nächste Woche noch einmal.»

Ein Habilitationsthema in einer Woche? Frieda fehlten die Worte.

«Ich – werde recherchieren.»

«Ja, recherchieren Sie. Ansonsten setzen wir uns zusammen und finden gemeinsam etwas.» Was wie ein Hilfsangebot daherkam, konnte auch eine Drohung sein. Die Chefärztin erhob sich. Die Audienz war beendet.

Frieda blieb vor der Tür stehen und griff sich an den Kopf. Was war das gewesen? Im Laufe des Gesprächs hatte mehr und mehr ein Gefühl des Irrealen von ihr Besitz ergriffen. Sie hatte sich selbst in diesem Sessel sitzen sehen wie das Kaninchen vor der Schlange, nein, wie die Maus vor der Katze, während die Samtpfote ein ums andere Mal zum Schlag ausholte. Hatte sie den Moment verpasst, an dem Widerstand noch möglich gewesen wäre? Hatte es diesen Moment überhaupt gegeben? Hatte sie richtig verstanden? Oder war dieses Gefühl der Ohnmacht ihrer Müdigkeit geschuldet? War sie schlicht dünnhäutig? Vielleicht.

Wie spät war es inzwischen?

Sie holte ihr Telefon heraus, um auf die Uhr zu sehen, und fand eine SMS. *Können wir Mittag essen? Komme in der Klinik vorbei. LG Nasrin.*

Natürlich konnte sie nicht Mittag essen. Eigentlich. Mittagessen war im Dienstplan nicht vorgesehen. Andererseits – warum nicht? Vielleicht hatte Hansen recht, und die Uniklinik war wirklich nichts für sie. Zu viel Stress, zu wenig Lebensqualität.

Sie musste raus. *Fräulein Grüneis, 12.30 Uhr. gLG.* SMS verschickt.

Drei Stunden später legte sich Frieda ihren Regenmantel über den Arm, steckte ihr Portemonnaie ein und sprang schnellen Schrittes die Treppen hinunter ins Kellergeschoss der Klinik. Dort huschte sie durch labyrinthartige niedrige Gänge und gelangte, ohne jemandem, den sie kannte, begegnet zu sein, zu einer Feuertür, die in den Englischen Garten hinausführte. Sie legte einen Holzklotz, der von einem anderen Drückeberger deponiert worden war, auf die Schwelle, tauschte den Kittel mit ihrem Mantel, stand im strömenden Regen, hob das Gesicht und starrte in den Himmel.

Es roch betäubend nach frischer Erde und Gras. Tropfen rannen ihr über Stirn und Wangen. Vorsichtig wischte sie sich die Augen, hob die Kapuze über den Kopf und ging los. Der Hausmeister hatte Laub neben den Wegen aufgehäuft, tagelang hatte man ihn lärmen hören. Nach einem kurzen Blick auf ihre frisch geputzten Stiefel machte sie einen Schritt seitwärts, fand das Gleichgewicht wieder und stapfte los. Sie wirbelte Blätter um sich herum auf, erst zaghaft, dann mit immer festeren Schritten. Es raschelte und roch. *These boots are made for walking*, dachte sie. Ewig hätte sie so weitermachen können. Gedankenlos, mit leerem Hirn. Unter ihren Füßen knackten Ästchen, stob das Laub.

Viel zu schnell war sie am Ziel.

Fräulein Grüneis, ehemals Toilettenhäuschen, ehemals Bruchbude, ehemals Schwulentreff, war ein Kiosk unweit der Klinik. Geduckt stand die kleine Gaststätte unter herbstlich gefärbten Bäumen im Zwickel zwischen Eisbach und Prinzregentenstraße. Frieda trat durch die grüne Holztür, über der als Reminiszenz an die Geschichte des Häuschens «Frauen» stand, und sah Nasrin bereits mit einem Tee in einer

Ecke sitzen. Sie schien sich gefangen zu haben. Zumindest ihre Wimperntusche war da, wo sie sein sollte. Ihr Lächeln allerdings wirkte etwas angestrengt, sie hatte dunkle Ringe unter den Augen.

Die Besitzer hatten den Holzofen befeuert, der Raum dampfte vor Feuchtigkeit; es roch nach Kaffee und Eintopf. Durch die Sprossenfenster sah man, wie der Regen draußen Blätter von den Ästen peitschte.

Frieda bestellte sich eine Suppe und setzte sich dazu.

«Grüß dich. Hast du frei?», fragte Nasrin.

«Nein. Ich pausiere.»

«Schönes Wort.»

«Angenehmer Vorgang.»

Sie lächelten.

«Scheint ja heftig gewesen zu sein gestern.» Nasrin nippte an ihrem Tee.

Frieda nahm ihre Kürbissuppe in Empfang und griff nach dem Löffel. «Das hat sich ja schnell herumgesprochen.»

Nasrin nickte und starrte auf ihre Hände. «Wilhelmine Ungefähr ist nachts noch vorbeigekommen und hat mir alles bis ins Detail beschrieben. Furchtbar.»

«Ist ja nichts Schlimmes passiert, eigentlich.»

Nasrin schaute zweifelnd. «Weißt du irgendetwas von Marley? Geht es ihr besser?»

«Sie ist okay. Nichts Schlimmes.»

«Keine Vergiftung?»

«Sieht nicht so aus.»

«Aber wenn sie nichts hat –»

«Haben die anderen wahrscheinlich auch nichts.»

«Also ...» Nasrin schien erst langsam zu begreifen, was das hieß. Als der Groschen gefallen war, lächelte sie erst erleichtert, dann grinste sie fast maliziös: «Das wird den Mädels aber gar nicht gefallen.»

Auch Frieda grinste. «Nein, wohl kaum.»

Das Gespräch geriet ins Stocken. Frieda löffelte ihre Suppe, Nasrin nippte weiter am Tee.

Schließlich gab sich Frieda einen Ruck und erzählte von ihrem Morgen. Detailliert beschrieb sie das beunruhigende Gespräch mit ihrer Chefin, und Nasrin zückte die Visitenkarte eines Coaches, der Frieda schon so weit bringen würde, dass sie nie wieder in so eine Situation käme.

«Für die Hansen brauch ich einen Auftragskiller, keinen Coach.»

Nasrin runzelte die Stirn. «Hansen?»

«Die neue Chefärztin.»

«Sonja Hansen?»

«Ja.»

«Die ist Chefin in deiner Klinik?»

«Ja doch.»

«Ich kenn die.»

Frieda runzelte die Stirn.

Nasrin pustete in ihre Tasse. «Sonja ist im Vorstand unseres Clubs. Wenn du da jetzt plötzlich auftauchst, gefällt ihr das wahrscheinlich wirklich nicht so gut.»

«Die Hansen auch? Gibt es noch Frauen in München, die nicht bei euch mitmachen?» Der Club begann Frieda unheimlich zu werden.

«Kijan hat auch in der Klinik für den Club Werbung gemacht. Er hat sich da ziemlich engagiert. Hat er dich nicht angesprochen?»

Frieda glaubte sich zu erinnern, dass Kijan von Sydow ihr bei einer ihrer wenigen Verabredungen von den Aktivitäten seiner Schwester erzählt hatte. Vielleicht hatte er ihr auch einen Flyer in die Hand gedrückt. Sie aber war nicht interessiert gewesen. Sie hatte seinen Einsatz in Sachen Frauenclub für eine Masche gehalten, auf die hereinzufallen sie nicht willens war. Auch seine lang bewimperten Glutaugen hatten sie nicht in den Bann gezogen. Er hatte auf sie wie ein Jäger auf der Pirsch gewirkt, einer, der Scharten in seinen Bettpfosten schnitzt und sein Ego durch die Anzahl seiner Eroberungen aufpoliert. Irgendwie hatte sie ihn dennoch gemocht. Langweilig war es nicht gewesen mit ihm, der Gesprächsstoff war ihnen nicht ausgegangen. Den Kontakt hatte sie aber doch einschlafen lassen.

Unvermittelt spürte sie einen kleinen Stich. Sie würde den Mann, mit dem sie noch vor zwei Monaten in der News Bar gesessen hatte, nie mehr sehen.

«Ich kann mich nicht erinnern», sagte sie unbestimmt. «Ich wusste ja schon über dich von dem Club. Sag mal: Woher weiß die Hansen denn, dass ich da aufgetaucht bin?»

«Die Buschtrommeln. Es wäre ein Wunder, wenn sie das nicht mitbekommen hätte.»

Frieda starrte Nasrin an. Langsam fügte sich das Puzzle zu einem Bild. Sie begann zu verstehen: Hansens Besuch bei Marley, die offenbare Intimität der beiden, Hansens gut kaschierte Aggression. Die Chefärztin hatte mitbekommen, was geschehen war, in diesem Zusammenhang war Friedas Name gefallen. Dass eine Subalterne in ihrem Revier wilderte, konnte sie nicht zulassen. «Sie will, dass ich bis nächste Woche ein Habilitationsthema habe. Und ich weiß echt nicht, wie ich das nach Dienstschluss auch noch auf die Reihe kriegen soll. Meinst du, sie setzt mich so unter Druck, weil sie mich loswerden will?»

Nasrin zuckte mit den Schultern. «Keine Ahnung. Sonja ist wahnsinnig fleißig und fokussiert. Vielleicht kann sie sich gar nicht vorstellen, dass dir das zu viel wird?»

«Ich bin auch fleißig und fokussiert», sagte Frieda spitz. «Aber nach zwölf Stunden Arbeit reicht's mir dann auch.» Eine unbestimmte Gereiztheit schlich sich ein.

Nasrin bemerkte, dass sie etwas Falsches gesagt hatte, und beeilte sich zu beschwichtigen. «Schon klar. Aber ich glaube nicht, dass Sonja wirklich böse ist. Ich mag die. Sie ist ehrgeizig, klar, aber sie engagiert sich, und bis jetzt hat sie auf mich keinen sehr stutenbissigen Eindruck gemacht.»

Frieda presste die Lippen zusammen. Gerade jetzt hätte sie eine Verbündete brauchen können. Nasrin sah sie aus besorgten Mandelaugen an. «Sie hat dich unter Druck gesetzt. Aber das ist ihr Job.»

Frieda nickte wenig überzeugt und wechselte das Thema. «Warum wolltest du mich eigentlich treffen?» Sie gab sich Mühe, ihre Stimme freundlich klingen zu lassen.

«Ich habe Kijans Sachen im Krankenhaus abgeholt.»

«Oje.» Damit hatte Frieda nicht gerechnet.

«Es war furchtbar.» Nasrin rang einen kurzen Moment nach Fassung, dann griff sie nach einer Tüte, die auf der Bank gelegen hatte, und zog sie zu sich her. «Sein ganzer persönlicher Kram. Was er getragen hat bei seinem letzten Lauf, sein Geldbeutel, sein Schlüsselbund, sein Handy, seine Schuhe, sogar seine Trinkflasche.» Bei der Aufzählung wurde ihre Stimme immer leiser, ihr Kinn bebte, um ihren Mund herum zuckte es. Dann blinzelte sie, richtete sich auf und sah Frieda gefasst an. Der Moment der Schwäche war überwunden.

Frieda wusste nicht, was sie sagen sollte. Ihr Unmut war

verflogen. «Wenn ich dir nur helfen könnte», sagte sie ratlos. Einmal mehr hatte sie sich und ihre Alltagsprobleme zu wichtig genommen.

Nasrin wühlte währenddessen hektisch in ihrer Tüte und sagte leise: «Du kannst mir helfen.»

Endlich hatte sie gefunden, was sie suchte, zog eine weißblaue Plastikflasche mit dem Logo des Isarlaufs heraus und stellte sie auf den Tisch. «Da ist noch ein Rest drin», sagte sie mit gesenktem Blick.

Frieda begriff. «Du meinst …?»

Nasrin wich ihrem Blick noch immer aus. «Kann Quast vielleicht die Flüssigkeit testen?»

«Nasrin, dein Bruder hätte das Harmalin auch schon vorher zu sich nehmen können.»

«Ja. Aber – wir haben nun mal nur diese Flasche.»

Frieda nickte. «Ich frag ihn.»

Sie wollte nicht daran denken, was es bedeutete, wenn der Test sich als positiv herausstellte.

◎

Zur selben Zeit saß Wolfram Pongratz mit Quast im Klinikkeller. Sein rechter Fuß lag einbandagiert auf einem Schemel, er balancierte ein Espressotässchen auf seinem stattlichen Bauch und strahlte. «Eine hysterische Epidemie also. Nicht schlecht.»

Trotz seiner Körperfülle war nichts Weiches, Pastöses an dem Psychiater. Gerade jetzt schien er schier zu bersten vor Energie und Tatendrang; jede seiner Poren verströmte wohlgelaunte Spannkraft. Pongratz hatte das Pensionsalter längst erreicht, aber er betrieb noch immer seine Privatpraxis in Pasing, schrieb wissenschaftliche Aufsätze und war gern gesehener Gast auf Symposien und Konferenzen. Im Dachgeschoss der Eisbachklinik unterhielt er nach wie vor ein kleines Zimmer samt dazugehöriger Sekretärin. Er schien keine Ermüdung zu kennen; selbst die Verstauchung, die er sich beim Pilzsuchen zugezogen hatte, schränkte ihn offensichtlich kaum ein.

Quast, der die Euphorie des Analytikers nachvollziehen konnte, lächelte säuerlich. «Sie sagen das so. Ich habe mein Telefon abgeschaltet, bin ja nicht zum Arbeiten gekommen.»

«Klar, Sie sind der Mann der Stunde.» Pongratz stellte die Tasse ab, glättete sein zerknautschtes Sakko und lehnte sich zufrieden zurück.

«Das sind doch wohl eher Sie. War ja nichts mit Vergiftung», brummte Quast.

«Niemand, der so überreagiert, will glauben, dass seine Krankheit seelischen Ursprungs ist – und nur der Experte, also Sie, sind in der Lage, den Nachweis zu erbringen, dass da doch Gift im Spiel war.»

Quast nickte grimmig. Zu diesem Schluss war er auch schon gekommen.

Pongratz rutschte auf dem Sofa nach vorn und musterte Quast. «Aber Sie können diesen Nachweis nicht erbringen, denn da war nichts. Das Einzige, was Sie tun können, ist, die Patienten weiterzuverweisen.»

Pongratz sah Quast so lange erwartungsvoll an, bis diesem ein Licht aufging: «An Sie.»

Der Psychiater nickte. «Klar. Verweisen Sie die Damen an mich. Ich habe mich mit dem Thema lange befasst und –»

«Sie wollen einen Artikel schreiben», unterbrach ihn Quast.

Pongratz schaute verschmitzt. «Messerscharf kombiniert! Ich habe jahrelang immer wieder an diesem Thema gearbeitet. Die Vogelgrippe, Ebola – es gibt genügend Stoff. Diese Sache gestern ist für mich ein Geschenk des Himmels, schicksalhaft fast.»

Quast war zwar neidisch auf den Psychiater, dem einfach so ein wissenschaftliches Thema in den Schoß gefallen war, aber das Angebot war gut. Es würde leichter sein, die Damen abzuwimmeln, wenn er jemand hatte, zu dem er sie schicken konnte.

«Ich habe schon versucht, Wilhelmine davon zu überzeugen, dass sie meine Visitenkarten verteilt, aber sie meinte, sie könne ja wohl schlecht ihren Clubschwestern sagen, dass sie einen am Sträußchen haben – zugegeben eine etwas undifferenzierte Aussage, aber nicht von der Hand zu weisen.»

«Frau Ungefähr selbst ist aber ruhig geblieben, in der Situation.»

«Sie ist für so etwas überhaupt nicht empfänglich. Aber auch die gute Wilhelmine ist durcheinander.»

Es wollte Quast nicht gelingen, den Ausdruck «durcheinander» mit der robusten Frau in Verbindung zu bringen. Er schaute Pongratz ratlos an. Der senkte die Stimme. «Sie sagt, es gibt Gerüchte, dass etwas nicht ganz koscher war beim Tod des Kijan Sydow und dass Sie –» Er sprach nicht zu Ende.

Quast wurde heiß. Weiber! Irgendeine hatte ihren Mund nicht gehalten, und die Folgen waren unabsehbar. Was war zu tun? Leugnen? Einen Teil der Wahrheit preisgeben? Oder besser die ganze Wahrheit? War Pongratz zu trauen? Er musste eine schnelle Entscheidung treffen. Pongratz schien zu ahnen, was in Quast vorging. Er nickte ihm beruhigend zu. «Keine Angst, ich behalte das für mich. Wilhelmine hat mir dass nur erzählt, weil ich den Kollegen Sydow ganz gut gekannt habe.»

«Mochten Sie ihn?» Besser eine Gegenfrage als eine Antwort.

«Er war ein sehr begabter Psychiater. Leider hat er sich auf die Verhaltenstherapie verlegt, dabei hätte er das Zeug zum Analytiker gehabt.» Bedauern lag in Pongratz' Stimme. Quast, der inzwischen eine Entscheidung getroffen hatte, räusperte sich. «Sydows Schwester hat einen Verdacht geäußert und mich um Hilfe gebeten. Aber ob da was dran ist, weiß ich auch nicht.»

«Noch nicht», ergänzte der Psychiater. Quast zuckte mit den Schultern.

Zurück in der Klinik, gab Frieda die Flasche mit einer kurzen Notiz in der Toxikologie ab und machte sich im Laufschritt auf den Weg zu ihrer Station. Als sie Quast, der wieder einmal nicht in seiner Abteilung war, anrufen wollte, blinkte das Display: fünf interne Anrufe in Abwesenheit. Jemand hatte sie gesucht. Nach einem kurzen Moment der Panik rief sie zurück. Noch bevor sie das erste Läuten hörte, meldete sich Philipp Sterzl: «Frieda, Gott sei Dank! Ich muss mit dir reden.» Frieda blieb mitten auf dem Gang stehen. «Philipp – was ist los?» Ärzte hetzten vorbei, Rollstühle wurden vorübergeschoben, Patienten warteten vor Untersuchungsräumen, sie musste zurück auf ihre Station.

«Ich habe mitbekommen, was gestern noch passiert ist.»

Frieda warf einen Blick auf ihre Uhr. «Philipp, ich kann jetzt nicht.» Sie war über eine Stunde weg gewesen.

Sterzls Stimme war dringlich, als er sagte: «Frieda, bitte, keiner spricht mit mir, und ich werde immer paranoider. Sag mir, wann und wo wir reden können, und ich bin da.»

Frieda schaute noch einmal auf die Uhr. «Also gut, ich bin um halb acht am Hinterausgang. Wir können ein Stück zusammen laufen. Ich hab aber wirklich nicht viel Zeit.»

«In Ordnung.» Sterzl hängte ein.

Sydows Trinkflasche war also aufgetaucht. Die Veranstalter hatten sie über die Startnummer dem Toten zugeordnet, und so fand die Flasche noch halb voll ihren Weg erst in die Klinik, dann zu Nasrin und schließlich in Quasts Fach. So viel hatte er bei seinem sehr kurzen Gespräch mit Frieda herausgefunden.

Quast bedauerte es, dass sie sich so von der Arbeit unter Druck setzen ließ, denn seiner Erfahrung nach lohnte sich das nicht. Er selbst hatte sich seine innere und äußere Freiheit erkämpft – und er war gewillt, diese Freiheit auch auszunützen.

So änderte er jetzt kurzerhand seine Nachmittagspläne. Eigentlich musste er einem Artikel den letzten Schliff geben, aber dazu hatte er ohnehin keine Lust. So eilte er stattdessen in den Keller zu seinem HPLC-Gerät.

Der Hochleistungsflüssigkeits-Chromatograph war ein Überbleibsel aus seinen aktiveren Zeiten als Forscher an der Klinik. In den neunziger Jahren war diese Technik sexy gewesen, die jüngeren Forscher jedoch waren an diesem

Verfahren kaum mehr interessiert. Quast hatte die Apparatur jedoch schon oft gute Dienste erwiesen. In diesem Fall wusste er sogar, wonach er suchen musste, und so lag es im Bereich des Möglichen, dass er einen deutlichen Hinweis auf Harmalin bekommen würde, wenn sich denn Spuren in der Flüssigkeit befanden. Andererseits würde das nicht ausreichen – er brauchte Gewissheit.

Mit schlechtem Gewissen dachte Quast an Gisbert Mayer, dem er seit ihrem nächtlichen Zusammentreffen aus dem Weg gegangen war. Er schuldete dem Rechtsmediziner noch eine Erklärung. Quast hatte schon lange vor, mit einer Flasche Wein bei ihm vorbeizuschauen, er hatte diesen unangenehmen Gang jedoch immer wieder hinausgeschoben.

Vielleicht ließ Mayer sich mit dem Wein ja nicht nur besänftigen, sondern auch bestechen.

Als Frieda die Klinik spät und mit einem dicken Stapel Patientenakten beladen verließ, sah sie Philipp Sterzl nervös vor dem Hintereingang auf und ab gehen. Frieda, die ihre Verabredung in der Alltagshektik vergessen hatte, unterdrückte einen Fluch und winkte ihm zu. Sterzls Blick war unstet, seine Hände in ständiger Bewegung, fast überschwänglich begrüßte er sie.

Während Frieda ihr Rad aufsperrte, zeichnete er mit der Fußspitze immer größer werdende konzentrische Kreise in den Kies. Als Frieda wieder hochsah, fiel ihr einmal mehr sein Profil auf: die fast kindliche Stupsnase, die nicht zu seinem markanten Kinn passen wollte, als habe die Natur sich nicht entscheiden können, ob sie ihm nun ein Babyface oder das Gesicht eines Adonis schenken sollte. Es war dunkel und kühl, und Frieda bereute es, Sterzl keine Abfuhr erteilt zu haben.

«Dann schieß mal los, Philipp», sagte sie betont locker, während sie ihr Rad neben dem Assistenten herschob. Dieser suchte nach den geeigneten Worten und fuhr sich mehrmals mit der Hand übers Gesicht. «Ich kann nicht losschießen, ich weiß ja nichts», sagte er schließlich unglücklich und vergrub die Fäuste in den Taschen seines Dufflecoats. «Als ich gestern Abend mit Quast aufgebrochen bin, war alles in Ordnung. Am nächsten Morgen empfängt man mich in der Klinik mit Hohn und Spott. Meine Pilze waren giftig, heißt es. Und Quast läuft herum und erzählt allen, dass das nicht stimmen kann, weil der Koch die Pilze sowieso weggeworfen hat. Keiner glaubt ihm das, alle denken, er will mich in Schutz nehmen. Und Quast schiebt unverdrossen die ganze Kotzerei auf weibliche Hysterie, aber das hilft mir nichts, denn in jedem Fall bin ich die Witzfigur in der Geschichte. Ich hatte gehofft, du wüsstest …» Er redete wie ein Wasserfall.

«Philipp, was soll ich dazu sagen? Ich war mit Marley hier in der Klinik. Was sie angeht, war das Ganze ganz sicher ein Fehlalarm – und das legt nahe, dass die anderen Erkrankungen auch nicht organischen Ursprungs waren. Dass deine Pilze nicht im Topf gelandet sind, hat Quast mir auch gesagt, du kannst dich also entspannt zurücklehnen.»

«Wenn das so einfach wäre. Keiner glaubt, dass da nichts war», sagte er mit einer Grabesstimme, die Frieda fast lächerlich vorkam. Dann blieb er plötzlich stehen, brachte sein Gesicht nahe an ihres und flüsterte: «Vielleicht war es Sabotage.»

«Sabotage?» Jetzt war es genug. Wenn Sterzl sich eine Verschwörungstheorie basteln wollte, konnte er das tun, sie aber würde sich daran nicht beteiligen. Energisch schob sie ihr Rad weiter, doch er hielt Schritt. «Jemand, der mir schaden will, hat das Essen kontaminiert.»

«Du spinnst», sagte Frieda und ging noch schneller. «Hast du vorher nicht von Paranoia gesprochen? Das trifft's ganz gut.»

Sterzl legte seine Hand an ihren Lenker, bremste ihr Rad ab und sagte, als er ihre Aufmerksamkeit hatte: «Mir wäre es lieber, wenn es Paranoia wäre, glaub mir. Aber ich brauche Gewissheit.» Die Intensität seines Blicks brachte sie dazu zu nicken. Vielleicht hatte er recht. Einerseits würde es keinen Beweis für Sterzls Unschuld geben, wenn niemand die Übelkeit der Frauen näher untersuchte. Aber was war, wenn etwas dran war an der Sabotagetheorie? Sie konnte jetzt nicht darüber nachdenken. Sie wollte nach Hause.

Also sagte sie, während sie schon aufs Rad stieg: «Weißt du, was, Philipp? Ich rede noch mal mit Quast. Vielleicht hat der ja eine Idee.»

Im Davongleiten winkte sie Sterzl, der verdutzt stehen geblieben war, noch einmal kurz zu.

Eine halbe Stunde später klopfte Frieda in der WG an Quasts Tür. Auf sein erfreutes «Komm rein!» trat sie ein. Quast sah über eine winzige Lesebrille hinweg auf. Ungewöhnlich gut gelaunt saß er hinter dem neuesten Stück aus seiner Sammlung verwaister Möbelstücke, einem Kontortisch aus dem letzten Jahrhundert. Quast hatte das Ungetüm aus dunklem

Holz von einem Antiquitätenhändler um die Ecke geschenkt bekommen, weil es wegen seiner unfassbaren Hässlichkeit nicht zu verkaufen war. Die klobigen Schnitzereien, mit denen es versehen war, hatten schon die Augen mehrerer Generationen beleidigt. Für Frieda wäre es ein Akt der Gnade gewesen, das Stück zu verheizen, aber Quast freute sich wie ein Kind über den Platz, den seine Schübe und Fächer boten. Schon jetzt, eine Woche nach der Anlieferung des Monsters, war die Arbeitsfläche vollkommen von Bücher- und Papierstapeln, gebrauchten Gläsern und allerlei Kleinkram bedeckt.

Frieda setzte sich auf Quasts Filzsofa. «Der Sterzl war bei mir.»

Quast nickte, als habe er das erwartet. «Ja, armer Kerl.»

Er legte den Artikel, in dem er gerade gelesen hatte, beiseite.

«Der ist total paranoid.»

«Mhm.»

«Oder vielleicht nicht?»

Quast setzte die Lesebrille ab. «Wie?»

«Hast du dich das nicht gefragt? Ob er nicht vielleicht recht haben könnte?»

Quast stand auf, setzte sich Schulter an Schulter neben Frieda auf das Sofa und seufzte. Mit äußerst geduldiger Stimme sagte er: «Frieda, mir ist klar, dass das nicht in dein Weltbild passt, aber Freuen neigen tatsächlich eher zu Hysterie als Männer. Klischees sind halt manchmal wahr, auch wenn es nicht politisch korrekt ist.»

«Genderkorrekt.»

«Meinetwegen genderkorrekt.»

«Das heißt, wenn da jetzt Männer gekotzt hätten, würdest

du schon mal nachschauen, ob das nicht doch eine Ursache hat, aber weil es Frauen sind, ist das Hysterie?»

«Exakt so ist es. Bleiben wir bei den Fakten: Marley ist schwanger, und die anderen haben sich in etwas hineingesteigert. Da kann man jetzt irgendetwas daraus konstruieren, aber das lohnt nicht.»

«Du hast selber gesagt, dass es komisch ist, dass Sterzl und Sydow in Kontakt standen. Und Sydow ist jetzt tot. Vielleicht fürchtet sich Sterzl ja zu Recht.»

«Vielleicht.» Erstaunlicherweise antwortete Quast diesmal nachdenklich. Daraufhin verfiel er in brütendes Schweigen und sagte schließlich mit veränderter Stimme: «Zumal in der Flasche Harmalin war.»

Frieda starrte den Toxikologen an. In der Hektik des Tages hatte sie das Trinkgefäß, das sie auf seiner Station abgegeben hatte, ganz vergessen. Sie schloss die Augen. In ihren Ohren brauste es. «Du hast tatsächlich –»

«Ein ziemlich eindeutiges Ergebnis.»

Frieda sah Quast mit zusammengekniffenen Augen an. Deshalb war er so gut gelaunt. Er hatte recht gehabt. Nach einer Pause fragte sie: «Was war das noch mal für ein Stoff?»

«Harmalin. Wenn er kein hundsmiserabler Psychiater war, hat er das nicht freiwillig mit dem Fluoxetin kombiniert.» Quasts Finger trommelten einen nervösen Rhythmus auf sein Knie. Tap-tatap-tatap-tap. «Die Frage ist nur: Wer wusste davon, dass Sydow ein Antidepressivum im Blut hatte, und wer wusste außerdem, dass er diesen Lauf machen wollte?»

Frieda sah ihn nachdenklich an. «Keine Ahnung. Und was willst du jetzt machen?»

«Vielleicht rede ich noch einmal mit dem Gisbert Mayer,

vielleicht krieg ich ihn dazu, eine Bestätigungsanalyse zu machen.» Tatap-tap.

«Und zur Polizei willst du nicht?»

«Das Harmalin hat erst in Kombination mit dem Fluoxetin eine verheerende Wirkung. Und vom Fluoxetin weiß ich offiziell nichts. Das reicht auf gar keinen Fall.» Quast klang sehr entschieden.

«Aber –»

Quast winkte ab. «Außerdem nagelt mich die Hansen ans Garagentor, wenn ich wieder Ärger mache. Nein. Kommt nicht in Frage.»

Quast stand auf. Konzentriert begann er, die Unterlagen auf seinem Schreibtischmonster zu sortieren, und Frieda wusste, dass sie ihn nicht umstimmen konnte. Wenn Quast einen Entschluss gefasst hatte, konnte man nichts machen. Überhaupt nichts.

«Aber wie kommt das Zeug in die Flasche?», fragte sie.

«Ich hab das schon den Zitzelsperger gefragt. Die Flaschen werden vor dem Lauf mit Nummern gekennzeichnet abgegeben. Es ist gar kein Problem, so eine Flasche auszutauschen.»

«Jemand, der mitgelaufen ist, also?»

«Vielleicht.»

Friedas Gedanken überschlugen sich. Die Einzige, von der sie wusste, dass sie am Marathon teilgenommen hatte, war Nasrin. Aber Nasrin hatte als Erste den Mordverdacht geäußert. Und sie hatte ihren Bruder geliebt. Das alles ergab keinen Sinn.

Frieda merkte, dass Quast seine Tätigkeit unterbrochen hatte und sie nachdenklich ansah. «Sag mal, die Pulsuhr war nicht bei Sydows Sachen?»

Frieda schüttelte den Kopf.

«Aber sein Handy schon?»

Frieda nickte.

«Kannst du Nasrin fragen, ob wir uns das ansehen dürfen?»

«Wieso?»

Quast ließ sich wieder auf das Sofa fallen. «Irgendwo müssen wir anfangen. Sydow ist ermordet worden, da habe ich keinen Zweifel mehr, aber wir haben kein Motiv, keine echte Spur, nichts.» Wieder klopften Quasts Finger ihren Rhythmus, erst schnell, dann immer langsamer. Tatap-tap-tap. «Vielleicht hilft uns sein Adressbuch weiter, vielleicht sein Kalender, vielleicht eine SMS. Und frag Nasrin doch mal, ob wir auch den Computer durchgehen sollen.»

Quast hatte sich in Fahrt geredet, und Frieda wurde klar, dass nichts ihn aufhalten würde. Er wollte wissen, was geschehen war, und er würde nicht aufgeben, ehe er es nicht herausgefunden hatte.

Sie selbst hatte anderes zu tun. Sie wusste schon lange nicht mehr, wie sie mit ihrer Arbeit fertig werden sollte. Sie musste sich neben der Klinik um ihr Habilitationsthema kümmern, an diesem Abend waren noch zehn Arztbriefe zu schreiben, und am Montag hatte sie Nachtdienst. Im Schrank gab es keine Socken mehr – von Unterhosen nicht zu reden. Sie musste ihre Eltern anrufen, sich impfen lassen, ihren Pass verlängern. Sie seufzte.

Quast schien zu ahnen, was in ihr vorging. «Ich mach das mit dem Zitzelsperger, wenn du vorher mit Nasrin sprichst.»

Frieda nickte dankbar. «Und wenn sie zur Polizei gehen will?»

«Das wird sie nicht. Nicht, solange sie nicht sicher weiß, dass ihr Bruder sich korrekt verhalten hat.»

«Die Familienehre, meinst du?»

«Die Familienehre.»

Dienstag, 15. Oktober

Bereits am nächsten Tag läutete Quasts Diensttelefon: Nasrin wartete mit den mobilen Geräten ihres Bruders vor dem Kellerzimmer in der Klinik. Frieda hatte Überzeugungsarbeit geleistet.

Fast eine Stunde dauerte es, bis der Toxikologe es schaffte, seine Station zu verlassen. Als er endlich unten ankam, stand Nasrin noch geduldig vor der Tür. Sie trug ein schwarzes, schmal geschnittenes Kostüm und sah ihm ernst entgegen. Auf hochhackigen Pumps war sie fast so groß wie Quast. Ein schweres Parfüm lag in der Luft, das Quast noch nie an ihr aufgefallen war.

Sie betrat den Kellerraum hinter Quast und legte vorsichtig eine elegante Aktentasche auf den überquellenden Schreibtisch. «Da ist alles drin.»

«Auch die Zugangsdaten?»

Nasrin nickte. Ihre Hand lag noch auf dem Leder. «Ich», begann sie heiser, «mir wäre es lieber, wenn ihr das ohne mich macht.» Sie sah zu Boden. «Eigentlich würde ich am liebsten vergessen, was passiert ist. Aber das geht nicht. Nicht, seit du diesen Stoff gefunden hast.»

Sie hob den Blick und sah ihn an. Ihre Augen waren so dunkel, dass Quast den Übergang zwischen Iris und Pupille nicht erkennen konnte. «Ich fühle mich nicht gut dabei, in seinen Sachen herumzuschnüffeln. Andererseits –» Sie führte den Satz nicht zu Ende. Als Quast schwieg, setzte sie neu an. «Diskretion, Diskretion wäre mir wichtig. Ich weiß, das ist viel verlangt, aber –» Sie verstummte.

Kurz war er versucht, ihr die Hand auf die Schulter zu legen, unterließ es dann aber. «Ich melde mich bei dir, wenn ich weiter bin. Ich würde mir die Rechner aber gern mit dem Zitzelsperger zusammen vorknöpfen, der kennt sich mit Computern aus.»

Nasrin nickte, blickte ihm einen langen Moment direkt in die Augen und wandte sich dann zur Tür.

Quast sah ihr nachdenklich hinterher. Er wunderte sich, was für eine passive Rolle diese energische Frau gewählt hatte. Welcher Verdacht, welche psychische Verfassung hielt sie davon ab, hinter die Kulissen im Leben ihres Bruders zu sehen? War es natürliche Scheu vor Indiskretion, oder wandte sie sich ab wie jemand, der den Anblick einer Wunde fürchtete? Ahnte sie eine unappetitliche Wahrheit, oder wollte sie ihrem toten Bruder nur nicht zu nahe treten? Er konnte sie nicht einschätzen.

Quast stand vor der Aktentasche, griff schon nach dem Zipper, um sie zu öffnen, und hielt dann doch inne. Es war besser, das gemeinsam mit Karl zu tun. Er rief seinen alten Freund an und war erleichtert, dessen Stimme zu hören.

Samstag, 19. Oktober

Am Samstagmorgen holte Quast die Déesse aus der Garage, packte die Aktentasche in den Kofferraum, freute sich am blechernen Klang, als der Deckel zuschlug, und fuhr nach Uffing zu Karl Zitzelsperger.

Herbststürme fegten über das Land. Sie griffen in die kahler werdenden Bäume, zausten das Gefieder der Saatkrähen, die auf leer geräumten Feldern hockten, rüttelten an der Karosserie des Oldtimers. Nieselregen setzte ein. Der Scheibenwischer quietschte hektisch. Quast starrte auf die grau glänzende Landstraße. Lou Reed sang *Just a perfect day,* und Quast dachte an Frieda.

Der Wind ließ den Staffelsee grau flirren, auf den Wegen lag feuchtes Laub. Der Himmel hing tief über dem Wasser. Von den Bergen war nichts zu sehen.

Auch das Haus der Zitzelspergers, in dem Quast einige Jahre seiner Jugend verbracht hatte, schien sich unter die Obstbäume im Garten zu ducken. Quast parkte, schlug fröstelnd den Kragen hoch und drückte die Klinke an der kleinen Gartenpforte auf. Die Angeln knarzten. An den Zweigen der überalterten Quittenbäume hingen noch gelbe Blätter. Geranientöpfe säumten, zum Einwintern bereit, den schmalen, sauber geharkten Kiesweg. An den Rosensträuchern trotzten späte Blüten dem Oktober, in den Beeten steckten die letzten Dahlien – rote, gelbe, orange Punkte im Grau.

Maria Zitzelsperger, Karls Mutter, hatte Quast als Kind aufgenommen, als seine eigene Mutter wegen einer Depression das Bett nicht mehr verließ. Im Moment weilte die alte Dame jedoch zur Kur in Bad Griesbach; das bedeutete für die beiden Freunde Pizzadienst statt Kaiserschmarrn. Aber Karl hatte eingeheizt, es roch nach Holzfeuer.

Er klopfte. An der Holztür stand oben in weißer Kreideschrift *19 – C + M + B – 15*. Quast freute sich, dass für Karls Mutter die magisch-christlichen Riten ihre Bedeutung noch immer nicht verloren hatten.

Es polterte, dann öffnete Karl im ausgeleierten Strickpullover und mit Pantoffeln an den Füßen die Tür.

«Servus», grüßte Quast. «Servus», grüßte Karl zurück und schaute suchend zum Gartentor, das Quast hinter sich geschlossen hatte. «Kommt Frieda nicht?»

«Die hat keine Zeit.»

Karl beließ es dabei, und Quast war das nicht unrecht. Frieda war seit ihrem Gespräch mit der Chefärztin nervös. Nach Dienstschluss saß sie in der Medizinischen Fakultät, auch im Krankenhaus besprach sie sich ständig mit irgendwelchen Leuten, um ein Thema für ihre Habilitation aufzutun. Quast hatte einen Versuch unternommen, sie zur Vernunft zu bringen, aber sie wollte gerade von ihm, der nie Professor geworden war, keine Ratschläge hören. Ihr Ehrgeiz war geweckt, und Quast befürchtete das Schlimmste. So saß sie auch heute verbissen arbeitend in ihrem Zimmer.

Auf der Truhe im ungeheizten Flur lagen dicke Wollsocken. Quast zog sie ächzend über, weil der Boden des Hauses immer kühl blieb. Eine Zentralheizung gab es hier nicht und würde es in absehbarer Zeit auch nicht geben.

In der Wohnküche schlug ihm trockene Wärme entgegen. Im gusseisernen Ofen knackten die Scheite, überall, auf dem Tisch, auf der riesigen Anrichte, selbst auf der Eckbank standen technische Geräte, denn Karl hatte Marias Abwesenheit genutzt und Rechner, Kabel und CD-ROMs aus seinem Junggesellenzimmer im Obergeschoss heruntergebracht.

Quast legte Nasrins Aktentasche auf einen grob gezimmerten Stuhl und setzte sich hin.

«So», sagte er.

«So», antwortete Zitzelsperger. «Was machen die Vergifteten?»

«Bis auf ständige Anrufe von diesen Clubdamen, das Übliche.»

«Und die hatten sicher nichts?»

«Die Einzige, die wirklich etwas hatte, war schwanger. Die anderen sind ohne Befund vom Schwabinger Krankenhaus nach Hause geschickt worden. Ganz blöd sind die Kollegen da auch nicht.» Den kleinen Zweifel, der weit hinten in seinem Kopf nagte, behielt Quast für sich.

Zitzelsperger nickte, griff, als Quast nichts weiter sagte, nach Nasrins Mappe, holte ein silbern glänzendes Laptop heraus, auf dem ein Post-it klebte, kramte weiter und brachte verschiedene Kabel und ein Mobiltelefon zum Vorschein. «Wohl organisiert, die Dame», konstatierte er, während er die Kabel den Geräten zuordnete und einsteckte. Quast lächelte. Diesen Eindruck hatte er auch gewonnen.

«Also, was suchen wir?», fragte Zitzelsperger, ohne sich lange aufzuhalten.

«Irgendwas, das ungewöhnlich ist. Vor allem will ich wissen, ob es eine Verbindung zu den Frauen auf den Bildern gibt, also zu Marley Rosenberg und dieser blonden Dermatologin, Marie Jung.»

Zitzelsperger tippte das Passwort ein, das Nasrin in sauberen Majuskeln auf einen der gelben Zettel geschrieben hatte, und öffnete mit wenigen Klicks das Adressbuch. Tatsächlich: Beide Namen waren mit Mailadresse und Handynummer verzeichnet.

«Also hat er beide gekannt.»

Zitzelsperger hob den Blick nicht vom Bildschirm. Er durchsuchte erst die gespeicherten, dann die gesendeten Mails sowie den Papierkorb. Es gab keinen Hinweis darauf, dass der Besitzer des Rechners mit einer der Frauen kommuniziert hatte. Nichts. Auch den Speicher des Computers durchstöberte Karl nach den Namen: erfolglos.

Sie verbrachten den Nachmittag damit, sich durch Programme, Ordner, Word-Dokumente, Bilddateien, Excel-Tabellen, Verlaufsprotokolle, Powerpoint-Vorträge, ja sogar durch gespeicherte Musiktitel zu klicken und fanden – nichts. Keine Verbindung zu den Frauen, keine Pornographie, keine Patientenakten, nicht einmal die Bilder, auf die Nasrin in seiner Wohnung gestoßen war, hatte Sydow auf seinem Rechner abgespeichert. Er war wissenschaftlich aktiv gewesen, hatte einen intensiven E-Mail-Verkehr mit anderen Psychiatern gehabt, hatte den Kontakt mit Freunden gepflegt. Möglich, dass er Affären gehabt hatte. Da die Mails sich jedoch meist auf die Organisation von Treffen beschränkten, entstand auch hier kein klares Bild. Dann gab es die üblichen Kontakte: ein Anwalt, ein Steuerberater, einige Einzelhändler. Nichts, das ungewöhnlich gewesen wäre.

Es gab eine Fitness-App, die zeigte, dass Sydow mehrmals die Woche gelaufen war, weite Strecken, häufig spätnachts.

Im Verlaufsprotokoll des Explorers fanden sich Seiten zum Marathontraining sowie zur besten Ernährung für Sportler, ansonsten hatte der Psychiater wissenschaftliche Seiten besucht, das Übersetzungsprogramm LEO, einige Restaurantseiten, die Reuschel-Bank und Netflix. Selbst seine Streams hatte er ordnungsgemäß bezahlt. Wie ungewöhnlich. Einige Tage vor seinem Tod hatte Sydow die Seite eines Anbieters besucht, der Schuhe mit verstecktem Absatz anbot. Vielleicht ein wenig peinlich, aber verständlich bei einem Mann, der nur wenig über 1,60 Meter groß gewesen war.

Gegen Abend machten sie Pause und bestellten eine Pizza. Während sie warteten, goss Zitzelsperger jedem ein Glas irischen Whiskey ein, zum Aufwärmen, obwohl der Ofen ordentlich Hitze verströmte.

«Ein glatter Typ», stellte Zitzelsperger nach dem ersten Schluck fest. «Nicht unsympathisch, aber glatt. Zu glatt für meinen Geschmack.»

«Oder neurotisch darauf bedacht, dass kein falsches Bild entsteht.»

«Aber warum? Es war sein Rechner, warum sollte er auf dem etwas verschleiern?»

«Weil es etwas zu verschleiern gab», schlug Quast vor.

«Oder eben gerade nicht. Vielleicht war er einfach so langweilig, wie es aussieht.»

«Seine Schwester scheint anderer Meinung zu sein. Und vergiss nicht die Fotos aus seiner Wohnung.»

Zitzelsperger griff nach dem Mobiltelefon und zupfte den Zettel mit dem PIN-Code ab. «Wir probieren es mit dem Handy.»

In diesem Moment klopfte es an der Tür – der Pizzabote. Pizza Hawaii für Karl, Pizza Napoli für Quast.

Zitzelsperger räumte den Tisch notdürftig frei, Quast kümmerte sich um das Essen. Als er sich die Finger an der Ofenklappe verbrannte, schrie er auf: Er hatte glatt vergessen, wie heiß das Eisen wurde. Mit schmerzverzerrtem Gesicht ließ er Wasser über seine Finger laufen und erinnerte sich an früher. Das Gleiche war ihm oft passiert, als er klein war. Er dachte an Maria Zitzelspergers tadelnd besorgten Blick und an den Topf mit Melkfett, den sie für solche Fälle bereithielt. Erst sehr viel später war ihm klargeworden, dass die Paste nichts bewirken konnte, aber geholfen hatte sie immer.

Ungeduldig warteten sie, bis sich der Pappgeschmack im Rohr verflüchtigt hatte.

Karls Mutter hätte es nicht gutgeheißen, dass sie mit den Fingern aßen, und noch weniger, dass Karl, während er das zusammengeklappte Pizzaviertel in der einen Hand hielt, mit der anderen das Smartphone einschaltete. Quast sah zu, wie Karl mit seinem dicken Zeigefinger flink über das Display fuhr und sich mit dem Handrücken den Käse aus dem Schnauzer wischte. «Wahrscheinlich finden wir wenig, das nicht auf dem Rechner ist. Ist bestimmt alles synchronisiert.»

Er schob Quast das Telefon über den Tisch zu und trug die leeren Teller zur Spüle. Quast begann, ziellos über den kleinen Bildschirm zu wischen, und tauchte in die bunte Welt der Apps ein. Das Gerät lag angenehm in der Hand, und vieles von dem, was er fand, schien irgendwie nützlich zu sein oder Spaß zu machen.

Auf einmal fiel ihm ein Icon auf, das mit einer roten 1 gekennzeichnet war. Er öffnete es: «Liebe Freunde, der neue

Termin steht fest: 1.11. (ab 19.00 Uhr) bis 3.11. (ca. 12.00). Anmeldung bitte wie immer per Telefon. Ort wird noch bekannt gegeben.»

Gesendet am 28. September. Quast rechnete nach: «Wann war der Marathonlauf?»

Zitzelsperger wandte sich von der Spüle um. «Am Achtundzwanzigsten. Warum?»

«Hier ist eine Nachricht, eingegangen am Achtundzwanzigsten.»

«Sein Todestag.» Zitzelsperger trocknete sich die Hände ab und griff nach dem Telefon. «Eine einzige, einsame SMS. Die hat er nicht mehr bekommen. Keine Unterschrift, Nummer unterdrückt. Mysteriös.»

Er runzelte die Brauen und zog den Rechner wieder zu sich. Nach einer Weile drehte er den Bildschirm zu Quast: Sydows digitaler Kalender. Das Allerheiligen-Wochenende war mit dem Kürzel PR geblockt. Von Freitagabend bis Sonntagmittag. Sydow hatte von dem Termin gewusst und ihn bereits eingetragen.

«Wofür steht PR?»

«Public Relations. Psychiatrische Runde. Prassen und Randalieren. Keine Ahnung.» Und als Zitzelsperger fragte, was nun zu tun sei, wiederholte er: «Keine Ahnung.»

Frieda brauchte keine Bücher. Alles, was sie für ihre Nachforschungen benötigte, konnte sie genauso gut online einsehen. Was sie tatsächlich brauchte, wenn sie mit ihrem Habil-Thema weiterkommen wollte, war Abstand zu ihrem Kühlschrank, zu ihrem Telefon, zu ihrem Fernseher und zu ihren Putzlappen. Prokrastination war gestern, Präsenzbibliothek war heute. Seit drei Stunden saß sie in der Handbibliothek der Klinik und versuchte, sich zu konzentrieren, Gedankenfäden zu spinnen, Ideen zu sammeln. Aber sie schweifte ab, selbst hier. Sie sah hinaus auf den Innenhof vor der Fensternische, in die sie sich zurückgezogen hatte. Die Räume im Gebäudetrakt gegenüber schienen wie ausgestorben. Niemand hatte sich an diesem Samstagvormittag hierherverirrt. Die Zweige der Buche im Hof bewegten sich unter dem Gewicht riesiger Krähen. Die kühle Vorahnung des Winters. Sie sollte im Bett, in der Sauna, beim Shoppen, zur Not auch beim Brunch sein, überall, nur nicht hier, ganz allein.

Die medizinische Bibliothek des Klinikums hätte auch nach Oxford oder Harvard gepasst. Ein universitärer Traum: dunkle Holzregale bedeckten holzgetäfelte Wände über zwei Stockwerke, verbunden durch eine freistehende Wendeltreppe, die gnadenlos dröhnte, wenn jemand sie betrat. Im unteren Geschoss waren die Arbeitsplätze auf die hohen Fenster ausgerichtet, auf der Galerie befanden sich die kleinen Tische mit ihren grünen Ledereinsätzen versteckt zwischen den Regalen.

Das Licht war so schwach an diesem Herbsttag, dass Frieda die Tischlampe eingeschaltet hatte. Doch die akademische Behaglichkeit packte sie nicht. Sie musste sich zwingen, auf ihrer kargen Word-Seite zu bleiben, Surfen war Gift für die Gedanken. Sie warf einen Blick auf ihr Handy: keine Nachricht von Quast, keine von Nasrin. Nasrin, die recht gehabt hatte. Vielleicht war sie wirklich nicht geeignet für eine Unikarriere, vielleicht manövrierte sie sich mit ihrem Ehrgeiz in eine Lebenssituation, in der sie nicht glücklich werden würde, vielleicht brauchte sie Freizeit und Raum für Jux und Dollerei.

Frieda hätte fast ihren Stuhl umgeworfen, als sie aufsprang. Sie raffte ihre Sachen zusammen und machte sich auf den Weg nach draußen.

◎

Quast traf Frieda und Nasrin beim Prosecco in der Küche. Es war spät, er stellte Nasrins Tasche wortlos ab und setzte sich dazu. Eigentlich wollte er ins Bett, aber er war so müde, dass er sich widerstandslos ein Glas einschenken ließ und in die Schüssel mit den – sicher kalorienreduzierten – Chips griff. Die beiden sahen ihn so lang erwartungsvoll an, bis er in knappen Worten zusammenfasste, was er mit Zitzelsperger herausgefunden oder besser nicht herausgefunden hatte.

«Ziemlich mager», konstatierte Nasrin und klang erleichtert.

«Nur diese SMS.»

«Aber nichts Greifbares.»

«Nein.»

«Meinst du, es gibt irgendwo andere Daten?»

«Ziemlich wahrscheinlich. Karl dachte an eine externe Festplatte.»

«Ich schaue in der Wohnung nach. Vor der Beerdigung muss ich ohnehin noch einmal hin.» Nasrin stand auf und lächelte. «Danke, ihr beiden, für alles.»

Frieda legte ihr die Hand auf den Arm. «Melde dich, wenn was ist. Wir sind da.»

Montag, 21. Oktober

Friedas Telefon stand nicht still. Ausgelaugt von einem langen Tag, musste sie nun den Nachtdienst überstehen. Der allgemeine Sparzwang hatte auch vor der Eisbachklinik nicht haltgemacht, und so war sie in den nächsten Stunden für fünf Stationen verantwortlich.

Längst an absurde Arbeitszeiten gewöhnt, war sie trotz aller Erschöpfung froh, keine Zeit zum Nachdenken zu haben. Sie hatte Infusionen gelegt, Medikationen erklärt, ein EKG angeordnet und einen alten Mann untersucht, der aus dem Bett gefallen war. Bei der Verlegung eines Patienten auf die Intensivstation hatte sie kurz Margret Ernst, die zuständige Oberärztin, getroffen. Ernst war eine gute Freundin Quasts, und Frieda freute sich immer, sie zu sehen. Beide Frauen hatten es bedauert, keine Zeit für eine gemeinsame nächtliche Zigarette zu haben, und waren ihrer jeweiligen Wege gegangen.

Nun saß Frieda im Stationszimmer und schrieb Arztbriefe.

Grelles Neonlicht erhellte den Raum, der Kaffee schmeckte verbrannt; sie merkte, dass sie hungrig war, und warf zwei Zuckerwürfel in ihre Tasse.

Beim Umrühren gingen ihr unvermittelt Bilder durch den Kopf: Kijan von Sydow halbnackt auf dem Asphalt, seine Plüschwohnung, die Harmalinflasche, die irritierenden

Fotos, Nasrin, mal tapfer, mal derangiert, die Clubfrauen auf den Sofas im Triclinium. Als sie den Löffel aus der Tasse nahm, schwappte die braune Brühe über. Ein Fleck breitete sich in Zeitlupe auf der Arbeitsfläche aus. Schnell wischte sie mit einem Kleenex über den Tisch und merkte, dass ihre Hände zitterten, als das Telefon ging.

Die Stimme der Schwester am anderen Ende der Leitung klang vorwurfsvoll. «Ja, Station 2.3 hier. Wir haben eine schwangere Patientin mit Hyperemesis. Da wurden schon zwei Infusionen angeordnet, aber die hört einfach nicht auf, sich zu übergeben. Ständig klingelt die und hält uns auf Trab. Wir haben auch noch etwas anderes zu tun. Kann man die nicht in die Nussbaumstraße schicken?» Sie hatte während des Redens nicht einmal Luft geholt.

«In die Psychiatrie, warum das denn?»

«Das kann doch nicht normal sein. Das ist doch psychisch.»

Das hätten die gern, dachte Frieda, wenn jemand nervt, schickt man ihn weiter. Aber nicht mit mir. Sie ging nicht auf den Vorschlag ein. «Sind die Infusionen durchgelaufen?»

«Das weiß ich doch nicht.» Wieder der genervte Tonfall.

Frieda seufzte. Es hatte keinen Sinn. Sie musste sich selbst um die Angelegenheit kümmern. Schnell speicherte sie ihr Dokument ab, nahm einen letzten Schluck vom kalten Kaffee und begann ihren weiten Weg durch lange leere Flure. Nächtliche Stille lag über der Klinik, nur ab und an unterbrochen vom Geräusch zufallender Türen. Aus einem Zimmer drang verzweifeltes Wimmern. Gerüche der übleren Sorte wechselten sich ab: Urin, verschmierter Stuhl, Desinfektionsmittel, abgestandener Früchtetee. Im Gehen versuchte sie, sich an ihre gynäkologischen Vorlesungen zu erinnern: Was sollte sie der Frau geben, wenn das Vomex nicht anschlug? Was durfte sie geben?

Sie verlangsamte ihren Schritt und griff in ihre Kitteltasche. Nichts. Auch in der anderen Tasche: nichts. Sie hatte in der Eile ihr pharmakologisches Handbuch vergessen. Mit einem unterdrückten Fluch drehte sie um – noch einmal durch lange Gänge, vorbei am Wimmern, zurück in das Dienstzimmer.

Sie war sich sicher, dass sie beim Verlassen des Raumes das Deckenlicht ausgeschaltet hatte. Jetzt brannte es. Ihr Computer war aktiv. Schaltete sich der Bildschirm nicht von allein ab, wenn die Maus eine Weile nicht bewegt wurde? Jemand war in ihrer Abwesenheit hier gewesen; jemand hatte ihren Computer benutzt; jemand spionierte hinter ihr her. Lag da nicht ein Aftershave in der Luft? Ein Geruch, der nicht der ihre war? Oder wurde sie paranoid? Müdigkeit, Stress, Unterzuckerung konnten Wahrnehmungsstörungen auslösen. Sie traute sich selbst nicht mehr. Mit zittrigen Fingern meldete sie sich ab und schaltete den Rechner aus. Schon an der Tür überlegte sie kurz, ob sie in den Schrank sehen sollte, aber etwas hielt sie davon ab. Sie musste sich beeilen. Hektisch steckte sie das Handbuch ein, löschte das Licht und hastete zurück durch labyrinthische Gänge. Einmal blieb sie stehen, weil sie meinte, jemanden hinter sich zu spüren. Ihr Haaransatz prickelte, ihr Nacken verspannte sich. Als sie sich umsah, lag der Gang verlassen da.

Der Schwesternstützpunkt der Gynäkologie war besetzt. Als sie näher kam, lehnte die Schwester in der Glastür und sah ihr entgegen. «Das hat lange gedauert.»

Frieda entschied sich, nicht auf den Vorwurf zu reagieren, sondern fragte nur: «Wo muss ich hin?»

«Zimmer 2.301. Marley Rosenberg.» Ein schlechtes Gewissen überfiel sie. Frieda hatte angenommen, dass Nasrins Clubkollegin bereits entlassen worden war. Längst hatte sie vorgehabt, Marley zu besuchen, aber immer war etwas dazwischengekommen.

Als Frieda das Krankenzimmer nach kurzem Klopfen betrat, lag Marley blass und schmal in ihrem Bett, vor sich ein nierenförmiges Pappgefäß, in dem etwas grünliche Flüssigkeit schwamm. Ein Lächeln begann sich auf ihrem Gesicht auszubreiten, verschwand aber schnell wieder. «Frieda. Du. Servus.» Ihr «Servus» klang eher wie ein «Sers».

«Hallo, Marley. Wie geht es?»

Marley klang abgekämpft. «Beschissen, die lassen mich da einfach liegen und tun nichts. Mir reicht's dermaßen.» Sie war nur noch ein Schatten ihrer selbst.

Frieda trat näher und setzte sich auf die Bettkante. Mit einem Blick erkannte sie, dass die Infusion zwar angehängt worden war, aber nicht lief. Was für eine Schlamperei. Sie öffnete den Hahn. Marley verfolgte mit den Augen, was sie tat.

«So kann das ja nicht besser werden», sagte Frieda sanft und verkniff sich jeden weiteren Kommentar. Marley reagierte kaum. Wieder begann sie zu würgen. Frieda schüttelte die Teekanne und stellte fest, dass sie leer war. Sie stand auf. «Weißt du, was: Ich könnte auch einen Tee brauchen. Gerade ist es ganz ruhig. Wir trinken etwas, und ich bleibe bei dir, bis das Vomex wirkt.»

Marley wischte sich mit dem Handrücken über den Mund und nickte. Frieda warf die Nierenschale weg, brachte eine neue und verließ mit der Kanne den Raum.

Als sie mit dem Tee wiederkam, hatte Marley sich im Bett aufgesetzt. «So ein Scheiß.»

«So gefällst du mir schon besser.» Frieda goss zwei Tassen voll und setzte sich auf das Bett.

«So ein Scheiß», wiederholte Marley, nachdem sie einen Schluck getrunken hatte. «Nicht der Tee. Die Speiberei.»

Frieda blies in ihre Tasse. «Marley, wie gesagt, ich habe ein bisschen Zeit. Wenn du reden willst, können wir das gerne tun.»

«Wieso reden», wehrte Marley ab.

«Manchmal gibt es bei Erkrankungen wie deiner, sagen wir mal», Frieda überlegte, wie sie ihre These formulieren konnte, ohne Marley vor den Kopf zu stoßen, «Ursachen, die nicht im rein Körperlichen liegen. Nimm Kate Windsor zum Beispiel. Die kotzt das Palastleben auch an, im wahrsten Sinne des Wortes.»

Wieder erschien die Andeutung eines Lächelns auf Marleys ebenmäßigen Zügen. Dann unterdrückte sie ein Aufstoßen. Sie war wirklich unglaublich hübsch, selbst in diesem Moment.

«Ursachen, die nicht im rein Körperlichen liegen», wiederholte sie mit ironischem Unterton und fügte nach kurzer Überlegung hinzu: «Vielleicht.» Frieda entschied sich zu schweigen. Marley stellte die Nierenschale auf den Nachttisch und ließ sich erschöpft zurückfallen. Sie strich sich das Haar aus dem Gesicht. «Könnte ich vielleicht etwas zum Mundspülen haben? Und zum Saubermachen?»

Froh, etwas zu tun zu haben, holte Frieda ein feuchtes Tuch und ein Glas Wasser. Das Vomex schlug anscheinend an, Marley wurde langsam ruhiger.

Frieda setzte sich wieder auf das Bett. «Gibt es denn etwas, das dich belastet?», fragte sie. «Ich kann auch jemand von der Psychosomatik bestellen für morgen, wenn dir das lieber ist.»

«Nein, nein», wehrte Marley ab. «Das ist schon okay mit dir.»

Erneutes Schweigen. Frieda warf unauffällig einen Blick auf die Uhr: Viertel nach zwölf. Geisterstunde. Hoffentlich blieb der Piepser ruhig.

Marley sah Frieda lange an. Dann räusperte sie sich, ihre Stimme war heiser, als sie zum Reden ansetzte. «Du bist doch mit der Nasrin befreundet.»

Frieda nickte.

«Und ihren Bruder – kanntest du den auch?»

Friedas Herz schlug schneller. Sie ahnte, in welche Richtung sich das Gespräch gerade bewegte. Noch aber hoffte sie, dass nicht eintrat, was sie befürchtete. «Ein bisschen. Nicht so gut.»

Marley starrte wieder stumpf vor sich hin, dann sagte sie tonlos: «Ich hab den ziemlich gut gekannt.»

Frieda erstarrte. Es war klar, was Marley andeuten wollte, und doch war ein hilfloses «Oh» alles, was sie herausbrachte.

Marley sah unglücklich aus. Frieda entschloss sich auszusprechen, was Marley nicht über die Lippen brachte.

«Er ist – der Vater?»

Marley nickte und begann wieder, schwer zu atmen. Sie griff nach der Nierenschale.

Frieda wusste nicht, was sie sagen sollte. «Weiß Nasrin, dass –», fragte sie.

Marley machte eine schnelle abwehrende Handbewegung, während sie wieder zu würgen begann, dann beruhigte sie sich. «Nein, nein, natürlich nicht. Keiner weiß das.

Ich selber hab's ja auch nicht –» Sie atmete schwer. «Bitte, du musst das für dich behalten.»

Während Frieda sich erneut daranmachte, die Nierenschale auszutauschen, versuchte sie, ihre Gedanken zu ordnen. Von Sydow war der Vater von Marleys ungeborenem Kind. Und niemand wusste davon. Was hatte das zu bedeuten? Bestand ein Zusammenhang zu seinem Tod? Aber niemand wusste von der Schwangerschaft – oder doch? Sagte Marley die Wahrheit? Frieda versuchte, sich an den Abend im Triclinium zu erinnern. Hatte Marley Alkohol getrunken? Hatte irgendetwas darauf hingewiesen, dass sie schwanger war? Und: Wie war dieses Foto in Sydows Wohnung entstanden? In was für eine Geschichte war sie geraten?

Als Frieda zum Bett zurückkehrte, schaute Marley sie ernst an. «Versprich mir, dass du nichts weitererzählst.»

«Marley – ich habe Schweigepflicht.»

Marley sah sie zweifelnd an.

«Von mir hat keiner erfahren, dass du schwanger bist. Und von wem, wird auch keiner erfahren.»

Marley entspannte sich. «Gut.»

«Willst du es bekommen?»

Marley zuckte mit den Achseln. «Ja, ich glaube schon. Ist ja sonst nichts übrig. Da kann ich ja nicht –» Sie brach ab. In diesem Moment klingelte das Telefon in Friedas Tasche. Zögernd sah sie zu Marley hinüber, doch die nickte ihr zu und schloss die Augen. Frieda nahm das Gespräch an und stand auf. Die entscheidenden Fragen hatte sie nicht gestellt.

«Burberry.» Fassungslos hielt Nasrin das Etikett des Mantels, mit dem ihre Schwägerin auf Kijans Beerdigung aufgetaucht war, in der Hand. Das teure Stück wies keine Gebrauchsspuren auf, allem Anschein nach war es nagelneu. Nasrin hängte den Mantel zurück an den Garderobenhaken im Flur des Gasthofs, in dessen Räumlichkeiten der Leichenschmaus stattfand, und betrat die Toilette. Vor dem Spiegel stand die Besitzerin des Kleidungsstücks und zog ihre Lippen nach. Blutrot.

Ihre Blicke trafen sich im Spiegel. «Schon auf Männerfang?», fragte Nasrin. Ihre Stimme bebte; im Spiegel erkannte sie den Hass in den eigenen Augen. Marita drehte den Lippenstift sorgfältig zu und verstaute ihn in ihrer Handtasche, die ebenfalls neu und teuer aussah. Nur kurz blickte sie Nasrin unergründlich in die Augen und wandte sich dann wieder dem eigenen Spiegelbild zu. «Ich wüsste nicht, was dich das angeht», sagte sie dann leise und fuhr sich mit einer Hand durch die Mähne. Als sei Nasrin nicht da, überprüfte sie das eigene Aussehen. Sie wirkte weniger matronenhaft als in den letzten Jahren ihrer Ehe.

Nasrin wusste, dass sie einen Fehler machte, als sie weitersprach. Irgendetwas jedoch war in ihr gerissen, etwas, das sie sonst zurückhielt. «Du hättest bis zur Bestattung warten können, ehe du sein Geld ausgibst.» Ihre Stimme klang wie ein Zischen. Maritas Blick streifte sie kurz im Spiegel, dann drehte sich Marita um und stand ihrer Schwägerin gegenüber. Sie trat noch einen Schritt näher. Sie stand zu nahe vor Nasrin, als sie sehr leise sagte: «Ich gebe sein Geld nicht aus. Er hat mich verlassen, wie du weißt – und du hast höchstpersönlich dafür gesorgt, dass er nur zahlte, was er zahlen musste. Egal, was das für seine Kinder hieß.»

Nasrin tastete nach der Türklinke in ihrem Rücken, etwas an dem Ausdruck der Frau, die ihr gegenüberstand, machte ihr Angst, aber auch die Angst konnte sie nicht zurückhalten. «Aber damit ist jetzt praktischerweise Schluss, Marita. Du erbst, weil er früh genug gestorben ist.»

Maritas Hand schoss vor, und Nasrin dachte zuerst, ihre Schwägerin werde sie schlagen. Doch dann fühlte sie, wie sich ein eiserner Griff um ihren Oberarm schloss und sie von der Tür wegzog.

Einen Moment später war sie allein. Man würde sich bei der Testamentseröffnung wiedersehen.

Als Nasrin vierundzwanzig Stunden später erschöpft ihre Wohnung betrat, lag das Mobiltelefon ihres Bruders noch auf dem Küchentresen. Es blinkte. Eine SMS.

Freitag, 1. November

«Niederschnittenkofen», sagte Quast. «Was zum Teufel macht man in so einer gottverlassenen Gegend in Niederbayern?»

«Wir werden es herausfinden», erwiderte Frieda.

Es war Freitag, der 1. November, Allerheiligen.

Quast lenkte den Citroën Richtung Osten. Sie fuhren schnell, wenn sie noch zu Abend essen wollten, mussten sie sich beeilen. Als sie die A 92 verließen, hatte sich dichtes Nebelgrau über Dörfer, Weiler und Gehöfte gesenkt. Schlierige Feuchtigkeit lag über der Landschaft. Es war später Nachmittag, das bleiche Licht wurde bereits fahl.

Frieda hatte die Adresse, die Sydow per SMS genannt worden war, nicht in ihrem Smartphone gefunden, und ein Navi gab es nicht in diesem Auto. Sie würden nach dem Weg fragen müssen, doch die Straßen waren wie leergefegt.

Nur in einer Hauseinfahrt entdeckten sie ein Grüppchen: kleine finstere Fratzen, schwarze Umhänge, dunkle Masken, blutige Gesichter, Kürbisköpfe – Halloweengestalten, übrig geblieben vom Vortag.

«Schön unheimlich ist es heute», sagte Frieda.

Quast zitierte vergnügt: «Oh schaurig ist's, übers Moor zu gehen. Wenn es wimmelt vom Heiderauche, sich wie Phantome die Dünste drehn –»

«Gib nicht so an», versetzte Frieda, und Quast lächelte

zufrieden. «Ich bin gespannt, was der Sydow da getrieben hat.»

«Vielleicht ist es was Illegales. Bei all der Geheimniskrämerei. Sex. Drogen. Waffen.» Die letzten drei Begriffe sprach Frieda fast lüstern aus.

Quast schaute Frieda beunruhigt an. «Na, hoffentlich nicht.»

«Sie werden uns schon nicht den Kragen umdrehen.»

«Das hat der Sydow auch gedacht.»

Quast ließ den Wagen am Straßenrand ausrollen und wandte sich Frieda zu. «Du, Frieda, vielleicht wäre es doch besser, wenn ich dich an einem Gasthof absetze und allein nachschaue. Du bestellst dir einen Fisch, und ich hol dich dann wieder ab.»

Frieda schüttelte den Kopf. «Auf keinen Fall.»

«Sei nicht so verstockt. Ich mach das gern allein.»

Erneutes Kopfschütteln. «Los, fahr schon weiter, uns bleibt wenig Zeit, und ich hab Hunger.»

Quast seufzte und ließ den Motor an. Das Heck der Déesse hob sich hydraulisch, und Frieda musste lächeln. Quast legte den ersten Gang ein, sie rollten los und glitten weiter durch verlassene Orte.

Dies war die richtige Gegend, doch alles schien verrammelt und verschlossen. Die Straßen ausgestorben, kein Wirtshaus geöffnet, kaum Licht in den Häusern. Frieda suchte noch einmal nach der Adresse in ihrem Handy, als sie spürte, dass Quast das Tempo drosselte. Vor ihnen lag hell erleuchtet ein schmuckloses Kirchenschiff mit einem unterdimensionierten Zwiebeltürmchen. Ein Barockbau, doch weniger prunkvoll als die Kirchen in Oberbayern. Drum herum eine Mauer, in der Mauer ein schmiedeeisernes Tor. Am Straßenrand reihte sich Auto an Auto. Es dämmerte.

«Oha», sagte Quast, «deshalb haben wir niemanden gefunden. Die sind alle hier.»

Er stellte den Wagen ein Stück entfernt am Straßenrand ab, und sie stiegen aus. Quast sah prüfend an Frieda hinunter. Sie trug eine rote Baskenmütze zum schwarzen Mantel. «Zieh die Mütze aus. Rot kommt nicht so gut beim Gräberumgang. Wie fallen sowieso auf wie bunte Hunde.»

Folgsam warf Frieda ihre Kopfbedeckung auf den Beifahrersitz und knallte die Autotür zu. Quast zuckte demonstrativ zusammen.

Vom Friedhof her hörte man Blasmusik, traurig, getragen, tubalastig. Gerade als sie durch das eiserne Tor traten, verstummte die Musik. Das Quietschen der Angeln durchfuhr die Stille. Hundert Augenpaare wandten sich ihnen zu und sofort wieder ab. Quast und Frieda blieben betreten stehen. Auch der Pfarrer im festlichen Ornat hielt kurz inne, dann segnete er die Gräber und begann, das Vaterunser zu sprechen. Murmelnd fielen die Friedhofsbesucher ein. Die Zeremonie wurde fortgesetzt, trotz der Fremden an der Friedhofsmauer.

Die Leute verharrten regungslos vor den Grabstätten ihrer Ahnen: viel Loden, dunkle Trachten, Hüte in Händen. Ein Raunen von allen Seiten, nur der Weihrauchkessel klackte; süße Schwaden waberten über den Friedhof.

Dann: ein Glockenschlag. Dann: ein weiterer. Dann: Geläut.

Langsam kam Bewegung in die Menschen. Man löste die Hände, bückte sich, zupfte hier ein Blumengebinde zurecht, hob dort ein Blättchen auf, das zuvor übersehen worden war, hakte sich unter und ging gemessenen Schrittes Richtung Ausgang. Die Gespräche setzten allmählich wieder ein. Die Grüppchen mischten sich.

Frieda und Quast traten zur Seite, wichen den neugierigen Blicken aus und setzten sich auf eine Bank an der Friedhofsmauer.

Sie warteten, bis die meisten Besucher in ihre Autos gestiegen waren und den Nachhauseweg antraten, sprachen aber niemand an. Die Gesichter waren zu verschlossen.

Es war fast dunkel geworden. Rötliches Flackern auf den Gräbern. Stille, durchbrochen nur vom Schlagen der letzten Autotüren und dem Starten der Motoren.

Der Pfarrer, der die Gemeindemitglieder mit Handschlag verabschiedet hatte, warf Frieda und Quast einen Blick zu. Er war ein blonder kräftiger Mann mit einem breiten flachen Gesicht; wie ein Niederbayer sah er nicht aus. Sie standen auf und traten auf ihn zu. Er lächelte und wies mit den Augen auf die Gräberreihen: «Haben Sie Verwandtschaft hier?» Sein Akzent bestätigte Quasts Vermutung, ein Pole, vielleicht auch ein Rumäne. In jedem Fall kam er aus einem Land, in dem der Priesterberuf noch etwas galt. Quast fragte sich, wie er mit den Leuten hier zurechtkam, und sagte: «Nein, nein. Wir suchen eine Adresse, ein Gehöft oder so: Kolbmühl eins. Der Postleitzahl nach sollte das hier irgendwo sein.»

Der Priester hob die Brauen. «Es gibt ein altes Mühle im Wald. Das heißt so.»

Frieda und Quast wechselten Blicke. «Wohnt denn da jemand?»

«Ich weiß das nicht.» Er sah zu den Ministranten hinüber,

die an der Tür zur Sakristei warteten. «Ich muss gehen, die warten.»

Frieda warf einen Blick auf die Uhr. «Wo ist denn diese Mühle?»

«Von der Hauptstraße das nächste Sträßlein rechts. Sehr schmal. Ein Kilometer, dann gibt es kleines Schild am Fluss rechts. Nur ein kleiner Weg.»

«Vielen Dank!»

«Gern geschehen.» Er steckte seine Hände in die Ärmel und ging zu den Ministranten in ihren Chorhemden, die bereits unruhig wurden.

Sie folgten den Anweisungen des Priesters und fanden das beschriebene Schild.

Auf einem Kiesplatz in der Nähe standen Baumaschinen. Quast stellte die Déesse neben einen Bagger, dessen Schaufel in den Nachthimmel griff. Direkt vor ihnen führte die Forststraße in den Wald, daneben brauste ein Bach. Weit entfernt rauschte Verkehr, ansonsten war es still.

«Gegessen haben wir jetzt nichts», stellte Quast fest.

«Gab ja nichts in dieser gottverlassenen Gegend. Gehen wir?»

Statt einer Antwort schloss Quast den Wagen ab und stapfte los.

Nur wenig Licht drang durch die Bäume, graue Schatten hingen an den Rändern der Schneise, die durch das Gehölz führte. Über ihren Köpfen war ein schmaler Streifen Himmel. Als Frieda die Taschenlampenfunktion ihres Handys einschalten wollte, hinderte Quast sie daran, und so liefen sie schweigend durch die Düsternis, während das Glucksen und Gluckern des Baches sie begleitete. Kleine nachtaktive Tiere ließen das Gebüsch knacken; ab und an knarzte Quasts Lederjacke, dumpf klangen ihre Schritte auf dem Boden.

Frieda hatte die falschen Schuhe an. Immer wieder knickte sie um, wenn ihr Blockabsatz auf einen Stein traf. Einmal ein Platschen vom Wasser her. Sie blieben stehen: nichts.

Nach einiger Zeit lichtete sich der Wald. Sie hielten inne und erkannten eine Holzbrücke, die über den Bach zu einem Backsteinhaus führte. Massiv und düster überragte es die Böschung. Unter der Brücke floss der Bach breiter dahin, rhythmisch knarrend drehte sich ein hölzernes Mühlrad.

An einer Seite der Mühle befand sich ein Baugerüst. Offenbar wurde renoviert, denn auf einer freigeholzten Fläche diesseits des Baches standen Betonmischer und andere Baugeräte, daneben ein alter Opel. Das Mühlrad drehte sich vor einer großen Fensterfront, die neu in die Fassade geschnitten schien. Im Haus brannte Licht.

Quast und Frieda traten in den Schatten der Bäume zurück und sahen hinüber. Hinter dem sich bewegenden Rad und dem strömenden Wasser war nichts zu erkennen. «Bleib hier.» Quast musste fast schreien, um die Geräuschkulisse zu übertönen. Noch ehe Frieda etwas sagen konnte, stapfte er los. Bald war seine Silhouette auf der Brücke zu erkennen, doch nach wenigen Schritten blieb er abrupt stehen und holte etwas aus seiner Tasche. Dann verließ er die Holzkonstruktion und war in der Dunkelheit verschwunden.

Friedas Herz schlug hart. Was war geschehen? Was war zu tun? Sie zog sich tiefer in den Wald zurück, Zweige knackten unter ihren Füßen, fast hätte sie den Halt verloren. Inzwischen war es noch kälter geworden; sie schob ihre Hände in die Manteltaschen und hob fröstelnd die

Schultern. Von Quast keine Spur. Die Minuten krochen im Rhythmus des sich drehenden Mühlrades: *What goes up, must come down, spinning wheel, got to go round.* Sie hörte förmlich die harten Stöße der Trompeten von Blood, Sweat and Tears. Die Melodie lenkte sie ab. Fast hätte sie gesummt. Auf einmal näherten sich Schritte und Stimmen. Nein, nur eine Stimme. Es war Quast, der telefonierte. Sie verließ den Schutz der Bäume und ging ihm entgegen. Quast beendete das Telefonat.

«Was ist?», fragte sie.

Quast atmete schwer aus. «Der Sterzl. Komm, wir gehen zurück.» Ohne ein weiteres Wort wandte er sich um und eilte in die Richtung, aus der sie gekommen waren.

Frieda versuchte, mit ihm Schritt zu halten. «Wie, der Sterzl?»

«Der Sterzl hat angerufen.»

«Und?»

«Er hat das Auto stehen sehen.»

«Dein Auto?»

«Ja. Die Déesse.»

«Also ist er hier?»

«Ja.»

«Ja und? Was will der hier?»

«Das hat er mir noch nicht so genau gesagt.»

«Wieso?»

«Weiß ich nicht. Er war ganz aufgeregt. Er will, dass wir sofort und auf der Stelle zurückkommen zum Auto. Dort trifft er uns und will uns dann alles erklären.»

Sie hetzten den Weg zurück, fast im Laufschritt.

Quasts Assistent saß in seinem Wagen und wartete. Quast und Frieda stiegen ein.

«Guten Abend», sagte Sterzl und startete den Motor.

«Hallo, Philipp», sagte Frieda.

«Abend, Sterzl», sagte Quast.

«Ich habe nicht mit Ihnen gerechnet hier.» Sterzl rangierte den Wagen vom Parkplatz, seine Hände umkrampften das Lenkrad.

«Das glaube ich.» Quast sah seinen Assistenten kurz von der Seite an. «Also, Sterzl, reden Sie. Was geht hier vor? Wohin fahren wir?»

«Wir parken woanders, ich will nicht, dass man mein Auto sieht.»

«Das erklärt noch nicht, was hier vor sich geht.»

Sterzl schien zunächst unschlüssig, was er antworten sollte. Schließlich überwand er sich. «Darf ich zuerst eine Gegenfrage stellen?»

«Ungern.»

Sterzl überhörte die Antwort. «Also: Ich wüsste gerne, wie Sie von dem Treffen erfahren haben.»

«Das glaube ich», knurrte Quast.

Sterzls Stimme wurde eindringlich. Er warf Quast einen kurzen Seitenblick zu und starrte dann sofort wieder auf die Landstraße. «Doktor Quast. Ich muss spätestens in einer halben Stunde bei der Mühle sein. Und wenn Sie mir sagen, was Sie wissen, geht es schneller mit dem Erklären.»

«Gar nichts wissen wir.» Quasts Stimme blieb unwirsch. «Wir haben eine SMS auf dem Handy von Kijan von Sydow gefunden und wollten sehen, was da los ist.»

«Ach so. Die SMS.» Sterzl schien noch nervöser zu werden. «Und Sie wissen nicht, worum es geht?»

«Nein. Hab ich doch gesagt.»

«Das wird schwierig.» Sterzl wand sich. Die Knöchel der Finger, die das Lenkrad umklammerten, traten hervor.

«Hören Sie auf herumzudrucksen, Sterzl. Wir wollen wissen, was hier gespielt wird.»

«Ja. Also. Wie gesagt. Schwierig.» Er schaute prüfend in den Rückspiegel. Frieda suchte Blickkontakt und fragte leise: «Philipp, ist es etwas Illegales?»

Sterzls Blick im Spiegel flackerte. «Illegal. Also, im engeren Sinn des Wortes.» Es kostete ihn Überwindung, den Satz zu beenden. Er starrte wieder auf die Straße. «Wohl schon. Irgendwie. Aber eigentlich –»

Plötzlich setzte er den Blinker, lenkte den Polo in einen Waldweg, stellte den Motor ab und wandte sich Quast und Frieda zu. Sein Blick war immer noch unstet.

«So, jetzt langt's mir», polterte Quast los. «Spucken Sie's aus, Sterzl!» Frieda legte Quast die Hand beschwichtigend auf die Schulter. Der jedoch schob sie unwillig weg und starrte finster zu Sterzl hinüber.

«Also», Sterzl, der sich unter Quasts Blick sichtlich unwohl fühlte, räusperte sich, «wir veranstalten Pilzreisen.»

«Pilzreisen. Hierher, ins Niederbayerische?», fragte Quast ungläubig. «Anfang November? Da wächst doch nichts mehr. Die Schwammerlzeit ist doch längst vorbei.»

Sterzl schaute peinlich berührt drein. «Nein. Nicht solche Pilzreisen.»

«Sondern?»

«Psylocybine. Wir verabreichen Psylocybine.»

Quasts Faust fuhr auf das Armaturenbrett nieder, auf seiner Stirn hatte sich wieder die steile Falte gebildet. Seine Stimme überschlug sich fast, als er brüllte: «Sag mal, spinnst du, Sterzl? Du ‹verabreichst›», hier triefte Quasts Stimme von Ironie, «psychoaktive Pilze?»

«Zum Besten des Patienten.»

«Zum Besten des Patienten. Sag mal, Sterzl, haben's dir ins Hirn geschissen, oder was?»

Frieda hatte noch nie erlebt, dass Quast so ausfällig wurde.

«Weißt du, was da alles passieren kann: Die Kotzerei, die man sich da einfängt, ist ja noch das wenigste. Dramatisch wird's, wenn's an die Psychosen und Schizophrenien geht.»

«Also, der Mann, der das organisiert, macht das seit über zwanzig Jahren. Und da ist noch nie so etwas passiert.» Sterzl war in der Defensive.

«Sagt er.» Quasts Stimme war gefährlich leise.

«Ich bin seit drei Jahren dabei. Und ich habe auch noch nichts Gefährliches erlebt.»

«Soso.»

«Nein, nichts. Ich schwöre. Sonst könnte ich das ja gar nicht mit meinem ärztlichen Ethos und meinem Eid vereinbaren.»

Frieda glaubte ihm seltsamerweise. Natürlich war Philipp verrückt, dennoch wollte er das Beste für seine Patienten.

Leise fragte sie: «Aber warum, Philipp? Warum machst du das, warum macht ihr das?»

Sterzl wandte sich Frieda zu und lächelte sie dankbar an. Dann holte er tief Luft. «Ich bin mir ganz sicher, dass wir hier Pionierarbeit leisten, Frieda.» Seine Stimme bebte vor Stolz. Er war aufgewühlt. «Psylocybine können psychotherapeutische Prozesse unglaublich unterstützen. Da gibt es nie geahnte Möglichkeiten. Vielleicht nicht für jeden. Aber doch für viele.» Er redete immer schneller. «Jahrzehntelang ist dieses Potenzial brachgelegen, und jetzt nimmt man diese

Forschung wieder auf. Amerikanische Wissenschaftler haben herausgefunden, dass Patienten nach der Gabe von Psylocybinen für ein Jahr lang offener und zugänglicher waren.» Er schnappte nach Luft und sprudelte dann weiter: «Und eine englische Studie zeigt, dass Psylos die Aktivität im präfrontalen Cortex, der für Depressionen verantwortlich gemacht wird, herabsetzt. Das heißt für uns: Psylocybine können antidepressiv wirken. Vor allem aber wird ein direkterer Zugang zum Unterbewussten ermöglicht.» Sterzl machte eine Pause, bevor er dramatisch schloss: «Das Über-Ich tritt zurück, das Es darf auf die Bühne. Eine großartige Chance für die Psychotherapie! Und wir versuchen, dies zu nutzen.»

«‹Das Es darf auf die Bühne.›» Quast schüttelte den Kopf. «Haben Sie das auch probiert, Sterzl?» Jetzt, nachdem er sich beruhigt hatte, war er zum Sie zurückgekehrt.

«Natürlich. Es ist großartig. Ein riesiges therapeutisches Potenzial, das aus ideologischen Gründen brachliegt.»

«Keine Übelkeit?»

«Nein. Man sollte vorher nichts essen. Dann wird einem nicht übel.»

Quast starrte durch die Windschutzscheibe nach vorn. Sein Ausdruck verhieß nichts Gutes. Nach einem Moment des Schweigens wandte er sich wieder Sterzl zu. Seine Augen blitzten jetzt spöttisch. «Sie wissen aber schon, wo die narrischen Schwammerl wachsen?»

«Der spitzkeglige Kahlkopf auf mit Mist gedüngten Wiesen. Ja, weiß ich.»

«Mir würde es ja grausen.»

«Aber Schweinefleisch essen Sie.» Sterzl hatte seine Selbstsicherheit wiedergewonnen. «Doktor Quast, das ist wirklich eine wahnsinnig tolle Sache. Wirklich. Absolut.»

Quast starrte seinen jungen Kollegen nieder. «Und Sie übernehmen da die Verantwortung, Sterzl?»

«Nein, nein», beeilte sich der Assistent zu versichern. «Ich helfe nur. Unterstütze. Quasi ehrenamtlich. Als Co-Therapeut sozusagen.»

«Und der Sydow?»

«Der auch.»

«Auch ehrenamtlich?»

«Also, Doktor Sydow hat das vom wissenschaftlichen Standpunkt her betrachtet.»

«Inwiefern?»

«Er wollte, dass die rigide gesellschaftliche Ablehnung dieser Stoffe zum Besten der Patienten korrigiert wird. Ich glaube, er hatte vor, ein Antidepressivum auf Psylocybinbasis zu entwickeln. Irgendwie so. Ich weiß nicht, ob er da Anträge gestellt hat oder was genau er unternommen hat.» Sterzl verstummte.

«Wie muss ich mir das jetzt vorstellen?»

«Doktor Quast, mir läuft die Zeit davon. Ich sollte eigentlich schon in der Mühle sein und alles vorbereiten. Können wir das nicht am Montag besprechen?»

Quast schwieg nachdenklich. Sterzl startete bereits den Motor, als Frieda sagte: «Ich will mir das ansehen. Philipp, mich interessiert das.»

Quast drehte sich um und starrte sie an. «Was willst du?»

«Ich will mir das ansehen.»

Sterzl schaltete den Motor wieder aus. «So einfach geht das nicht –»

Quast ignorierte ihn und fuhr Frieda an: «Auf keinen Fall machst du das. Auf gar keinen Fall!»

«Warum? Wenn Philipp sagt, dass das –»

«Du machst das nicht.»

«Quirin, das ist meine Sache.»

«Ich habe dich mitgenommen, und ich lass dich nicht so einen Schmarrn machen.»

«Führ dich nicht auf wie mein Erziehungsberechtigter!»

Quast hob abwehrend die Hände und wandte sich an Sterzl. «Sie sagten, so einfach ist das nicht?»

«Na ja, wenn Frieda unbedingt will, kann ich –»

Aber da fuhr Quast ihm schon über den Mund: «Wenn, dann kommen wir beide mit.» Seine Stimmungen wechselten gerade im Sekundentakt, und Sterzl wurde immer nervöser. «Aber Doktor Quast, das ist schwierig –»

Frieda konnte seine Besorgnis verstehen. In der Gemütsverfassung, in die sich Quast gerade hineingesteigert hatte, war er eine tickende Zeitbombe. Wie er sich verhalten würde, war nicht vorherzusehen. Und tatsächlich hörte sie ihn sagen: «*Ihre* Lage ist schwierig, Sterzl. Was Sie da tun, ist illegal. Wenn das in der Klinik bekannt wird, sind Sie dran.» Ein Text wie aus dem Vorabendkrimi. Quast jedoch fiel dies nicht auf, er sah keine Vorabendkrimis.

«Erpressen Sie mich jetzt?» Auch Sterzl hielt sich ans Drehbuch.

«Natürlich nicht. Sagen wir: Ich will mich überzeugen, dass das wirklich harmlos ist.» Frieda verbiss sich ein Grinsen.

«Sie bringen mich in Teufels Küche.» Frieda wunderte sich, dass den anderen die Komik der Situation nicht auffiel.

«Sie sind schon in Teufels Küche, Sterzl.» Und da schaffte es Quast tatsächlich, gefährlich zu klingen.

Philipp sah so unglücklich drein, dass er Frieda leidtat.

«Quast meint das nicht so, Philipp, aber wir wären wirklich gern dabei.»

Sterzl löste seufzend seinen Sicherheitsgurt. «Ich muss telefonieren.» Er stieg aus. Wenig später lief er heftig gestikulierend auf und ab, bis er vor Quasts Fenster stehen blieb und sich herabbeugte. Quast kurbelte die Scheibe herunter.

«Er ist einverstanden. Ich habe gesagt, dass Sie aus fachlichem Interesse dabei sein wollen – und du auch, Frieda. Begeistert war er nicht, aber er hat ja gesagt.»

Der Weg zur Mühle kam Frieda weniger unheilschwanger vor als beim ersten Mal. Sterzl lief nervös dozierend und schwadronierend neben ihnen her; in der Hand hielt er eine gewaltige Taschenlampe, die einen hellen Kreis auf den Waldboden warf. Quast stapfte schweigsam brütend dahin, die Hände tief in den Hosentaschen, den Blick zu Boden gerichtet. Immer wieder sah der Assistent zu ihm hinüber, wagte es aber nicht, ihn direkt anzusprechen. Stattdessen redete er allgemein von den Chancen, die der Genuss von Zauberpilzen bot.

Als sie die Brücke überquert hatten und vor der Tür standen, befiel Frieda eine kribbelnde Nervosität. Sie hatten einen Weg beschritten, der ins Ungewisse führte, und es war zu spät umzudrehen. Doch niemand konnte sie zwingen, tatsächlich Drogen zu nehmen.

Sterzl klopfte. Kurz darauf wurde die Tür geöffnet: Vor ihnen stand ein Hüne. Über zwei Meter groß, musste er mindestens drei Zentner wiegen. Er trug eine unförmige Hose, die viel zu kühl war für die Jahreszeit, und darüber ein ebenso unförmiges Hemd, beides aus ungefärbter Naturfaser. Seine Füße steckten in grob gestrickten Ringelsocken; ein blonder Vollbart bedeckte Kinn und Wangen, wilde Locken hingen ihm ins Gesicht. Als er die drei Ankömmlinge über die Schwelle schob, musste er sich bücken.

«Servus. Ich bin der Toni», sagte er, und Frieda fühlte sich sofort willkommen. Die Pranke des Riesen lag leicht auf ihrer Schulter, er beugte sich herunter, um ihr ins Gesicht zu sehen, und sie spürte das Wohlwollen in seinem Blick. Das hatte sie nicht erwartet. Auch Quast entspannte sich. Der Mann war in seinem Alter und hatte bis auf die Kleidung nicht viel Guruhaftes an sich, im Gegenteil. Er wirkte patent und praktisch.

«Ihr seid's Kollegen vom Philipp?», fragte er Quast, während er Frieda den Mantel abnahm.

«Sozusagen», sagte Quast.

«Und ihr wollt's mitmachen?»

Quast machte eine unbestimmte Bewegung.

«Eigentlich würde ich da schon gern ein Gespräch führen vorher. Aber ihr seid's vom Fach, sagt der Philipp.»

«Na ja. Ich bin Toxikologe, die Frieda ist Internistin.»

Toni nickte und hängte ihre Mäntel über einen Kleiderständer. «Lasst's die Schuhe hier vorn. Wir trinken erst einmal einen Tee, bevor die andern kommen.»

Er ging durch einen schmalen Flur, von dem links und rechts Türen abgingen, voran. Alles hier wirkte neu, es roch nach Holz, Farbe und Minze. Nachdem sie den Gang durchschritten hatten, standen sie unvermittelt in einem riesigen Raum: Die dem Bach zugewandte Hälfte des Gebäudes lag bis unters Dach offen vor ihnen. Ein enormes Atelierfenster gab den Blick auf das Rad frei, das sich Wasser schaufelnd drehte. Draußen waren die Novembernebel näher gerückt.

Nichts erinnerte daran, dass hier jahrhundertelang Korn gemahlen worden war. Wo sich einst der Mahlstein befunden hatte, glänzten geölte Dielen, auf denen Kissen und Teppiche drapiert worden waren. Auf einer Seite stand ein langer Tisch mit Holzbänken, auf der anderen lagen Matratzen mit Polstern und Decken. Leuchten, die in Boden und Decke integriert waren, tauchten Teile des Raumes in diffuses Licht, manche Bereiche lagen völlig im Dunkeln.

Frieda war beeindruckt. Der maroden Fassade der Mühle hatte man nicht angesehen, wie perfekt sie von innen ausgebaut war. Toni schaute ihr amüsiert zu, ein gut gelaunter Wikinger. «Gefällt's euch?»

Frieda nickte, und selbst Quast schien angetan.

«Ich baue das für einen Kunden aus und darf es benutzen, bis es ganz fertig ist.»

«Und das hast du alles alleine gemacht?», fragte Quast.

«Ja, schon. Ab und zu leih ich mir einen Trockenbauer oder einen Maurer. Normalerweise mach ich das meiste selber.»

«Auch die Elektrik?»

«Auch die. Den Generator, den das Mühlrad antreibt, hab ich selber angeschlossen. Setzt euch her, ich hab den Tee schon gemacht.»

Sie nahmen am überlangen Eichentisch Platz.

Toni reichte jedem ein winziges Schälchen, in das er Pfefferminztee aus einer riesigen Teekanne gegossen hatte, setzte sich zu ihnen und sah sie intensiv an. «So», sagte er schließlich. «Jetzt müssen wir schon noch kurz miteinander reden. Also, ihr zwei: Warum wollt ihr auf die Reise gehen?»

«Die Frieda geht nicht auf die Reise», antwortete Quast,

noch ehe Frieda Atem holen konnte. Unter Tonis gütigen Augen war es ihr unmöglich, Quast den vernichtenden Blick zuzuwerfen, den er verdiente. «Und ich», fuhr der Toxikologe da schon fort, «meine letzte Drogenerfahrung ist länger her. Also, meine eigene, meine ich. Damit zu tun hab ich ja öfter.»

Toni lehnte sich zurück, verschränkte die Arme vor der Brust und streckte die Beine von sich. «Ich glaub, du hast da was in den falschen Hals bekommen, Quirin», sagte er geduldig, als rede er mit einem verstockten Kind. «Schau: Wir dröhnen uns nicht die Birne zu. Wir wollen mit dem Unbewussten in Kontakt kommen.» Er verstummte und sah Quast mit seinem intensiven Blick an. «Du solltest vorher schon wissen, ob du das ehrlich möchtest – und warum.»

Quast machte wieder seine unbestimmte Bewegung. Toni wartete ruhig, ob Quast noch etwas sagen würde, und fragte dann: «Hat der Philipp», er sah zu Sterzl hinüber, der sich bislang zurückgehalten hatte, «hat der Philipp euch erklärt, was wir hier machen?»

«Doch. Schon. So ungefähr.»

Toni beugte sich nach vorne und nahm die ungebetenen Gäste in den Blick. Sterzl hatte am entfernten Ende des Tisches Platz genommen. Es war offensichtlich, dass er nicht wusste, wie er sich verhalten sollte.

«Also, was passiert, ist Folgendes: Heute Abend sitzen wir zusammen, essen und reden, werden warm miteinander. Dann formulieren wir die Fragen, mit denen einige morgen auf die Reise gehen. In dieser Nacht schlafen alle hier im Raum. Wer unbedingt möchte, kann sich natürlich auch zurückziehen, wir haben vorn ein paar Zimmer. Morgen besprechen wir unsere Fragen noch einmal, und die Reisenden treten ihren Weg an. Euch empfehle ich für den Anfang eine ganz niedrige Dosierung, normalerweise eine Mischung aus MDMAs und Psylocybin.»

In Quasts Gesichtsausdruck veränderte sich etwas, und Frieda war sich sicher, dass er innerlich explodierte: reines Ecstasy und Pilze. Absolut unverantwortlicher Mischkonsum. Drogengebrauch unter dem Deckmäntelchen der Therapie mit unabsehbaren Folgen. Sie konnte ihn schäumen hören. Inzwischen kannte sie Quast fast schon zu gut.

Sie selbst merkte allerdings, dass sie das, was ihr Gastgeber da erzählte, reizte. Vielleicht funktionierte es ja, wer konnte das schon wissen. Sterzl, der sich enthusiastisch auf dieses unsichere, völlig neue Terrain begab, erschien ihr auf einmal in einem völlig neuen Licht.

Toni sprach unterdessen ungerührt weiter. Quasts Skepsis schien er nicht zu bemerken. «Je niedriger die Dosis, desto besser kann man noch steuern, wohin die Reise geht. Philipp und ich sind immer da für euch. Wenn etwas geschieht, das ihr nicht möchtet, auch wenn ihr Dinge seht, die euch zu viel sind, helfen wir euch.»

Er machte eine längere Pause und nickte ihnen noch einmal zu. «Ihr kehrt dann nach einer Weile langsam zurück, und wir reden über das, was ihr erlebt habt, wenn ihr wollt. Wir essen noch einmal gemeinsam, überschlafen das Ganze, frühstücken und verabschieden uns. Am Montag solltet ihr noch einen ruhigen Tag machen. Kein Stress. Die Reise muss nachwirken.»

Toni sprach von dem geplanten psychedelischen Trip, als handle es sich um ein gewöhnliches Selbstfindungswochenende. Wahrscheinlich betrachtete er die Sache auch so.

«Und – was sind das für Leute, die sich auf so etwas einlassen?» Quast schaffte es nicht, die Skepsis aus seiner Stimme zu bringen.

«Leute in unserem Alter», Toni sah Quast an, «Leute in unserem Alter machen das nicht so zum Spaß. Die meisten haben viel probiert, Therapien, manchmal Medikamente. Meistens stehen sie an einem schwierigen Punkt ihres Lebens.»

«Und Kontrollverlust ist das Richtige in so einer Lage?» Quast war sichtlich bemüht, sachlich zu bleiben.

Toni wirkte verständnisvoll. «Ich verstehe deine Vorbehalte, aber die Erfahrung zeigt, es ist in vielen Fällen das Richtige. Du bekommst Zugang zu tieferen Bewusstseinsschichten und kannst damit arbeiten. Viele finden Bilder, Symbole für die Kräfte, die in ihnen wirken. Manche erleben absolute Harmonie mit dem Universum. Turboprozesse werden ausgelöst –»

Er unterbrach sich und sah Quast lange an. Quast starrte zurück, irgendetwas geschah zwischen den beiden. Dann sagte Toni seltsam neutral: «Du zweifelst, und ich kann das nachvollziehen.» Er warf Frieda einen Blick zu. «Ich werde euch sicher nicht überreden, euch auf das hier einzulassen. Aber», plötzlich wurde er sehr bestimmt, «ich kann auch nicht erlauben, dass ihr dann hierbleibt und den Prozess gefährdet.»

Er stand auf. «Sei mir nicht böse, Quirin – ich merke, du bist nicht bereit. Du bist mir jederzeit willkommen, wenn du wirklich offen bist. Aber heute und morgen hat das keinen Sinn.»

Noch ehe Quast antworten konnte, wandte der Pilzführer sich an Frieda. «Du hast geschwiegen, Frieda. Wie geht es dir damit?» Seine Stimme klang wieder so sanft wie zuvor. Er setzte sich und sah Frieda an. Die zuckte hilflos mit den Achseln. Um Quast seine Bevormundung auszutreiben, hätte sie gerne gesagt, doch, ich will das versuchen, aber etwas hielt sie zurück. Sie lauschte in sich hinein und erkannte, was das war: Angst. Angst vor den Dämonen, die sie nicht wecken wollte, Angst vor einem Horrortrip, Angst, in ihrer Seele mit psychoaktiven Stoffen herumzupfuschen. Und dann hörte sie sich sagen: «Ich glaube, ich muss da auch noch einmal drüber nachdenken.»

Tonis Miene hatte sich verfinstert. Er hievte seinen schweren Körper in die Höhe und sagte mit einer Stimme, die keinen Widerspruch zuließ: «In Ordnung. Dann würde ich doch vorschlagen, dass ihr jetzt sofort geht. Alle in der Gruppe hier sind nervös am Anfang von so einem Wochenende. Ihr zwei Vögel habt mir schon genug Unruhe hereingebracht.» Ohne auf eine Reaktion zu warten, wandte er sich um und stapfte voraus zur Tür. Ehe sie es sich versahen, standen sie mit Sterzl vor der Mühle.

«Darüber reden wir noch, Sterzl», knurrte Quast, als sich die Tür hinter ihnen geschlossen hatte. Als Sterzl unschlüssig von einem Fuß auf den anderen trat und nichts sagte, fügte Quast hinzu: «Du musst uns nicht zurückbringen. Wir kennen den Weg.»

Die Déesse schnurrte, Friedas Magen knurrte, und Quast sagte noch immer nichts. Die Stimmung war bereits schlecht, als sich ein Stocken in das regelmäßige Motorengeräusch mischte. Quast nahm den Fuß vom Gas und horchte. «Mehr Ärger», unkte er, und Frieda war alarmiert. Die Fehleranfälligkeit des Citroën war Legende, und nach den Ereignissen des Abends stand ihr nicht der Sinn danach, unmotorisiert und hungrig auf der Landstraße zu stehen. Noch immer hing der Nebel über der Gegend, man sah keine fünfzig Meter weit.

«Schau in dein Handy, ob es nicht doch einen Gasthof gibt, an dem wir halten können», sagte Quast da schon. «Irgendwas stimmt nicht mit dem Wagen.»

«Du meinst, er bleibt vielleicht stehen?»

«Wir wollen's nicht hoffen. War wahrscheinlich wieder einer von diesen verdammten Mardern.»

«Marderschaden», schnaubte Frieda, «das hättest du gern. Die Karre bleibt auch ohne helfende Marderzähnchen hängen.»

Glücklicherweise ignorierte Quast die Spitze. «Lamentier nicht, such lieber.»

Frieda, die Quasts unentspannte Reaktion nervöser machte als das Motorengeräusch, tat wie geheißen. Tatsächlich fand sie die Nummer eines Gasthauses einige Kilometer vor Landshut, und der Wirt erklärte ihr am Telefon sogar den Weg.

Sie schwiegen, bis sie auf den Hof des eternitverkleideten schmucklosen Baus rollten, an den ein ebenso schmuckloses Wirtshausschild geschraubt war.

Quast stellte den Motor ab, wartete kurz und drehte dann vorsichtig den Zündschlüssel. Ein Stottern. Quast betätigte sanft das Gaspedal. Ein erneutes Stottern. Dann: nichts. Quast legte kurz den Kopf aufs Lenkrad, eine Geste der Verzweiflung, die Frieda untypisch fand. Sie würde die männliche Liebe zu Autos nie verstehen. «Komm schon», sagte sie und bemühte sich um einen sorglosen Unterton. «Wir essen was und rufen den ADAC. Wenn du willst, auch umgekehrt.»

Doch einmal mehr hatte sie ihren Mitbewohner falsch eingeschätzt. Quast war empört: «Ich bin nicht bei diesem Gaunerverein.»

«Bei diesem was?»

«Bei diesen Autolobbyisten. Man kann die nicht unterstützen.»

«Im Moment brauchst du Unterstützung, nicht die.»

Quast antwortete nicht, verschloss den Wagen und ging zum Eingang des Wirtshauses. Seine Lederjacke sah von hinten aus wie ein Panzer. Frieda folgte ihm, und er hielt ihr die Tür auf. Beim Eintreten registrierte sie die gelbe Verglasung aus den siebziger Jahren, den dunklen Pressspan, die verschnörkelte Metallklinke.

Der Gastraum entsprach den Erwartungen: helle Eichenmöbel, ein gesprenkelter Fliesenboden, ein besetzter Stammtisch. Alle Augen wandten sich ihnen zu, als sie eintraten. Quasts «Abend!» wurde erwidert, selbst vom Stammtisch her. Das war etwas, das einem in Oberbayern, wo man sich selbst genug war, nie passieren würde.

«Griaß euch!» Der Wirt hinter der Theke nickte ihnen zu und fuhr fort, Weißbiergläser zu polieren. Vom Stammtisch her neugierige Blicke.

Frieda dachte an ihren Friedhofsbesuch am Nachmittag. Vielleicht waren das dieselben Leute, allerdings fehlten jetzt die Frauen. Quast trat an die Theke. «Wir haben eine Autopanne. Gibt's hier jemanden, der sich mit Oldtimern auskennt?» Der Wirt starrte Quast kurz aus wässrigen Augen an und wies dann mit dem Kinn zum Stammtisch. «Scho.»

Er trocknete sich die Finger ab. «Sepp! Dein Typ wird verlangt.» Dann wandte er sich wieder an Quast: «Wenn's es was essen wollt's, miast's es glei sagen. Die Küch' is scho fast zu.»

Kurz darauf saß Frieda allein mit einer Tasse Tee in einer Ecke der Gaststube, denn Quasts Frage hatte einige Betriebsamkeit ausgelöst. Außer besagtem Sepp waren noch weitere Gäste mit Quast nach draußen zur Déesse gegangen, um nach dem Rechten zu sehen. Der Wirt polierte unverdrossen Weißbiergläser und warf Frieda hin und wieder einen Blick zu.

Als Frieda Quast zum Essen holen wollte, fand sie ihn kaum zwischen den Männern, die sich um die geöffnete Motorhaube des Wagens drängten. Quast aber bemerkte Frieda sofort, klopfte einem schlaksigen Jungen freundschaftlich auf die Schulter und kam zu ihr. «Feuchte Zündkerzen. Das kriegt der morgen Vormittag hin.»

«Morgen Vormittag? Und wie kommen wir heim?»

«Heute nicht mehr. Ist doch idyllisch hier, und Zahnbürsten haben wir sowieso dabei.»

«Der ADAC würde dich heimschleppen.»

«Der ADAC kann mich mal. Der Sepp macht das schon.»

«Quast, ich will nicht hierbleiben.»

«Jetzt ist es halt so. Lamentier nicht.»

Zurück in der Gaststube, machten sie sich ausgehungert über ihren Schweinebraten her. Die weich gegarten Fleischstücke schwammen in einer braunen Mehlsoße, dafür waren die Knödel aus Gummi. «Der Hunger treibt's nei», knurrte Quast, «aber immer noch besser als ein Süppchen aus spitzkegligen Kahlköpfen.»

«Verkochen die das Zeug, meinst du?»

«Eher nicht, die Schwammerl werden ja getrocknet. Manche machen Schokolade draus oder Honig.» Er hielt inne. «Interessant hätte ich das Ganze ja schon gefunden.»

«Dann hättest du dich besser ein bisserl zurückgehalten. Wir hätten wenigstens so tun können, als ob wir mitmachen.»

«Wie viele Zauberpilze hast du schon so geschluckt?»

«Keine, wieso?»

«Und da willst du so tun, als ob! Vergiss es! Wir haben doch eine Menge herausgefunden.»

«Na ja. So viel auch wieder nicht.»

«Wir wissen, dass der Sydow bei diesem Wochenende dabei sein wollte, und wir wissen, dass der Sterzl seine Finger bei der Geschichte im Spiel hat.»

«Und die schlafenden Frauen?»

«Haben vielleicht auch etwas genommen.»

«Alle?»

«Wer weiß.»

«Vielleicht sind die ja in der Mühle heute Abend.»

«Vielleicht.»

«Aber das werden wir nicht herausfinden.»

«Nein.»

«Es sei denn ...»

«Wo wir doch sowieso heute Nacht hierbleiben müssen.»

«... könnten wir ja ...»

«... einen Blick riskieren.»

Samstag, 2. November

Das Frühstück im Gasthof entsprach ihren Erwartungen, das Mittagessen ebenso, dafür hielt Sepp Wort, und die Déesse war am Nachmittag wieder fahrbereit.

Frieda und Quast hatten viel Zeit totzuschlagen – und das unter den stets aufmerksamen Blicken des Wirtes, der sie schon neugierig gemustert hatte, bevor sie um zwei Einzelzimmer baten. Der Wirt nämlich hätte gern gewusst, was die beiden in sein Etablissement verschlagen hatte, wenn sie denn kein romantisches Wochenende miteinander verbrachten. Offenbar waren die auffallend attraktive, zierliche Brünette und der komische Kauz ständig unterschiedlicher Meinung, aber dennoch glaubte er positive Schwingungen zwischen ihnen zu spüren. Vielleicht war da doch etwas Erotisches? Was suchten die beiden ohne nennenswertes Handgepäck am Allerheiligen-Wochenende im Niederbayerischen? Einmal waren sie für eine halbe Stunde in einem der Zimmer verschwunden. Was hatten sie dort getrieben?

Hubert Maier war nicht zuletzt Wirt geworden, weil ihn die Geschichten der Leute interessierten – und er hatte diese Entscheidung selten bereut. Er staunte immer wieder, wie viel Interessantes sich täglich vor seinen Augen abspielte, und er war nach wie vor süchtig nach Geschichten von Liebe, Tod, Hass und Freundschaft. Das Leben fand statt, egal wo man wohnte.

Diese Neuankömmlinge aber verbargen ein Geheimnis vor ihm, und das ärgerte Hubert Maier.

Hätte er gewusst, was die beiden verheimlichten, hätte er sich vermutlich noch viel mehr geärgert.

Frieda und Quast waren sich einig. Sie wollten wissen, was genau in der Mühle im Niemandsland geschah, und vor allem wen es dorthin verschlug. Sterzl, da waren sie sich sicher, würde lügen, denn die Wahrheit nützte ihm nichts.

Also warteten sie die Dämmerung ab, fuhren zurück, verbargen den Wagen im Gebüsch und machten sich noch einmal auf den Weg in den Wald.

Die Strecke erschien ihnen kürzer, nun, da sie sie zum fünften Mal zurücklegten. Die Büsche und Bäume waren ihnen vertraut, die Nebel hatten sich gelichtet, und der Mond ging auf. Eine schmale silberne Sichel stand über der Schneise, der sie folgten. Sie wussten, dass das Tosen des Mühlbachs umso lauter würde, je näher sie ihrem Ziel kamen. Kein Geräusch würde sie verraten.

Das Mühlrad drehte sich langsam vor der hell erleuchteten Fensterfront, doch vom Bach her würde man nichts erkennen können: Die Wasserschleier, die von den Schaufeln herabströmten, waren zu dicht. Sie mussten sich von der anderen Seite heranpirschen.

Der Wirt hätte sich in seiner These von den positiven Schwingungen bestätigt gefühlt, hätte er die beiden nebeneinander durchs Gehölz schleichen sehen. Sie verständigten sich mit Blicken, ihre Bewegungen waren entschlossen und präzise. Unbemerkt überquerten sie die Brücke, umrundeten geduckt das Gebäude, huschten vorbei an der Eingangstür und befanden sich bald auf der dem Weg abgewandten Mühlenseite. Hier war das Gemäuer noch im maroden Urzustand, grob behauene Steinquader, unverputzt – nur ein kleines Sprossenfenster hing irgendwie verloren weit oben. Vielleicht hatte der Müller früher seine Kammer unter dem Dach gehabt. Vor der Fassade stand ein Metallgerüst, offenbar sollte hier der nächste Schritt der Renovierungsarbeiten stattfinden. Was für ein Glück!

Frieda fasste eine der Metallverstrebungen an. Sie fühlte sich kalt an. Vorsichtig prüfte sie die Standfestigkeit der Konstruktion. Qualitätsarbeit, nichts gab nach. Gut. Und Quast hielt ihr schon die zur Räuberleiter verschränkten Hände hin, einmal mehr ganz Gentleman. Kurz zögerte sie, stellte aber dann den rechten Fuß samt Schuh in die entstandene Fläche, ergriff das unterste Brett und zog sich hoch. Ein dumpfer Laut, als sie ihr Gewicht auf das Gerüst schwang. Das Wasser toste weiter, niemand würde sie hören. Während sie sich aufrappelte, zog sich Quast schon zu ihr empor, fast geräuschlos. Das nächste Brett war einfach zu erklimmen.

Etage um Etage arbeiteten sie sich nach oben, bis sie endlich vor der Fensterluke standen. Licht strömte aus dem kleinen Quadrat in die Dunkelheit. Von innen würde man nicht erkennen, was draußen vor sich ging, und doch zögerte Frieda. Quast aber näherte sein Gesicht dem Glas und spähte durch die Öffnung. Schweigend trat er wenig später beiseite, zuckte mit den Schultern und machte ihr Platz. Vorsichtig sah auch sie in den Raum – und war enttäuscht. Ein Balken der Dachkonstruktion versperrte die Sicht. Nur ein schmaler Bereich des rückwärtigen Teils des Raumes war zu erkennen: Kissen, Matratzen, ein Sofa. Niemand hielt sich dort auf. Enttäuscht trat Frieda einen Schritt zurück und sah Quast fragend an.

Der schloss mit einem Ruck seine Lederjacke und näherte sich mit vorsichtig tastenden Schritten dem Mühlrad an der Vorderfront. Je näher er dem Rand des Gerüsts kam, desto feuchter und glitschiger wurde das Holz, auf dem er sich bewegte. Mehrmals hätte er fast den Halt verloren, doch er konnte sich immer wieder fangen. An der Kante verharrte er kurz, beugte sich langsam vor und versuchte, um die Ecke zu spähen. Das Licht der vorderen Fensterfront spiegelte sich in den herabfallenden Wasserströmen. Quast stand mitten im leuchtenden Tropfenregen; er musste völlig durchnässt sein. Vorsichtig drehte er sich um, strich sich das feuchte Haar aus der Stirn und tastete sich zurück. «Nichts zu erkennen», flüsterte er.

Während er einige Tropfen von seiner Lederjacke strich, wagte Frieda noch einen Blick durch das Fenster und erstarrte. Auf einer der Matratzen lag die blonde Dermatologin und starrte mit abwesendem Gesichtsausdruck zu ihr herauf. Marie Jung hob einen Arm, zeigte auf sie, schien zu sprechen, schloss wie erschöpft die Augen, öffnete sie sofort aufs Neue, starrte wieder nach oben – und schrie.

Marie Jung hatte sich auf die Reise begeben. Der bittere Geschmack des Pilzes lag ihr noch auf der Zunge. Sie fühlte sich wohl. Die Gruppe war gut, sie kannte ihre Mitreisenden, vertraute ihnen. Auch der Ort war gut. Licht und Schatten um sie herum, Schattierungen von Braun, die ineinanderliefen. Das Glas in ihrer Hand wurde langsam weich, begann allmählich zwischen ihren Fingern zu zerfließen. Sie beobachtete es eine Weile. Es schillerte, versprühte Farbfontänen, saugte an ihrem Blick, zog sie in ferne Landschaften. Die Weite des Universums öffnete sich vor ihren Augen. Glücksgefühle durchflossen sie in Wellen, von der Körpermitte warm in die Glieder, die Arme, die Beine, die Finger, die Zehen strömend. Wie immer war sie überrascht über die Schönheit, die sie umgab. Über das überwältigende Gefühl von Harmonie mit dem Universum. Vorsichtig holte sie ihren Blick zurück zu ihrer Hand, fühlte die weiche Oberfläche des Glases, ließ es langsam, sehr langsam auf den Tisch gleiten. Der öffnete sich und verschluckte es. Geräuschlos. Sie kicherte.

Dann suchte sie sich eine dunklere Stelle, einen Platz zum Hinlegen. Ihre Schritte waren unsicher. Da war Philipp, er half ihr auf, führte sie, sie fühlte sich beschützt. Dann war er fort. Sie ließ sich zurücksinken, entspannte sich, schloss die Augen. Farbexplosionen. Bunte Kreise. Schön. Sie versuchte, sich an das Ziel ihrer Reise zu erinnern, doch es entglitt ihr. Sie wollte sich aufrichten. Erneut Farben, Formen, Lichter, Bilder, Eruptionen, Explosionen, Emotionen. Ihre Gedanken verschwammen. Sie musste sich konzentrieren, rief sich von ferne zu: Fokussier dich! Sie öffnete die Augen, blickte zur Decke. Weit oben, ein Fenster. War das immer schon da gewesen? War da ein Kopf? Hell, im dunklen Rahmen. Sie kannte das Gesicht. Ein Mädchengesicht, nein, ein Frauengesicht, nein, ein Greisengesicht. Das Gesicht einer Toten. Die Züge des Wesens dort oben changierten, wechselten, immer schneller. Das Fenster öffnete sich. Jemand schwebte herein. Sah herab. War das die Frau, die sie angesprochen hatte, damals beim Pilzsuchen? Die mit dem biederen Namen. Fritzi. Nein, Frieda. Frieda März. Frieda März. Frieda März, das Mädchen, die Frau, die Greisin. Das Mühlrad drehte sich. Drehte sich. Drehte sich. Farben spritzten. Da, weit oben, eine zweite Gestalt. Ein Mann. Blass war er. Zu blass. Es war – eine Welle der Übelkeit überrollte sie. Die Luft war zu dünn, sie fürchtete zu ersticken, wollte, musste hinaus ins Freie. Wo war Philipp? Niemand da, außer – er kam näher. Riesig war er, ein Riese, ein Gigant. Der Raum wurde ihr zu eng. Sie wollte weg. Diese Übelkeit. Sie atmete schwer. Ihre Poren öffneten sich. Schweiß floss. Die Kleidung klebte ihr am Körper. Sie öffnete den Mund, wollte schreien, aber – kein Ton erklang. Er kam näher. Verschwinde! Geh weg! Fort! Sie spürte, wie ihr Hass an die Oberfläche ihres Bewusstseins schwamm. Blanker, reiner, kristalliner Hass. Und endlich entfernte sich Kijans bedrohliches Trugbild langsam, glitt davon, verlor an Farbe. Aber die Frau, Frieda, war noch da. Furchtlos schwebte sie auf ihn zu. Griff nach ihm. Doch er zerfloss zwischen ihren Händen. Silberne Funken stoben.

Marie Jung schrie auf.

Frieda zog den Kopf zurück. Der lautlose Schrei der Frau stand ihr vor Augen. Quast, der von alledem nichts mitbekommen hatte, sah sie fragend an.

«Sie hat mich gesehen!» Ihre Worte waren mehr gehaucht als geflüstert.

«Quatsch.» Ehe sie ihn zurückhalten konnte, näherte

Quast seinen Kopf dem Fenster und sah hinunter. «Sterzl ist da und Toni. Und eine Frau. Sie hieven sie hoch, sie gehen», er drehte sich um, «zur Tür. Sie kommen raus!»

Frieda erstarrte. «Die suchen uns.» Quast zog sie weiter nach hinten, weiter weg von der Tür. «Glaube ich nicht. Die versuchen nur, sie von ihrem Trip zu holen.» Der beruhigende Inhalt von Quasts Worten stand in seltsamem Gegensatz zum Beben in seiner Stimme. Frieda bemerkte erst jetzt, dass er vor Kälte zitterte.

Ein breiter Lichtstrahl ergoss sich auf den Platz vor der Mühle. Jemand hatte die Tür geöffnet. Dann wurde es wieder dunkel. Frieda glaubte, leises Schluchzen und beruhigendes Murmeln zu hören, aber das Rauschen des Baches und des Mühlrads war so laut, dass sie nicht sicher sein konnte. Sie starrte ins Dunkel.

Nach einer Weile schob sich ein großer Schatten in ihr Blickfeld: Es war Sterzls athletische Silhouette. An seinem Arm hing schlaff eine zweite, kleinere Person. Frieda glaubte, Marie Jungs blonden Bubikopf zu erkennen. Die Dermatologin trug eine Decke um die Schultern und wurde von Sterzl sehr langsam mit kleinen Schritten weg von der Mühle in den Wald geführt. Immer wieder hielten die beiden an, er schien beruhigend auf sie einzureden. Auf der Brücke geriet Marie Jung ins Straucheln, Sterzl fing sie auf, stellte sie auf die Beine, hakte sie wieder unter; nach endlosen Minuten verschluckte die Dunkelheit die beiden.

Sie hatten Frieda und Quast nicht bemerkt. Nur einmal wandte sich Sterzl um und blickte in ihre Richtung. Einen Moment zu lang vielleicht.

Frieda und Quast hatten sich so auf die Szene vor ihren Augen konzentriert, dass sie das Brummen des Diesels erst spät hörten. Schon wurde das Motorengeräusch lauter: Ein Wagen näherte sich der Mühle. Frieda starrte in die Richtung, aus der das Geräusch kam. Es war unzweifelhaft da, eine Tatsache. Und es kam näher. Ein Blick zu Quast, er sah in die gleiche Richtung. Im Bruchteil einer Sekunde war ihr klar, dass die Zeit nicht reichen würde, um vom Gerüst zu klettern und in Deckung zu gehen. Sie saßen in der Falle.

Schon tanzten erste Lichtreflexe auf den Wassertropfen, die vom Mühlrad stoben, schon war die Lichtung in helles Gleißen getaucht. Sie spürte Quasts Hand an ihrem Arm, er zog sie zur anderen Seite des Bretts, ins Dunkle, auf die rückwärtige Seite des Gebäudes. Instinktiv folgte sie ihm. Ihre Blockabsätze tönten dumpf.

Da stoppte das Auto bereits, der Motor verstummte, das Scheinwerferlicht ging aus. Eine Autotür schlug zu. Noch eine. Noch eine. Und noch eine. Vier Schläge bedeuteten vier Personen. Friedas Körper verkrampfte sich. Angst explodierte in ihrem Inneren, floss in die Finger, die Füße, den Kopf, nahm ihr den Atem. Mit zusammengekniffenen Augen starrte sie auf die andere Seite des Bachs und bemühte sich, ruhig zu werden. Sie spürte Quasts Präsenz neben sich und begann, bewusst ein- und auszuatmen.

Nun betrat die erste Person ihr Gesichtsfeld, blieb stehen und sah sich suchend um. Sie trug Schwarz. Nur das Profil kam Frieda bekannt vor, die Silhouette aber konnte sie nicht einordnen. Sie spürte Quasts Mund an ihrem Ohr: «Der Pfarrer.» Sie starrte hinunter: Vor der Mühle stand der Priester, den sie am Nachmittag angesprochen hatten. Ohne Soutane, im Anzug schaute er zur hell erleuchteten Fensterfront hinter dem Mühlrad. In diesem Moment trat eine weitere Person hinzu und blickte in die gleiche Richtung. Frieda wusste sofort, wer das war, gedrungen und untersetzt: der Wirt. Frieda hatte keine Zeit, sich zu wundern, denn jetzt tanzte der Schein von zwei Taschenlampen heran. Hinter den hellen Kreisen erschienen zwei Uniformierte. Frieda griff unwillkürlich nach Quasts Arm, seine Hand legte sich warnend auf ihre. Er hauchte ein kaum hörbares «Schhhhht» in ihr Ohr.

Die vier Männer traten zu den geparkten Autos. Einer der Polizisten leuchtete die Nummernschilder an und machte eine Bemerkung zu seinem Kollegen. Dann überquerten sie in einer Kolonne die Brücke und marschierten um das Mühlgebäude herum. Während die ungebetenen Besucher aus dem Blickfeld waren, begann Quast, Frieda auf die andere Seite des Bretts zu ziehen. Friedas Absätze aber ließen sich wieder nicht geräuschlos aufsetzen. Ein Tock, noch eines, noch eines. Zu laut, um vom Rauschen übertönt zu werden. In der vagen Hoffnung, dass es noch nicht zu spät war, versuchte sie, nur auf den Ballen zu gehen, doch das Holz war feucht und glitschig. Sie verlor beim zweiten Schritt das Gleichgewicht, geriet ins Straucheln, rutschte aus und – fiel. Unter ihr fünf Meter Dunkelheit. Im Sturz kalkulierte sie ihre Überlebenschancen, versuchte, nach irgendetwas zu greifen, merkte, dass sie an einem Arm gepackt wurde, spürte einen stechenden Schmerz in der Schulter, bekam etwas zu fassen: Quasts Lederjacke. Sie war nass. Dann Quasts Arm, der sie auffing. Ein kurzer Moment der Erleichterung.

Als sie schwer atmend bäuchlings auf dem Brett lag, konnte sie nicht einordnen, was genau geschehen war. Bis auf ein dumpfes Pochen in der Schulter schien sie unverletzt, nur einen Schuh hatte sie verloren. Erst jetzt merkte sie, dass der Kegel einer Taschenlampe nervös zwischen ihr und Quast hin- und herwanderte. Gleichzeitig hörte sie ein Lärmen aus der Mühle. Kreischen, Krachen, laute Männerstimmen. Dann ein Befehl von unten: «Setzen Sie sich hin und zeigen Sie die Hände!» Die Stimme klang jung. Frieda hievte sich mühsam empor und hob die Arme ein wenig. Quast tat das Gleiche. Ihre Schulter schmerzte.

Der Polizist stand breitbeinig da und sah zu ihnen empor. Die Hand lag auf seiner Waffe. Ein deutliches Gefühl des Irrealen beschlich Frieda.

Sie sah zu Quast hinüber, der mit einer Hand einen Gruß andeutete und ausgesucht höflich, ja fast fröhlich hinunterrief: «Guten Abend!»

«Was machen Sie da oben?» Eine berechtigte Frage, wie Frieda fand.

«Können wir erst mal zu Ihnen hinunterkommen?» Wieder hörte sich Quast weit freundlicher an, als es sonst seine Art war. Massig und scheinbar entspannt saß er mit baumelnden Beinen neben Frieda. Kurz spürte sie seine Hand an ihrem Rücken. Eine beruhigende Berührung. Fast ein Streicheln.

Der Polizist schien zu dem Schluss gekommen zu sein, dass sie harmlos waren. Er machte eine auffordernde Bewegung.

Quast rutschte das erste Brett hinunter und wollte Frieda die Hand reichen. Sie winkte ab und kletterte mit nur einem Schuh und mit einer schmerzenden Schulter Brett für Brett hinunter. Sie wusste, dass der Mann unten jede ihrer Bewegungen genau verfolgte.

Als sie endlich festen Boden unter den Füßen hatte, half

Quast ihr mit einer Hand vom Gerüst herunter und hielt ihr mit der zweiten den verlorenen Schuh hin. Als sie ihn anzog, lächelte er. Der Polizist sah ihnen regungslos zu.

Aus der Nähe sah sie, wie jung der Beamte war. Er wirkte, als müsse er in seine grüne Uniform erst hineinwachsen; ein blondes Milchgesicht, die Pubertätsakne war noch nicht ganz abgeheilt. Vorsichtig lächelte sie: «Danke.»

«Schon gut. Was wollten Sie da oben? Gehört Ihnen das Grundstück?»

«Nein, wir wollten –»

«Wir wollten Sie gerade anrufen», fiel ihr da Quast ins Wort. «Wegen», er wies mit dem Kinn zur Mühle, «denen da drin.»

Der Polizist ging voran, Frieda und Quast folgten ihm brav. Als sie zur Eingangstür der Mühle kamen, verlangsamte der Beamte seine Schritte. Es war ruhig geworden innen, die anfängliche Aufregung hatte sich gelegt. Schließlich blieb der Beamte stehen, unschlüssig, was zu tun war. Er trat einen Schritt in den Flur, ließ sie jedoch nicht aus den Augen. «Max?», rief er ins Innere des Gebäudes, und wenig später erschien ein älterer Beamter, in seinem Schlepptau der Wirt, der neugierig zu ihnen hinschielte. «Er hat glatt recht gehabt», sagte der Ältere mit einem Seitenblick auf den Wirt. «Eine Drogenparty. Hund und so weiter hab ich angefordert, aber das kann dauern. Und die?»

«Sind auf dem Gerüst hinten herumgeklettert.»

«So?» Ungläubig schaute der Mann von Quast zu Frieda und von Frieda wieder zu Quast. Der Wirt grinste zufrieden.

«Ich nehme dann ein Protokoll auf.» Der Junge war unsicher. Die Situation war zu weit abseits der täglichen Routine.

Der Ältere überlegte kurz, dann nickte er. «Schau, dass du schnell fertig wirst. Ich kann dich drin brauchen.»

Während dieses Wortwechsels starrte Quast in die Richtung, in die Sterzl verschwunden war. Wenn der Schwachkopf auch nur ein bisschen Hirn hatte, blieb er im Wald, bis die Polizei abzog. Die Situation war im Grunde harmlos. Ein bisschen Landfriedensbruch, weiter nichts. Es kam nur darauf an, die Toxikologie der Eisbachklinik aus der Sache herauszuhalten. Mit etwas Glück kein Problem, solange Sterzl keinen Unsinn machte. Quast war froh, dass seine beiden Doktortitel nicht im Ausweis eingetragen waren. Die hätten nur unnötiges Nachfragen provoziert. So aber standen die Chancen gut, dass alles glatt vonstattenging.

Frieda wirkte geschockt. Der Sturz auf dem Gerüst hatte ihr zugesetzt. Ihr Puppengesicht war noch blasser als sonst. Quast tat es leid, dass er sie in diese Situation gebracht hatte. Er würde sie auf eine warme Mahlzeit einladen und ein wenig aufpäppeln.

Es gelang ihm, sich geschickt durch das Protokoll zu lavieren. In seiner Version waren sie neugierige Zaungäste, die von der Pilzreise Wind bekommen hatten und sehen wollten, ob etwas dran war an der Geschichte. Quellen konnte er natürlich nicht nennen. Der junge Polizist schaute zweifelnd, schrieb aber folgsam auf, was ihm erzählt wurde. Frieda bestätigte Quasts Aussage und unterschrieb.

Und dann waren sie frei.

Als sie neben Quast durch den Wald zurückhumpelte, merkte Frieda erst, wie schwach sie sich fühlte. Immer noch tat ihre Schulter weh, ein leichtes Ziehen, nichts Schlimmes.

Obwohl sie fast unverletzt war, trugen ihre Beine sie kaum. Zum wiederholten Mal verfluchte sie ihre Schuhe. Dauernd blieb sie irgendwo hängen, knickte um.

Schweigend gingen sie nebeneinander her. Langsam fanden ihre Schritte den gleichen Rhythmus. Die Geräusche von der Mühle her wurden leiser. Ab und an schlug eine Autotür. Der Bach rauschte, der Wald auch. Es war kalt.

Sie spürte, wie Quast sie von der Seite ansah – und musste lächeln. Als er zurückgrinste, erschien das kleine Grübchen auf seinem Kinn. Dann legte er behutsam seinen Arm um ihre Schultern und ließ ihn dort liegen. Nicht schwer, aber auf einmal beruhigend. Sie atmete tief ein. Sein Aftershave roch erstaunlich exklusiv. Eigentlich war er gar kein Aftershave-Typ, dachte sie kurz. Dann hörte sie auf zu denken und verlor sich in der Situation. Ein Mann und eine Frau nachts im Wald. Sie lauschte dem vertrauten Knarzen seiner Lederjacke, legte ihre Hand um seine Hüfte, passte ihre Schritte den seinen an, hoffte, dass der Weg noch weit sein würde. Nach einer Weile waren sie beim Auto angekommen.

Auf der Rückfahrt hatten sie mit den beschlagenen Scheiben zu kämpfen. Das Gebläse des Citroën arbeitete auf höchster Stufe, aber die Feuchtigkeit legte sich immer wieder auf die Oberflächen. Frieda wischte mit einem Taschentuch an der Windschutzscheibe herum, ansonsten schwieg sie.

Quast sah zu ihr hinüber; hübsch sah sie aus. Er beschloss, das lieber für sich zu behalten.

Stattdessen ging er die Ereignisse der letzten Tage noch einmal durch, dachte über die Pilzreisenden nach, über Marie Jung. Er versuchte, Schlüsse zu ziehen und Verbindungen zu finden. Ein schwieriges Unterfangen. Er war verwirrt.

Schließlich räusperte sich Frieda. «Warum macht man so etwas?» Ihre Stimme war rau. Quast war sich nicht sicher, was sie meinte. Statt einer Antwort nieste er. Er hatte sich notdürftig mit einer alten Decke, die im Wagen lag, abgetrocknet, und steuerte die Déesse Richtung München. Schließlich warf er ihr ein Wort hin: «Turboprozesse.» Seine Nebenhöhlen schwollen zu.

«Hm?» Frieda kramte in ihrem Beutel nach Taschentüchern und reichte Quast eines.

Der putzte sich die Nase, ohne den Blick von der Straße zu nehmen, und wiederholte: «Turboprozesse. Das hat dieser Toni-Typ gesagt.» Er stopfte das Taschentuch in seine Hosentasche. Friedas Seitenblick ignorierte er. «Man kann mit psychoaktiven Stoffen Turboprozesse auslösen. Und das, könnte ich mir vorstellen, ist reizvoll – auch für jemanden wie Marie Jung.» Er befand sich auf sicherem Terrain und konnte der Versuchung zu dozieren nicht widerstehen. «Eine durch chemische Prozesse beschleunigte Psychotherapie. Die Aussicht, mit ein paar Pilzen und ein paar Pillen Blockaden zu lösen, ohne sich jahrelang quälen zu müssen.»

Er schaute zu Frieda hinüber. Ihr Blick war schwer zu interpretieren, also fuhr er fort. «Ein intensives Therapiewochenende statt vieler, vieler wöchentlicher Termine. Das ist doch für den perfekt angepassten Großstadtmenschen mit engem Zeitplan eine super Möglichkeit.» Frieda schwieg noch immer. Dann schaute sie zu Quast hinüber. «Meinst du, das kann funktionieren?»

«Kann schon sein. Ist aber nicht risikolos. «

«Was ist schon risikolos.»

«In diesem Fall ist es schon mal schiefgegangen.»

«Gründlich.»

«Hoffentlich finden sie die beiden nicht.»

«Hoffentlich. Ansonsten habe ich ein Problem.»

Quast war krank.

Als sie in der Elisabethstraße zurück waren, hatte er bereits Fieber. Er fror, sein Kopf dröhnte, seine Glieder schmerzten. Erschöpft schleppte er sich ins Bett und schloss die Augen. Er war schon weggedämmert, als Frieda noch einmal klopfte und ihm einen Tee brachte. Ihre Fürsorge rührte ihn, und doch war er froh, als er endlich wieder allein war.

Beim Einschlafen ließ er die Figuren des Dramas, dem er beiwohnte, aufmarschieren: die schöne Nasrin, ihren Bruder, die schwangere Marley, Philipp Sterzl, den Naivling – und Marie Jung. Er sah die unnahbare Blonde noch einmal auf ihrem Lager liegen, abwesend, in ihrer eigenen Welt. Was hatte sie erlebt, als Frieda zu ihr hinuntersah? Was hatte sie so aufgewühlt? War es nur der Rausch, oder … Quast schlief ein.

Während Frieda von ihren Niederschnittenkofener Erlebnissen erzählte, saß Nasrin ihr mit verschränkten Armen gegenüber. Sie sagte nichts, hörte nur zu. Ungläubig zunächst, später verstört, schließlich immer trauriger. Sehr langsam sackte sie, während Frieda sprach, in sich zusammen, wurde kleiner, zog sich in sich zurück, verschwand fast.

Als Frieda zum Ende ihrer Geschichte gekommen war, bettete Nasrin den Kopf in die Hände und blieb lange bewegungslos am Küchentisch sitzen. Frieda legte ihr schweigend eine Hand auf den Rücken. Endlich rieb Nasrin sich die Augen und blickte auf. «Was mache ich jetzt?» Ihre Stimme war belegt. Frieda zuckte die Achseln und starrte auf die Tischplatte. Sie fühlte sich nicht wohl als Überbringerin der schlechten Neuigkeiten.

Quast hatte sein Zimmer seit dem Abend zuvor kaum verlassen. Nur einmal war sie ihm auf dem Gang begegnet. Unrasiert, mit fieberglänzenden Augen und zerzaustem Haar war er wortlos an ihr vorbeigeschlurft. Offensichtlich wollte er in Ruhe leiden. Frieda war sich nicht sicher, ob sie darüber erleichtert oder enttäuscht sein sollte. Gern hätte sie mit Nasrin über Quast gesprochen, aber das war wohl gerade nicht der richtige Moment. Sie dachte an das Flirren, das zwischen ihr und Quast schwebte, mal stärker, mal schwächer, nie ganz zu fassen und doch da. Dann atmete sie tief durch, gab sich einen Ruck und stand auf.

Nasrin saß noch immer regungslos mit verschleiertem Blick da. Schließlich sah sie Frieda an, erhob sich langsam, griff wie in Zeitlupe nach den Gläsern und trug sie zur Spüle. Im Hinausgehen sagte sie: «Ich will wissen, ob Kijan», sie stockte, «Mist gebaut hat.»

Natürlich hat er, dachte Frieda und folgte ihr zur Tür.

Montag, 4. November

Quast ging es noch immer schlecht. Ermattet lag er in seinem Zimmer und litt. Das Buch, das Frieda ihm zusammen mit zwei Scheiben Toast und einer Kanne Tee gebracht hatte, lag aufgeschlagen neben seinem Kopfkissen, aber er war zu malad zum Lesen. Durch die Nase bekam er keine Luft, er hatte Schmerzen beim Schlucken, und jede Bewegung tat ihm weh. Wieder glitt er in einen traumlosen, fiebrigen Schlaf. Als er erwachte, hämmerte sein Herz. Philipp Sterzls unfassbare Dämlichkeit machte ihn selbst in seinem geschwächten Zustand zornig. Der Bursche gefährdete nicht nur die Gesundheit der gutgläubigen Leute, die sich ihm auslieferten, er setzte auch den Ruf von Quasts Abteilung in der Klinik aufs Spiel. Das musste ein Ende haben.

Ächzend zog Quast sein Handy unter dem Bett hervor, stopfte sich ein Kissen in den Rücken und schaltete das Gerät ein. Frieda hatte ihm eine Nachricht geschickt: «Ruf mich an!!!» Drei Ausrufezeichen. Eigentlich untypisch für sie. In diesem Moment begann das Telefon in seiner Hand zu vibrieren.

Er erkannte die Stimme der Frau am anderen Ende der Leitung zunächst nicht. «Dr. Quast?»

«Ja.»

«Dr. Quast, haben Sie heute die Zeitung gelesen?»

Quast dämmerte erst langsam, wer die gereizte Dame war. Seine Antwort klang wie ein Krächzen: «Nein.»

«Kaufen Sie sich eine tz. In einer Stunde sind Sie hier in meinem Büro.» Sonja Hansen legte auf.

Betäubt saß Quast auf der Bettkante und starrte auf das Handy. Das Blut rauschte in seinen Ohren. Er konnte keinen klaren Gedanken fassen. Wie in Trance rief er Frieda an. Schon nach dem ersten Läuten hob sie ab. «Quirin. Ich habe tausendmal versucht, dich anzurufen. Hast du die Zeitung gelesen?» Ihre Stimme klang gedämpft.

«Frieda. Was ist los?»

«Du stehst in der tz. Ohne Namen, aber eindeutig du.»

«Ja?» Die Information drang nur langsam in sein fiebriges Gehirn.

«‹Toxikologe im Zusammenhang mit Drogengeschäften aufgegriffen›. Jemand hat die Presse angerufen. Jemand will dir schaden.»

«So.» Quast ließ sich auf das Bett zurückfallen. Auf einmal fühlte er sich schwach.

«Quirin, sag was.» Friedas Stimme wurde dringlicher.

«Ich muss zur Hansen. Aber erst brauch ich ein Aspirin. Mir geht's nicht gut. Ich meld mich bei dir.» Er schaltete das Telefon aus und wankte ins Bad.

Das Aspirin hatte nicht die erhoffte Wirkung gehabt, noch immer nahm er alles wie durch einen Schleier wahr. Quast saß in einem winzigen Sessel im Büro der Chefärztin und versuchte, sich zu konzentrieren. Er hörte die Stimme Sonja Hansens, versuchte, zusammenhängend zu antworten, aber es gelang ihm nicht. Immer wieder schnitt Hansen ihm das Wort ab, er kam nicht dazu, sich zu erklären. Paralysiert starrte er auf ihre Hände, die zu zornigen kleinen Gesten ausholten. Ihr Mund öffnete und schloss sich schnell, ihre Stimme klang schrill und entschieden. In seinen Ohren ein Pfeifen. Zwischen seinen Schläfen ein Pochen, in seinem Magen ein Ziehen.

Nach zehn Minuten war der Albtraum vorüber. Als er vor der Tür stand, dämmerte ihm erst langsam, was geschehen war: Sonja Hansen hatte ihn mit sofortiger Wirkung freigestellt. Ein Toxikologe, der mit Drogen zu tun hatte, war an ihrer Klinik nicht tragbar.

Das Gute war, dass er sich zu schlecht fühlte, um die Tragweite dessen, was gerade geschehen war, zu begreifen. Mit geschlossenen Augen lehnte er neben dem Aufzug und wartete auf das Pling. Endlich öffneten sich die hydraulischen Türen, er stolperte in die Kabine und erschrak vor der Fratze, der er sich gegenübersah. Weißes Hemd, graues Gesicht, blutunterlaufene Augen über tiefen Augenringen, ein ungewöhnlich ungepflegter Dreitagebart. Wer auch immer auf die Idee gekommen war, einen Krankenhausaufzug mit einem Spiegel auszustatten, sollte wegen seelischer Grausamkeit zur Rechenschaft gezogen werden.

Quasts Finger schwebte noch unentschieden über den Etagenknöpfen, als sich ein riesiger Schuh in sein Blickfeld schob. Hinter dem Schuh ein besorgtes Gesicht mit bunter Schminke, dahinter noch eines. Zwei rote Nasen. Mit einem «Dürfen wir?» stolperten zwei Klinik-Clowns schubsend und kichernd zu Quast herein und blieben direkt vor ihm stehen. «Bist du traurig?», wollte das Clownmädchen wissen und wippte fragend mit ihrem kurzen Rüschenpetticoat. Ohne auf eine Reaktion zu warten, wandte sie sich an ihren

Clownspartner. «Er ist traurig.» Der wiegte bedenklich den Kopf, zupfte an seiner Schleife, griff hinter Quasts Ohr und hielt eine knallrote Schaumstoffkugel zwischen den Fingern. Er schnüffelte an ihr und steckte sie mit einer blitzartigen Bewegung auf Quasts Nase. Der Zeigefinger des Clownmädchens schoss nach vorne, drückte auf die rote Nase in Quasts Gesicht. Metallisches Hupen. Dann standen die beiden vor ihm und sahen ihn erwartungsvoll an.

Was für ein Bild des Elends musste er abgeben, wenn sich schon diese beiden über ihn hermachten. Und tatsächlich fehlte ihm die Kraft zur Gegenwehr. Als er endlich die Nase abnehmen wollte, ertönte wieder ein Hupen. «Noch nicht!», schrie der männliche Clown, riss seine Miniaturgitarre von der Schulter, verbeugte sich und krähte: «Liebeskummer lohnt sich nicht, my daaaarling, schade um die Tränen in der Na-acht.» Das Mädchen warf die muskulösen Beine, soweit das in dem beengten Raum möglich war, und Quast hatte das Gefühl, langsam wahnsinnig zu werden. Er riss sich die Nase aus dem Gesicht und krächzte: «Schluss!» Die beiden hielten inne und schauten ihn erschrocken an. Dann entspannten sie sich, winkten ihm zu und spazierten durch die Tür, die sich gerade öffnete, hinaus.

Die Tür war bereits halb geschlossen, als Quast merkte, dass er etwas vergessen hatte. Er stellte einen Fuß in den sich schließenden Spalt und quetschte sich hinaus. «He, stopp!» Sie drehten sich um. Das Mädchen sagte zu ihrem Partner: «Er meint uns!» Der zweite Clown sagte: «Er spricht!»

«Marathon. Lauft ihr Marathon?», krächzte Quast.

«Oh jaaaa!» Ein beglücktes Kichern aus dem Riesenmund des Mädchens. Entzückt zusammengeschlagene Hände.

«Wart ihr beim Isarlauf?» Zu mehr als einem Satzbrocken konnte er sich nicht überwinden.

«Jaaaa! Es war schöööön. Aber die Füßchen, die Füüüüßchen haben mir weh getan.»

«Die armen Füßchen», nickte der andere.

«Jetzt hört mal mit dem Quatsch auf. Das ist wichtig.» Quast reichte es mit den Albernheiten. Die beiden aber waren ganz in ihrer Rolle, es gab kein Halten. Der männliche Clown zauberte eine Packung Taschentücher aus der Luft und reichte sie Quast mit einer Verbeugung. Quast nahm sich eines und putzte sich die Nase. Endlich Luft. «Wie viele wart ihr denn da?»

«Es gibt nur uns zwei hier.»

«Leider. Nur uns zwei.» Trauriges Kopfnicken.

«Zu wenige Clowns an dieser Klinik. Leider.» Noch ein trauriges Nicken.

«Aber wir waren gut. Richtig gut!» Beidseitiges Strahlen.

«Ist euch der Läufer aufgefallen, der zusammengebrochen ist? Ein Arzt von hier.»

Das Mädchen, das um seinen Partner herumgetanzt war, hörte auf zu zappeln, seine Stimme veränderte sich. «Klar, den kannten wir ja. Wir haben mit ihm geredet vor dem Lauf. Der war ganz normal, aber furchtbar ernst. Wir wollten halt unseren Spaß haben.»

Der männliche Clown nickte.

«Und während des Laufs, habt ihr ihn da gesehen?»

«Wir haben ihn überholt. Hat uns gewundert, weil der doch so ehrgeizig war. Aber wir wussten ja nicht, dass er –» Die beiden sahen betreten drein.

«War Dr. Sydow denn allein?»

«Ich glaube schon.» Das Mädchen sah ihren Partner fragend an. Der zuckte mit den Schultern. «Ja. Doch. Der war allein auf der Strecke.»

Quast gab die Taschentücher zurück und versuchte ein Lächeln. «Danke. Ihr macht das gut. Mir geht es schon besser.»

Die beiden grinsten zurück, wandten sich um und tänzelten davon.

Wieder lehnte er neben der Lifttür. Er musste sich konzentrieren. Endlich einen Gedanken fassen. Sich zusammenreißen. Der Lift kam, er betrat die Kabine, vermied den Blick in den Spiegel und drückte den Knopf.

Auf der Privatstation war alles ruhig. Die Morgenvisite war längst vorüber, die Dinge nahmen ihren alltäglichen Lauf. Eine flinke rothaarige Schwester musterte Quast im Vorbeieilen und grüßte ihn stumm. Er nickte unbestimmt zurück, klopfte an die Tür des Stationszimmers und wartete, bis die Tür einen Spaltbreit geöffnet wurde. Frieda steckte den Kopf heraus. Als sie Quast sah, zog sie ihn schnell in den Raum. Er war erleichtert, dass sie noch da war. Offenbar war sie verschont geblieben.

Erst dann sah er Sterzl, der auf einem der beiden Drehstühle saß und Quast entsetzt anstarrte.

«Was machen Sie hier?» Quast gelang es nicht, Freundlichkeit vorzutäuschen.

«Kriegsrat», antwortete Frieda schnell. Sie sah adrett aus: geschlossener Kittel, dunkle Locken, dunkle Augen im blassen Gesicht.

«Mit dem?»

«Dr. Quast, es tut mir leid!»

Der wehleidige Zug um Sterzls Mund machte Quast aggressiv. «Mir auch. Habt ihr diese verdammte Zeitung?»

Frieda zog ein mehrfach gefaltetes Blatt aus der Kitteltasche und reichte es ihm. Quast überflog den Artikel. Nebulöses Gewäsch, nichts Konkretes, abgesehen von dem deutlichen Hinweis auf Quast. Frieda wurde nur in einem Nebensatz erwähnt: eine junge Ärztin, die mit dem Toxikologen Q. aufgegriffen worden war. Er ließ das Blatt sinken und fasste Sterzl scharf ins Auge. «Woher wissen die das? Keiner von denen, die da waren, kann wollen, dass die Presse was spitzkriegt.»

«Keine Ahnung.» Sterzls Blick ging knapp an Quast vorbei.

«Und praktischerweise ist von Ihnen nicht die Rede.»

«Dr. Quast, Sie glauben doch nicht –»

«Nichts glaube ich. Gar nichts. Aber so wird es nicht bleiben. Da können Sie sicher sein.» Quast ließ sich auf den freien Stuhl fallen. Seine Knie waren weich.

«Was ist passiert?» Frieda umschloss mit beiden Händen krampfhaft eine Kaffeetasse.

«Freigestellt hat sie mich, die Schnepfe. Die will mich endgültig loswerden. Und wenn sie es gescheit anstellt, schafft sie das jetzt auch.»

«Das tut mir so leid.»

Quast machte eine wegwerfende Handbewegung.

Die Tür öffnete sich leise. Die rothaarige Schwester, die Quast schon auf dem Gang aufgefallen war, kam herein und sah neugierig in die Runde. «Dr. May, Sie müssten mal kommen!» Sie schenkte Sterzl ein kokettes Lächeln.

«Jetzt geht's gerade nicht.»

Die Rothaarige ließ sich nicht abwimmeln. «Die Diverticulitis von 3.20 möchte ein Einzelzimmer.»

«Haben wir nicht. Können Sie ihr sagen.»

«Ich weiß, aber das interessiert die nicht.»

«Soll ich die Infizierten aus den Einzelzimmern rausschmeißen, oder was?» Frieda war gereizt.

«Können Sie nicht mit ihr reden? Mir glaubt sie das nicht.» Während die Schwester sprach, wanderte ihr Blick von Quast zu Sterzl, von Sterzl zu Quast und ruhte dann kurz auf der Zeitung, die Frieda noch nicht weggesteckt hatte.

Frieda wurde ungeduldig. «Ich kann da jetzt nichts machen. Vertrösten Sie die. Ich schaue später vorbei.» Die Schwester sah wenig überzeugt aus und verließ nach einem letzten langen Blick in die Runde den Raum.

Als sich die Tür hinter ihr geschlossen hatte, lehnte sich Quast zurück, streckte die Beine von sich, verschränkte die Arme und sah Sterzl an. «So, Sterzl. Und jetzt erzähl, was am Samstag noch los war.»

«Nichts.» Wieder dieser weinerliche Unterton. «Ich bin mit Marie Jung im Wald geblieben, bis alle weg waren. Der ging es nicht gut. Es war die Hölle. Die Kälte, die Finsternis, die panische Frau, die Ungewissheit. Dann haben wir noch ein bisschen gewartet, und dann habe ich sie heimgefahren.» Sterzl seufzte. «Hoffentlich überprüfen die nicht die Autokennzeichen.»

«Deine Sorgen möchte ich haben.» Quast war sich sicher, dass Sterzl nicht halb so naiv war, wie er sich gab.

«Nur du, dieser Toni und die Polizisten wussten, dass wir da waren. Wer hat das der Presse gesteckt?» Quasts Stimme wurde lauter.

«Ich habe bestimmt nichts gesagt. Ich bin doch nicht blöd.» Sterzl klang inzwischen weinerlich.

«Dann greif ich mir diesen Toni.»

«Der sitzt in U-Haft.»

«Oh Mann!» Quast war schlecht. Er konnte noch immer nicht klar denken.

Wieder öffnete sich die Tür. Wieder stand die Schwester mitten im Raum. Vorwurfsvoll wandte sie sich an Frieda: «Dr. May. Entschuldigung, aber die Dame gibt keine Ruhe. Sie sagt, sie hat Beziehungen nach ganz oben.»

Frieda stellte ihre Tasse weg und stand auf. «Das behaupten die alle. Ich gehe später hin. Sagen Sie ihr das.» Sie schob die widerstrebende Schwester mit Nachdruck zur Tür hinaus. Als sie wieder allein waren, wandte sie sich an Sterzl. «Diese Dermatologin. Hat die mitbekommen, dass wir da waren?»

Quast war dankbar, dass sie die Initiative ergriff.

«Das weiß ich nicht. Sie hat noch lange halluziniert. Natürlich könnte es sein, dass sie was gesehen hat.»

«Gesagt hat sie nichts?»

«Nein. Die war total fertig. Für Marie war das auch eine Katastrophe.»

«Wie gut kennst du sie denn?»

«Nicht so gut.»

«Aha.»

«Sie ist bei ein paar Pilzreisen dabei gewesen. Da lernt man sich schon kennen. Aber privat haben wir nichts miteinander zu tun.»

«Und der Sydow?»

«Weiß ich nicht.» Sterzl zögerte. «Vielleicht kannte der sie besser. Kann sein.»

Quast verlor die Geduld. «Sterzl. Hör auf zu mauern und sag, was du den Zeitungsmenschen gesagt hast, sonst sag ich denen, was du so machst in deiner Freizeit!» Die letzten Worte brüllte er. Er hörte mit einem halben Ohr, wie die Klinke erneut heruntergedrückt wurde, und wollte sich schon über die Impertinenz der Schwester ärgern, als die Tür aufgerissen wurde.

Frieda und Sterzl fuhren hoch. An ihrer Reaktion merkte Quast, dass etwas nicht stimmte. Er wandte sich um und erkannte, wer da auf der Schwelle stand.

Professor Hansen verzichtete auf einen Gruß und sah schweigend von einem zum anderen. Als niemand etwas sagte, nickte sie, als habe sie gerade etwas verstanden, und wandte sich an Quast. «Dr. Quast. Ich dachte, Sie hätten begriffen. Ich will Sie hier nicht mehr sehen. Verschwinden Sie aus meiner Klinik.» Die Geringschätzung in ihrer Stimme versetzte Quast einen Stich.

Dann wandte sich die Chefärztin ab und machte einen Schritt auf Frieda zu. «Sie also. Sie hätte ich für klüger gehalten.» Sie machte eine Pause. «Ich hatte gerade einen Anruf meines Landrats. Eine gute Bekannte, sagt er, wird hier miserabel behandelt. Sind Sie dafür zuständig?»

«Die Dame möchte ein Einzelzimmer. Ich habe aber kein Einzelzimmer.» Frieda schob resolut eine Locke hinters Ohr.

«Dann organisieren Sie eines!»

Frieda schwieg trotzig und sah zu Boden.

Die Chefärztin trat noch näher an sie heran und sagte sehr leise: «Arbeiten Sie an Ihrer Performance, kommen Sie mit Ihrer Habilitation zu Potte und werden Sie endlich erwachsen! Sollten Sie es aber vorziehen, sich mit Ihrem Kollegen», sie bedachte Quast mit einem verächtlichen Seitenblick, «zu beschäftigen, dann lassen Sie es mich wissen.» Sterzl ignorierte sie. Dann machte sie auf dem Absatz kehrt und ging grußlos.

«Die mag dich», stellte Quast fest. «Besorg halt dieses verdammte Zimmer – und mach einfach, was sie will. Ich mach auch, was sie will, und verfüge mich ins Bett.»

Diese Stadt war dazu geschaffen, dich einzulullen, selbst im November konnte einem klebrig zumute werden. Für den Weg in die Katastrophe hatte Quast ein Taxi genommen, jetzt hatte er nicht einmal die Energie, an den Patienten vorbei, die vor dem Hauptportal rauchten, zum Taxistand zu wanken.

So verließ er die Klinik über den Hinterausgang. Langsam setzte er einen Fuß vor den anderen, immer tiefer in den Englischen Garten hinein. Er sah zu Boden, vermied die Blicke der Entgegenkommenden mit ihren Hunden, ihren Kinderwagen, ihren Gesprächen. Die Sonne stand tief und verfing sich in den letzten Blättern der Bäume. Er setzte sich auf eine Parkbank und achtete darauf, die Stadtsilhouette im Rücken zu haben. Was war ihm die Theatiner-Kirche? Unter den Büschen wurde das Gras schon braun. Bald würde sich sechs Monate lang ein grauer Schleier über die Stadt legen. Er wünschte, es wäre schon so weit.

Freigestellt. Es fühlte sich an, als habe ihn das hässliche Mädchen, das zu lieben er sich nie entschließen konnte, verlassen und in tiefe Verzweiflung gestürzt. Was blieb von ihm übrig, wenn er nicht mehr der Toxikologe der Eisbachklinik war? Ein alter Mann auf einer Parkbank. Nicht einmal nach einem Bier war ihm. Nicht einmal nach einer Zigarette. Er schloss die Augen, merkte, wie die Kälte unter seine Jacke kroch, und dämmerte weg.

◎

Frieda funktionierte. Sie organisierte das gewünschte Zimmer, kümmerte sich um ihre Station und verdrängte, was geschehen war. Quast hatte deprimiert gewirkt, als sie ihm beim Weggehen nachsah, sie musste versuchen, ihn aufzumuntern.

Gerade wollte sie nach Hause aufbrechen, als Philipp Sterzl ins Stationszimmer kam. «Schon umgezogen?», fragte er überflüssigerweise. Sie beachtete ihn nicht, hängte den Kittel weg und kontrollierte den Inhalt ihrer Tasche: Diktiergerät, Briefe, Geldbeutel, Schlüssel. Alles da. «Kann ich dich einladen? Ich würde gern mit dir reden.»

Frieda sah hoch. Sterzls flehender Blick war ihr peinlich. «Du solltest mit Quast reden, nicht mit mir.»

«Bitte.»

«Du bist so was von feige.»

«Bitte!»

Frieda fragte sich kurz, ob es Frauen gab, bei denen dieser Hundeblick funktionierte. «Also gut. Aber nicht lange. Ich muss nach Quast sehen, dem geht es sicher nicht gut.»

Sterzl führte sie in ein Lokal, das sie nicht kannte. Der Wirt begrüßte ihn mit beidhändigem Handschlag und einem beseelten «Dottooore». Sterzl machte die italienische Folklore offenbar nichts aus, er bestellte noch im Stehen eine Biretta, und Frieda schälte sich aus ihrer Jacke. Der Wirt sprang ihr eilfertig zur Seite und brachte sie an einen Ecktisch. Philipp sah sich stolz um, als habe er persönlich die roh behauenen Sandsteinquader aufeinandergetürmt, die weiß-rot karierten Decken gewebt und die edlen Flaschen auf den Regalen ausgetrunken. «Nett», konstatierte Frieda, und Sterzl nickte erleichtert.

Er hatte sich zu früh gefreut. Frieda kam sofort zur Sache. «Also: Hast du oder hast du nicht?»

«Was?»

«Die Presse angerufen.»

«Nein. Natürlich nicht. Hab ich nicht.»

«Wer dann?»

«Keine Ahnung.»

«Aber irgendjemandem hast du erzählt, dass wir in Niederschnittenkofen waren!»

Sterzl betrachtete seine Finger. Frieda ekelte sich plötzlich vor den feinen schwarzen Härchen, die seinen Handrücken bedeckten.

«Ich habe mit Marie über Quast geredet.»

Als Frieda auffahren wollte, unterbrach er sie. «Hör zu! Es war eine Extremsituation. Sie war am Ende, hat immer wieder gefragt, wie das passieren konnte. Und ich war eben auch fertig, und da hab ich sie ins Vertrauen gezogen.»

«Ins Vertrauen gezogen. Hast du sie noch alle? Was sollte das?»

«Ich habe überhaupt nicht nachgedacht in diesem Moment. Ehrlich.»

«Du denkst überhaupt nicht sehr viel, oder?»

Sterzl schwieg beleidigt. Frieda kümmerten seine Animositäten nicht. Sie überlegte. Warum sollte Marie Jung an die Presse gehen, wenn ihre eigene Approbation auf dem Spiel stand? In dieser Geschichte gab es zu viele lose Fäden, allesamt zu kurz, um sie zu fassen. Sie unternahm einen neuen Versuch. «Du hast gesagt, dass sie mit Kijan von Sydow zusammen war?»

«Wann soll ich das gesagt haben?»

«Heute früh.»

«Daran kann ich mich nicht erinnern.»

«Aber es stimmt?»

«Vielleicht.»

Frieda beugte sich vor und sah Sterzl an. «Philipp. So geht das nicht. Du lavierst und taktierst. Du hast gesagt, du willst mit mir reden – und hier bin ich. Aber dann rede jetzt auch!»

Sterzl fuhr sich mit beiden Händen von hinten über den Bürstenkopf. Seine Augen huschten zur Seite. Frieda griff nach ihrer Tasche. «Weißt du, was – das ist mir zu blöd. Überleg dir einfach, was du willst.»

Sie stand auf. Sterzl schaute zum Kellner hinüber. Als dieser keine Miene verzog, griff er nach ihrem Arm. «Frieda, nicht. Bleib hier.»

Sie sah auf ihn hinunter. «So viel Zeit habe ich nicht.»

Als Frieda die Küche der WG betrat, saß Quast am Küchentisch. Er trank Tee; über seinen Schultern lag eine Wolldecke. Um ihn herum wucherte die Unordnung, kein wohlgelauntes Koch-Tohuwabohu, sondern ein destruktives Chaos. Es roch nach ungespültem Geschirr und Kampfer.

«Wo warst du so lange?», schnappte er, als sie sich zu ihm setzte. Sie starrte ihn an. Der Toxikologe senkte den Blick. «Ich dachte, wir könnten», er suchte nach Worten, «reden.»

«Ich bin dir doch keine Rechenschaft schuldig.» Sie klang unfreundlicher als beabsichtigt, und Quast starrte beleidigt an ihr vorbei. «Aha.»

Mit Selbstmitleid konnte sie nicht umgehen, überhaupt nicht. Sie hob ein feuchtes Handtuch vom Boden auf und hängte es über eine Stuhllehne. «Philipp hat mich eingeladen.»

Quasts Blick schoss zu ihr herüber und zog sich sofort wieder zurück. «Aha.»

«Ja. Aha. Ich habe versucht, etwas aus ihm herauszubekommen.»

«Ach, so nennt man das jetzt?»

«Sag mal, spinnst du?»

Quast zuckte mit den Schultern. Die Decke kam ins Rutschen, und er zog sie wieder enger um seinen Körper.

Sie stützte sich mit beiden Händen auf den Tisch, ignorierte die klebrige Oberfläche und brachte ihr Gesicht nahe an seines. «Also, willst du jetzt wissen, was er erzählt hat, oder nicht?»

Wieder das beleidigte Schulterzucken. Er stand auf, öffnete den Kühlschrank und murmelte hinein: «Also?»

«Er denkt, die Marie Jung hatte etwas mit dem Sydow.»

Quast fuhr herum. «Und das hat er dir einfach so erzählt?»

«Dir erzählt er natürlich nichts. Vor dir hat er Angst.»

«Zu Recht.» Die Kühlschranktür fiel krachend zu. Die Töpfe, die obenauf gestapelt waren, kamen bedenklich ins Wackeln. Frieda reichte es allmählich. «Weißt du, was? Mir tut leid, was passiert ist. Echt. Aber ich kann auch nichts dafür. Wenn du aufgehört hast, dir selbst leidzutun, können wir ja versuchen, miteinander zu reden.»

Quast wollte etwas erwidern, aber da war sie schon draußen.

Dienstag, 5. November

Quasts Körper hatte sich am nächsten Morgen erholt, seine Psyche noch nicht. Die Taubheit seiner Glieder war inzwischen weniger dem Ansturm von Viren geschuldet als einem tief sitzenden Unbehagen. Der ungeliebte Posten auf dem Abstellgleis der Eisbachklinik war so sehr Teil seiner Identität, dass zu wenig von seiner Persönlichkeit übrig zu sein schien, nun da er ihn verloren hatte. Er war Toxikologe, und das war's auch. Zu etwas anderem hatte er sich nie berufen gefühlt. Sein ganzes Wissen, seine ganze Expertise, sein ganzes Können hatte sich auf diesen kleinen Bereich konzentriert. Was blieb von ihm, wenn er diese Stellung verlor?

Er zwang sich, eine Dusche zu nehmen, zwang sich, frische Kleidung anzuziehen, zwang sich zu frühstücken. Schaffte es, die Küche aufzuräumen, dachte an Frieda, die das Haus längst verlassen hatte, schob den Gedanken schnell beiseite. Der Novemberregen fiel schräg gegen die Fenster der Wohnung. Quast sah auf den grauen, menschenleeren Hof hinunter. Alle gingen ihren Verrichtungen nach, nur ihm blieb nichts zu tun. Noch keine fünfzig und schon überflüssig. Er sah den Tropfen zu, die an der Scheibe hinabrannen. Einer nach dem anderen nahm den Weg nach unten, manche schneller, manche langsamer, manche in einer geraden Linie, die meisten fanden andere Bahnen, dem endlosen Vergessensein entgegen. Das Betrachten des stetigen Rinnens ließ ihn zornig werden. Verdammte Trägheit, blödsinniges Einmuckeln vor Ignoranz, Chaos und Obrigkeit. Aber nicht mit ihm. Zeit hatte er jetzt, da konnte er genauso gut Klarheit schaffen und Ordnung in die wirre Geschichte bringen. Er öffnete das Fenster, ließ sich den Regen hart ins Gesicht peitschen und schloss die Augen.

Dann setzte er sich mit Stift und Papier an den Küchentisch und begann aufzuschreiben, was er wusste.

Sydow hatte mit psychoaktiven Pilzen experimentiert, und er hatte die eine oder andere Affäre gehabt. Aber reichte das für ein Mordmotiv? Rache? Eifersucht? Vielleicht. Quast listete Namen auf, strich sie durch, notierte Daten, Fakten, alles, was ihm einfiel. Doch ein klares Bild wollte nicht entstehen.

Quast brütete immer noch über seinem Zettel, als das Handy läutete.

«Doktor Quast, wie geht es Ihnen?» Professor Pongratz klang besorgt.

«Gut, danke.» Eine glatte Lüge.

«Doktor Quast, ich möchte nicht um den heißen Brei herumreden. Ich habe gehört, was passiert ist.»

Quast schwieg perplex, und der Professor sagte: «Wilhelmine Ungefähr hat mir von Ihren Problemen in der Klinik erzählt. Vielleicht kann ich Ihnen helfen.»

Quast kam die kalte Wut. Sonja Hansen hatte also genüsslich seinen Quasi-Rauswurf herumerzählt. Er war sprachlos.

Pongratz aber fuhr unbeeindruckt von Quasts Wortkargheit fort: «Doktor Quast, wie wäre es, wenn wir uns treffen und ich erzähle Ihnen, was ich für Sie habe?»

Und weil Quast nichts zu verlieren hatte, willigte er ein, den Professor zwei Tage später zu treffen.

Frieda war früh losgegangen; der Zustand der Küche legte ein Frühstück im Café nahe.

Sie kannte Quast gut genug, um zu wissen, dass sie ihn gerade besser in Ruhe ließ; irgendwann würde er zur Vernunft kommen.

Sie stand im Mantel in einem Café, trank einen doppelten Espresso und sah durch die Scheiben auf die Straße. Die Gesichter der Passanten waren verschlossen. Mürrisch stemmten sie sich gegen den Herbstwind, jeder seine eigene Insel. Wer jetzt alleine war, würd es lange bleiben. Mit einem Klirren stellte sie ihre Tasse zurück. Für melancholische Betrachtungen fehlte ihr die Zeit. Nach einem Blick auf die Uhr wand sie sich den Schal um den Hals, warf die Tasche über die Schulter, griff nach den Handschuhen und trat in den Novembermorgen hinaus.

In der Klinik das Übliche: Übergabe, Frühbesprechung, Visite, Stationsdienst. Die Routine trug sie wie ein Kokon unbehelligt durch den Tag. Einmal begegnete sie Sterzl auf einem der Gänge und nickte ihm kühl zu. Sein bittender Hundeblick verfolgte sie noch eine Weile. Erst am Nachmittag ergab sich eine ruhige Minute mit einem Kaffee am Computer. Fast von alleine tippten ihre Finger «Marie Jung» in die Suchmaske. Marie Jung, deren Name immer wieder aufgetaucht war in den letzten Wochen. Marie Jung, die, wenn Sterzl recht hatte, mehr wusste als alle anderen. Marie Jung, die Frieda vielleicht durch den Pilzschleier gesehen hatte an jenem Abend im Wald.

«Ästhetisches Zentrum, Marie Jung» – der erste Treffer, ganz oben in der Liste.

Was die Dermatologin betrieb, war nicht die hautärztliche Praxis, die Frieda erwartet hatte. Jung lächelte womöglich noch faltenfreier, altersloser und blonder als in natura von der Startseite, neben ihr raunende Hochglanzbegriffe in Mauve und Rosé: Face- and Bodycontouring, Beauty to go, Beautycare, Medical Beauty. Frieda klickte sich fasziniert durch die Seite. Was Needling, Peeling, Kryolipolyse, Stammzellenaktivierung, Faltenunterspritzung, Volumenaugmentation, Mesotherapie genau war, konnte sie nur ahnen, vieles davon klang schmerzhaft, wenn es auch pink daherkam. Sie fühlte sich zu jung für die Foltermethoden des Anti-Aging, aber vermutlich war man das nie. Den Gedanken, einen Termin zum Hautkrebs-Screening zu machen und dann das Gespräch zufällig auf Sydow zu lenken, verwarf sie schnell. Sie musste davon ausgehen, dass Jung sie gesehen hatte, und die Vorstellung, halbnackt vor der Dermatologin zu liegen und sie nach dunklen Stellen in ihrer Vergangenheit zu befragen, war nicht sehr angenehm.

Also fragte sie Nasrin nach der Handynummer, rief Marie Jung an und bat um ein Treffen. Diese war wider Erwarten sofort bereit, Frieda am nächsten Abend in der Praxis zu empfangen.

Kijans Testament wurde in Bochum eröffnet. Nasrin hatte dem Termin mit ungutem Gefühl entgegengesehen, und ihre Befürchtungen sollten sich bewahrheiten.

Das Ganze dauerte nur etwas über eine Stunde, ein siebzigminütiger Albtraum. Der Notar tat um Jovialität bemüht nüchtern, was zu tun war; ihre Eltern rangen, um Jahre gealtert, tapfer um Fassung; ihre Schwägerin dagegen ging ganz in ihrer Rolle als würdige Witwe auf.

Marita hatte abgenommen, und das gewiss nicht aus Kummer. Nasrin konnte kaum hinsehen, als sie ihre Schwiegereltern tränenvoll in den Arm nahm und später, ein Taschentuch demonstrativ zwischen den Fingern haltend, erwartungsvoll vor dem Notar saß, ängstlich bemüht, keine Freude über die zu erwartende Beute zu zeigen.

Kijans Tod war für Marita zur rechten Zeit gekommen. Weil das Scheidungsverfahren noch nicht abgeschlossen war, erbte seine Ex und war so mit einem Mal all ihrer Sorgen ledig. Nasrin kämpfte mit der Übelkeit.

Fast fluchtartig verließ sie die Kanzlei sofort nach der Testamentsverlesung und nahm den ersten Zug zurück nach München, mit schlechtem Gewissen, aber erleichtert, als sie allein in einem Abteil saß. Sechs Stunden war sie zum Nichtstun gezwungen, sechs Stunden allein mit ihren Gedanken, sechs Stunden ohne einen Blick für die vorbeiziehende Landschaft.

Kijans Tod war der Tiefpunkt ihres Lebens gewesen, dass es danach weiter abwärts gehen würde, hatte sie sich nicht vorstellen können. Aber es war weiter abwärts gegangen. Schritt für Schritt. Sie schloss die Augen, spürte die gleichmäßige Bewegung des Zuges, horchte auf das Geräusch der Räder. Tatack, tatack, tatack. An Schlaf war nicht zu denken.

Ein Leben lang war ihr großer Bruder ein Fixpunkt für sie gewesen. Wann immer sie Schwierigkeiten hatte, war sie zu ihm gekommen. Er hatte sich Zeit genommen, zugehört und das Richtige gesagt. Sie spürte noch seinen Zeigefinger auf ihrer Wange und hörte das rollende R, mit dem er ihren Namen aussprach, sah, wie er den Kopf schräg legte und sie ansah, liebevoll und nur manchmal ein wenig spöttisch. Mitunter war sie eifersüchtig gewesen, auf seine Frau, seine Affären, ja seine Patientinnen, aber immer hatte sie gewusst, dass sie etwas Besonderes verband. Sie war traurig.

Was sie nach und nach über ihren Bruder erfahren hatte, hatte langsam das Bild, das sie von ihm gehabt hatte, zersetzt. Das Wort «zersetzt» hing in ihrem Kopf fest, drehte hässliche Pirouetten, brachte unangenehme Assoziationen mit sich: Verfall, Verwesung, Dekomposition. Sie merkte, dass sie fror, zog ihren Mantel über, griff nach ihrer Tasche und kramte nach dem Schlüssel, den der Notar ihr zusammen mit einem Stapel Unterlagen überreicht hatte. Ein Sicherheitsschlüssel und zwei kleinere Schlüssel an einem einfachen Metallring. Der Bund lag kalt und hart in ihrer Hand.

Kijan war bei seinem Tod keine vierzig gewesen, aber er hatte seinen Nachlass exakt geregelt. Vielleicht war das üblich, wenn man einen Ehevertrag abschloss, erstaunlicherweise hatte er das Testament jedoch nie erwähnt, ebenso wenig wie die Tatsache, dass seine Schwester erben sollte. Aber es hatte so vieles gegeben, das er nicht erwähnt hatte.

Dass er sie in seinem Testament bedacht hatte, rührte sie. Er hatte gewollt, dass sie versorgt war. Er kümmerte sich um sie, auch nach seinem Tod. Eine Wohnung also. Eine Wohnung, von der sie nichts gewusst hatte. Von der vielleicht niemand gewusst hatte. Maritas irritierter Blick war nicht zu übersehen gewesen. Warum war Kijan nach seiner Trennung nicht dort eingezogen und hatte stattdessen dieses Loch am Rotkreuzplatz gemietet? Warum gab es keine Mieter? Was erwartete sie dort?

Am Münchner Hauptbahnhof stieg Nasrin aus und ließ die Reisenden an sich vorbeieilen. Menschen umrundeten sie mit ihren Rollkoffern und Taschen, sie spürte die bösen Blicke kaum. Wohin jetzt? Nichts zog sie nach Hause in ihre leere Wohnung. Noch einmal tastete sie nach Kijans Schlüssel und machte sich auf den Weg zur U 6.

Mittwoch, 6. November

Wenige Schritte von der Münchner Freiheit gelegen, bildete die Gediegenheit des Artur-Kutscher-Platzes einen eigenartigen Kontrast zum Treiben auf der Leopoldstraße. Unweit der Flaniermeile befand sich hier eine dezente, ruhige Ecke mit Bauten neueren Datums und erstaunlich leeren Straßen.

Das Haus war größer als erwartet. Fast zehnstöckig lag es in einer offenen Grünanlage. Breite Balkone zogen sich um die elegante Fassade. Hinter vielen Fenstern brannte Licht. Auch der großzügige Eingangsbereich war gut beleuchtet, dennoch wirkte alles wie ausgestorben, niemand war um diese Zeit unterwegs. Kein Fahrrad stand herum, kein Kinderwagen, nichts ließ auf die Bewohner schließen. Die Namen auf dem Klingelschild aus Messing waren alphabetisch geordnet, praktisch, aber aufwendig.

Der Schlüssel passte. Nasrin betrat das Gebäude durch schwere Glastüren und blieb stehen. Ein weites Atrium lag vor ihr, in dessen Mitte, genau unter dem Oberlicht, sich ein quadratischer roter Teppich befand. Nasrin konnte nicht widerstehen, stellte sich ins Zentrum des Lichthofs und sah nach oben. Ihre Schuhe versanken ein wenig im Flor, und sie spürte, dass der Architekt diesen Blick in die feudale Höhe im Sinn gehabt hatte.

Während sie in den fünften Stock hinaufstieg, richtete sie weiter den Blick nach oben. Die Handläufe zu den breiten

Treppen waren aus Mahagoni, ebenso die Wohnungstüren, die von dem zentralen Atrium abgingen. Auf jeder Etage sorgten unauffällige Wand- und Deckenstrahler für dezentes Licht. Es lagen keine Essensdünste in der Luft, kein Laut drang aus den Apartments. Die sorgsam konzipierte Sterilität des letzten Jahrhunderts war hier makellos konserviert. Was hatte Kijan hier getan?

An unzähligen Messingspionen vorbei stieg sie zögernd hinauf. Sie erkannte die richtige Wohnung an den Initialen auf dem Namensschild: K.v.S. Obwohl sie den Schlüssel in der Hand hielt, klingelte sie. Innen ertönte ein elektrisches Surren. Sie wartete. Nichts rührte sich. Sie atmete tief ein, steckte den Schlüssel ins Schloss und drehte ihn zweimal herum. Die Tür öffnete sich mit einem satten Klacken. Statt abgestandener Luft wehte ihr nur ein unbestimmter Zitronenduft entgegen. Die Putzfrau hatte wohl nicht erfahren, was geschehen war.

Sie tastete nach dem Schalter und machte Licht.

Im Grunde hatte sie ein Ambiente erwartet wie in der Wohnung am Rotkreuzplatz, Plüsch, Lüster und Rüschen. Die Atmosphäre ihrer Kindheit.

Vor ihr lag jedoch ein heller Eingangsbereich. Das Parkett glänzte honigfarben, weiße Einbauschränke reichten bis unter die Decke. An der Wand hing das Schwarz-Weiß-Foto einer versteinerten Schnecke. Dekorativ, aber nichtssagend.

Anders als in der Mietwohnung konnte sie Kijans Präsenz hier nicht spüren. Ihr Bruder hatte gewollt, dass sie dieses Apartment bekam, aber noch immer zögerte sie, die Schwelle zu überschreiten. Sie zwang sich einzutreten, schloss die Tür hinter sich und schauderte. Es war kalt. Behutsam schob sie eine der Türen auf, die vom Flur abgingen, und tastete sich zaghaft ins Halbdunkel. Immer noch spürte sie nichts. Was hast du hier gemacht?, dachte sie und sagte es laut: «Was hast du hier gemacht?» Ihre Stimme klang gepresst.

Endlich überwand sie sich und machte Licht: eine Art Wohnbereich in Taupe, Sand und Anthrazit. Vor der breiten Fensterfront hingen helle Vorhänge, links eine große Couch mit Kissenbergen in Erdtönen. Irgendetwas an dieser Sitzgelegenheit irritierte sie, doch sie ließ das Gefühl nicht zu. Daneben zwei wuchtige Ledersessel, einander zugewandt. Auf einer Kommode Duftkerzen und Räucherstäbchen. Wozu? Sie öffnete die letzte Tür, die Küche. Der fensterlose Raum war sparsam eingerichtet, einige Töpfe, Teller, etwas Besteck. Zucker, Kaffee, einige Getränkedosen, eine Flasche Evian.

Ohne Vorankündigung stieg eine bedrohliche Leere in ihr auf, aus dem Unterleib nach oben, drückte auf ihre Brust, nahm ihr den Atem; ihre Fingerspitzen begannen zu kribbeln, sie fürchtete, ohnmächtig zu werden, hier, allein, niemand würde sie finden. Sie stürzte zum Fenster, versuchte, es mit zitternden Händen aufzubekommen, zerrte am Griff, etwas klemmte, in Panik versuchte sie, ruhig zu atmen, aber die Angst saß ihr auf der Lunge. Sie gab auf, stürzte zur Haustür, riss sie auf, ließ sich zu Boden gleiten, wühlte im Sitzen mit bebenden Fingern in ihrer Tasche, fand ihr Handy, vertippte sich, gab auf, schloss die Augen, atmete in den Bauch, versuchte es erneut, räusperte sich, als der Freiton erklang.

Als Quast und Frieda eine Viertelstunde später die Treppen heraufkeuchten, saß sie immer noch an die geöffnete Tür gelehnt da.

Nasrin war in schlechter Verfassung. Sie kauerte auf dem Boden, der Inhalt ihrer Handtasche lag verstreut um sie herum, Mantel, Sakko und Bluse hatte sie achtlos in den Flur der Wohnung geworfen, auf deren Schwelle sie hockte. Unter ihrem ärmellosen Top sah man den BH; ihr schwarzer Rock war nach oben gerutscht, doch es schien ihr egal zu sein. Während Frieda sich neben Nasrin setzte, ging Quast in die Hocke, legte ihr beide Hände um die Schultern und sah ihr in die Augen. «Komm, versuch aufzustehen.»

Nasrin schüttelte den Kopf. «Kann nicht.»

«Ich helfe dir.»

Erneutes Kopfschütteln. Nasrin ließ ihre schwarz glänzende Mähne trotzig vor ihr Gesicht fallen wie einen Vorhang.

«Atme mal tief ein, halt die Luft an und atme durch die Nase aus. Gut. Noch mal. Und noch mal. Noch mal.»

Frieda stand daneben und beobachtete, wie Quast Nasrin zuredete.

Sie zog den Schlüssel, der noch außen steckte, ab und ging in die Wohnung, um ein Glas Wasser zu holen. Die erste Tür, die sie öffnete, führte zum Wohnzimmer. Ein wohlproportionierter Raum, makellos eingerichtet und penibel aufgeräumt, irgendetwas irritierte sie jedoch. Sie ließ ihre Augen langsam über das Mobiliar schweifen: ein graublauer Kelim, ein kleiner Schreibtisch mit einer Dockingstation für den iPod, dunkle Ledersessel, eine moderne Stehlampe neben einem breiten Sofa. Das Sofa. Frieda schloss die Augen. Das war es. Nasrin hatte das Sofa erkannt – und die Kissen auf dem Sofa und auch die Decke, die dort jemand sauber zusammengefaltet platziert hatte.

Frieda stürzte in die Küche, trank selbst ein Glas Leitungswasser, füllte ein zweites und brachte es Nasrin. Die saß immer noch in der gleichen Position da wie zuvor, aber in ihren Augen war wieder Leben. «Danke», sagte sie und trank in gierigen Schlucken. Quast nickte Frieda von unten zu. Sie streckte die Hand aus und half Nasrin langsam hoch, während Quast ihre verstreuten Habseligkeiten zusammensuchte.

«Geht schon wieder. Danke, dass ihr da seid», sagte Nasrin und hielt sich mit einer Hand am Türstock fest.

Ein angedeutetes Lächeln auf Nasrins Lippen. Auf dem Weg ins Innere der Wohnung hob sie ihre Kleidung auf und begann, ihre Bluse mit unsicheren Bewegungen wieder anzuziehen. Ihre Finger zitterten noch so sehr, dass Frieda ihr half. Quast ließ die beiden diskret alleine.

Das Sofa. Quast starrte auf das grün-graue Ungetüm. Er kannte diese Farbe, diese Form, die Kissen, die darauf drapierte Decke: der Hintergrund auf den mysteriösen Bildern. Die Erkenntnis, dass das der Ort war, an dem die Fotos aus Sydows Wohnung aufgenommen worden waren, traf ihn unvermittelt. Hier hatten die Frauen gelegen. Schlafend – oder narkotisiert. Alles, was sie bisher gefunden hatten, hatte zu mehr oder weniger abstrakten Vermutungen geführt. Da dieses Sofa jedoch in dieser Wohnung stand, lag die Vermutung nahe, dass Kijan von Sydow hier Dinge getan hatte, die moralisch zweifelhaft gewesen waren. Bislang hatte Nasrin die Hoffnung haben können, dass ein Missverständnis vorlag. Das war nun vorbei, in dieser Wohnung wurde Sydows Handeln manifest. Für Nasrin war das schwer zu ertragen. Quast begriff ihr Bedürfnis nach Unwissenheit und Vergessen, aber Verdrängen war jetzt keine Option mehr. Von nun an war es besser für sie, Gewissheit zu haben. So zumindest dachte er.

An der Art, wie Frieda, die inzwischen leise neben ihn getreten war, seinem Blick folgte, merkte Quast, dass auch sie die Verbindung hergestellt hatte. Wortlos nahm er ihr das leere Glas aus der Hand, nickte Nasrin, die in einen Sessel gesunken war, zu und ging hinaus, um der bedrückenden Atmosphäre zu entkommen. Weibliche Verzweiflung machte ihn hilflos.

Er hatte das Bedürfnis, irgendetwas zu tun, und fluchte leise. Er hätte zumindest ein Beruhigungsmittel einstecken sollen, als Nasrins wirrer Anruf kam. Benzos statt Trost, wenigstens das. Quast öffnete die Badtür und schaltete das Licht ein. Er stellte das leere Glas auf den Rand eines Waschtischs aus Naturstein. Sydow war Psychiater gewesen, vielleicht gab es hier eine Hausapotheke.

Auch dieser Raum mutete steril an. Große Marmorfliesen, eine Duschkabine aus Plexiglas, in der Ecke ein raumhoher Spiegelschrank, daneben eine Ablage mit kleinen Handtüchern, nichts Persönliches. Kurz entschlossen sperrte Quast die Tür ab und sah in den Schrank: ganz unten Putzmittel, dann Toilettenpapier, etwas höher unbenutzte Seifenstücke, Duschgel, Shampoo, Körpercreme, mehrere verpackte Zahnbürsten (wozu?), Zahnpasta, ein Kamm, noch mehr Handtücher. Die Bestückung der Regale legte nahe, dass Sydow hier immer mal wieder eine Nacht verbracht oder sich zumindest die Möglichkeit dazu offengelassen hatte. Aber warum, wenn er eine Wohnung in der Stadt hatte? Das Apartment konnte als Rückzugsort oder Liebesnest gedient haben, solange Sydow verheiratet war – aber weshalb war er dann nach seiner Trennung nicht hier eingezogen?

Quast trat einen Schritt zurück, um in das oberste Regal schauen zu können. Ganz oben, ganz hinten schien etwas zu liegen. Auf Zehenspitzen balancierend, fingerte er vorsichtig eine Plastikbox hervor, stellte sie auf die Toilette und öffnete sie. Innen ein wildes Sammelsurium, das im Widerspruch zur sterilen Ordnung der übrigen Wohnung stand: bunte Medikamentenschachteln, Kondome, Mullbinden, Pflaster, Haarspangen, ein Ohrring, Tampons, Scheren, Feilen, Rasierklingen, Lippenstifte. Der Bodensatz des Lebens, nicht für fremde Augen bestimmt. Quast erkannte das Fluoxetin auf den ersten Blick. Die Schachtel war angebrochen. Sydow hatte sein Antidepressivum hier deponiert. Ansonsten Aspirin, Halstabletten, ein Mittel gegen Durchfall, kein Beruhigungsmittel, aber auch nichts Harmalinhaltiges. Also hatte er die verhängnisvolle Kombination nicht bewusst eingenommen.

Quast verschloss die Box und schob sie zurück.

Aus dem Wohnzimmer drang kein Laut.

Frieda hockte auf der Sessellehne, ihr Arm lag auf der Schulter ihrer Freundin. Die hatte die bestrumpften Füße unter den Körper gefaltet und sah aus wie ein kleiner schwarzer Vogel. Um etwas zu tun, schaltete Quast eine Stehlampe neben dem Schreibtisch an und die Deckenbeleuchtung aus. Das Sofa lag nun im Dunkeln, es lauerte aber noch immer im Schatten. Er räusperte sich, wollte etwas sagen, fand keine Worte, floh in die Küche.

Auch hier herrschte nichtssagende Zweckmäßigkeit. Lustlos durchstöberte er die Regale, aber die Ausbeute war mager: Kaffeepulver, Zucker, Salz und Pfeffer, Olivenöl. Mit wenig Hoffnung schaute er in den Kühlschrank. Bis auf eine Wasserflasche und einige Getränkedosen auch hier nur enttäuschende Leere. Frieda und er hatten ihr Abendessen unangetastet stehen lassen, um Nasrin zu Hilfe zu eilen. Cola würde zumindest ihren Blutzuckerspiegel wieder auf einen vertretbaren Wert heben.

Dass eine der Dosen, die er herausnahm, leichter war als die anderen, bemerkte er erst auf dem Weg zurück ins Wohnzimmer. Er hielt inne und stellte die anderen Getränke ab. Auf den ersten Blick schien es sich um eine normale Dose Coca-Cola zu handeln, verschlossen, mit unversehrter Lasche. Als er die Dose jedoch schüttelte, schepperte etwas in ihrem Inneren. Mit den Fingerspitzen tastete er die kalte Oberfläche ab und fand eine Kante, die eigentlich nicht da sein sollte: ein Schraubverschluss. Vorsichtig drehte er das Behältnis auf und schüttete den Inhalt auf seine Hand: ein Schlüssel mit kompliziertem Bart. Schnell steckte er ihn ein, holte eine neue Dose aus dem Kühlschrank und ging mit den Getränken zurück ins Wohnzimmer.

Als Quast aus der Küche kam, erhob sich Frieda aus ihrer unbequemen Position und ging ihm entgegen. Er reichte ihr zwei Dosen, sie öffnete eine und gab sie an Nasrin weiter. Diese verzog nach dem ersten Schluck das Gesicht. «Sprite», sagte sie, «hab ich seit Jahrzehnten nicht mehr getrunken.»

Dann versank sie in brütendes Schweigen. Keiner sprach.

Schließlich griff Quast zögernd in seine Hemdtasche und legte einen Schlüssel auf seine ausgestreckte Handfläche. «Hab ich gefunden.»

Nasrin warf einen kurzen Blick auf das silbern glänzende Ding und sah sofort wieder weg. «Was ist das?»

«Sieht aus wie ein Tresorschlüssel.» Nasrin schaute Quast schweigend an. Keine sichtbare Reaktion.

Frieda aber griff fast gierig nach dem Schlüssel und sah sich mit blitzenden Augen um. «Meinst du, dass der Tresor hier irgendwo ist?»

Quast spürte ihre Aufregung, ihr Jagdtrieb war geweckt. Sie hält die künstliche Stille nicht mehr aus, dachte er und verstand sie. Ohne eine Antwort abzuwarten, marschierte Frieda zur Wand und hob ein Bild an: Wassertropfen in Großaufnahme, vermutlich Ikea.

Nasrin verfolgte ihr Treiben regungslos mit den Augen. «Was tust du?», fragte sie schließlich.

«Ich suche den Tresor.»

«Welchen Tresor?» Nasrin sah sie verständnislos an. Sie hatte nichts mitbekommen.

«Den Schlüssel hier hab ich gefunden. In der Küche.» Quast sprach sehr langsam und deutlich. Nasrin starrte auf das Ding, das Quast noch einmal hochhielt. Sie sah aus dem Fenster, holte ihren Blick wieder zurück und räusperte sich. «Was hat er hier getan?»

Quast und Frieda reagierten nicht. Keiner der beiden konnte sich überwinden zu antworten.

«Ich wusste, dass er noch eine Wohnung hatte. Wir haben geerbt – von einem Onkel, den wir gar nicht kannten –, das war toll, und Kijan hat damals eine Wohnung gekauft. Ich dachte, er hätte sie vermietet. Klar. Etwas anderes hat er nie gesagt. Warum auch. Eigentlich hat er insgesamt wenig von sich erzählt, wenn ich zurückdenke. Er hat nur zugehört, auf das reagiert, was ich gesagt habe, und ich habe es nicht bemerkt. Ich hatte keine Ahnung.» Sie hatte ihre Rede langsam und wie in Trance begonnen, doch jetzt steigerte sie das

Tempo, die letzten Worte stieß sie hastig aus. Selbstverachtung klang aus ihrer Stimme.

Sie nahm einen Schluck Limonade und wiederholte leiser: «Keine Ahnung.» Dann sackte sie wieder in sich zusammen.

«Sollen wir den Tresor suchen?», fragte Frieda, als habe sie damit noch nicht begonnen. «Vielleicht ist etwas drin, das ...» Sie beendete den Satz nicht. Nasrin zuckte mit den Schultern. Als Nasrin nichts sagte, begann Frieda, hinter Vorhänge zu sehen, Schranktüren zu öffnen, Möbel zu rücken. Quast schaute ihr zu, wie sie sich flink durch die Wohnung bewegte, und beteiligte sich nach einem Blick auf Nasrin, die unbeweglich vor sich hinstarrte, an der Suche.

In einem der Einbauschränke im Flur wurden sie schließlich fündig: eine Stahltür hinter Schrubbern und Besen. Als Nasrin, vom Geräusch eines fallenden Eimers aufgestört, wortlos zu ihnen kam, trat Frieda zur Seite und gab den Blick frei.

«Willst du?», fragte Quast, doch Nasrin winkte mit einer minimalen Geste ab.

Dann ging alles schnell. Der Schlüssel passte, die Stahltür schwang auf, Quast trat zur Seite und machte eine auffordernde Bewegung.

Nasrin atmete laut aus, verharrte einen Moment regungslos und griff dann langsam, als fasse sie in einen Schlangenkorb, in die dunkle Öffnung. Sie schloss die Augen, während sie vorsichtig herumtastete. Schließlich zog sie die Hand zurück. Ihr dunkler Blick suchte Quast, dann ging sie wortlos an ihnen vorbei. Frieda unterdrückte ihre Neugierde und folgte ihr, während Quast an den Tresor trat.

Als der Toxikologe ins Wohnzimmer kam, hielt er zwei Zellophantütchen in der Hand. Ein größeres mit bräunlichem, ein kleineres mit weißlichem Inhalt.

«Pilze und Pillen», konstatierte er. «Und noch einmal die schlafenden Frauen», fügte er hinzu und zog einen Stapel Bilder aus der Jackentasche. Dann blieb er unschlüssig im Raum stehen.

Nasrin sah ihn an und sagte mit unbewegter Miene: «Könnt ihr das bitte alles in den Tresor zurücklegen? Ich muss hier raus, sofort.» Sie stand auf.

Auch Frieda erhob sich. «Ich komme mit.»

Nasrin schüttelte den Kopf. «Ihr habt genug getan. Danke für alles, ihr seid super, wirklich. Aber ich muss jetzt allein sein. Ich rufe euch an, ja?»

Ehe Frieda und Quast reagieren konnten, ging sie mit schnellen Schritten hinaus und zog die Tür leise hinter sich zu.

«Der reicht's», murmelte Quast, als er die Sachen in den Tresor zurücklegte.

Frieda nahm den Safeschlüssel und versteckte ihn wieder im Kühlschrank. Gemeinsam verließen sie die Wohnung.

Frieda sperrte sorgfältig ab.

Als sie ihre Räder über die Münchner Freiheit schoben, hatte Quast den Kragen seiner Lederjacke hochgeschlagen, sodass Frieda sein Gesicht nicht sehen konnte. Sie ahnte, dass auch er gegen die Bilder im Kopf ankämpfte, und stapfte in sich gekehrt neben ihm her.

Der Novemberwind ließ eine grüne Plastiktüte übers Kopfsteinpflaster tanzen; die wenigen Passanten hatten es eilig.

«Vielleicht hat er ja an die Pilztherapie geglaubt. Vielleicht wollte er wirklich helfen», sagte Frieda schließlich ohne rechte Überzeugung und stemmte sich gegen eine Böe.

«Der war mit Sicherheit davon überzeugt, nichts falsch zu machen», antwortete Quast. Aus ihm sprach die neidvolle Verachtung des notorischen Zweiflers für einen, der bedenken- und rücksichtslos getan hatte, was immer er für richtig gehalten hatte.

Frieda schwieg, gab Quast jedoch insgeheim recht. Sydow hatte vermutlich nicht unter übertriebenen Skrupeln gelitten. Die Frage war nur, wie weit er gegangen war. Nicht erst seit sie von Marleys Geschichte wusste, regte sich in ihr der Verdacht, dass es eine sexuelle Komponente in Sydows klandestinen Aktivitäten gegeben hatte. Um einen neutralen Tonfall bemüht, sagte sie: «Ich habe mich bei Marie Jung in der Praxis angemeldet, vielleicht kann ich mit ihr reden.»

Quast starrte sie von der Seite an. «Ja spinnst du? Was willst du die denn fragen? Was sie gemacht hat in Sydows Wohnung? Was soll sie schon antworten? Stimmt, gut, dass Sie fragen, ja, ich habe regelmäßig Drogen genommen, aber nichts für ungut, wenn ich meine Patienten behandle, bin ich meistens nüchtern. Schmarrn.»

Frieda zuckte mit den Schultern und sah zu den futuristischen Stelen des Busbahnhofs, unter denen sie durchgingen, auf. Kaleidoskopische Formationen in Weiß und Grün, ein Anblick wie aus einem psychedelischen Traum, eine Insel im Rauschen des Verkehrs. Sie war müde.

«Warum machen Frauen so etwas?», fragte Quast auf einmal neben ihr.

«Hm?» Sie starrte weiter in die Höhe.

«Warum sollte eine intelligente Frau sich auf so etwas Bizarres und Gefährliches einlassen?»

Frieda blinzelte, holte ihren Blick zurück zu Quast und dachte kurz über seine Frage nach. «Verzweiflung», schlug sie dann vor. «Oder Sehnsucht nach Erlösung. So etwas. Wenn es jemanden gibt, bei dem du glaubst, dass er dich als Frau und Mensch tatsächlich wahrnimmt, tust du viel.»

Quasts Blick war jetzt verständnislos. «Das hört sich an, als könntest du dir vorstellen …»

«Das hab ich doch nicht gesagt.»

«Ich kapier das nicht.»

«Das glaub ich dir.» Ihre Worte klangen spitzer, als sie gemeint waren, und sie fuhr versöhnlicher fort: «Stell dir vor, du bist in einer Sackgasse gelandet, vielleicht einsam, vermutlich verzweifelt. Und dann kommt ein attraktiver Arzt – in deinem Fall eine attraktive Ärztin – und bietet dir an, für dich die Blockaden zu lösen, dir einen Weg zu zeigen aus der Ecke, in die du dich manövriert hast. Das machst du doch vielleicht.»

«Bestimmt nicht.»

«Du nicht. Aber andere eben schon.» Sie schoben die Räder neben sich her. Jeder in seiner Welt.

Nach einer Weile gab sich Frieda einen Ruck. «Meinst du, er hat sich an den Frauen», sie stockte und suchte nach dem richtigen Wort, «vergriffen, während sie in Trance waren?» Sie sah zu Quast hinüber, der plötzlich stehen geblieben war. «Ich meine wegen der Fotos und der heimlichen Wohnung und so?»

Quasts abwehrende Handbewegung war so heftig, dass ihm fast das Rad auskam. «Ganz sicher nicht. Auf so einem Trip bist du schon noch so weit da, dass du dich später erinnern kannst. Das ist ja gerade der Dreh.» Er sah nachdenklich die Hohenzollernstraße hinunter und schüttelte dann entschieden den Kopf. «Nein. Für mich ist Sydow der klassische Narzisst. Er hat sich angemaßt, diese Pilztherapien durchzuführen, ungeachtet der Risiken, in absoluter Selbstherrlichkeit. Und er war dabei so überzeugend, dass er auch und gerade intelligente Frauen in seinen Bann gezogen und manipuliert hat. Der hatte so eine Macht über die Frauen, dass er es bestimmt für unter seiner Würde gehalten hätte, sie zu betäuben, bevor er sie schnackselt.»

Diese These passte zu dem, was Frieda wusste. Zögernd sagte sie: «Wenn er die Frauen wirklich verführt hat, haben sich die Opfer ihm nicht nur als Arzt, sondern auch als Mann ausgeliefert.» Sie machte eine kurze Pause und fügte triumphierend hinzu: «Und dann findet eine von ihnen heraus, dass er das auch mit anderen gemacht hat.» Endlich war sie an dem Punkt, auf den sie hinauswollte.

«Eifersucht als Mordmotiv, meinst du?»

«Klar.»

«Ich hab da schon drüber nachgedacht, Frieda, aber das war kein Mord aus Leidenschaft. Diese Kombination aus zwei Mitteln ist dermaßen perfide und rational durchdacht. Da musste jemand wissen, dass Sydow das Fluoxetin nimmt, und er musste wissen, dass Sydow Marathon läuft. Und er musste das alles von langer Hand eiskalt planen.»

Sie standen an der Leopoldstraße und warteten, dass es grün wurde. Eine junge Frau in Jeans und enger kurzer Daunenjacke sah sie neugierig an, offenbar hatte sie mitgehört.

Frieda war froh, als die Ampel umsprang und sie weitergehen konnten. Leise fragte sie: «‹Er›? Traust du einer Frau das nicht zu?» Sie fühlte sich in ihrer weiblichen Ehre gekränkt.

«Ich meine ‹er› im Sinne von ‹der Täter oder die Täterin›.»

«Aha. Hat sich anders angehört.»

«Im Ernst. Mord aus Leidenschaft geht anders.»

«Aber es gibt verschiedene Menschentypen. Planende, kühle und leidenschaftliche, aufbrausende. Unsere Täterin ist eben eher kühl und planend.»

«Du denkst wirklich an Marie Jung, oder?»

«Sie war definitiv involviert. Wir stoßen immer wieder auf sie. Außerdem ist sie Ärztin.»

«Hautärztin. Das heißt gar nichts.»

«Du bist ganz schön arrogant, das weißt du, oder?»

«Gar nicht. Nur realistisch. Du denkst also wirklich, sie hat sich auf ihn und seine Experimente eingelassen, herausgefunden, dass es noch andere gibt, und sich darangemacht, den perfekten Mord zu planen?»

«Ich weiß es nicht. Aber es wäre ein Motiv.»

«Wenn du recht hättest, wäre es gescheiter, wenn du nicht zu ihr in die Praxis gehst. Lass das einfach.»

Frieda sah Quast spöttisch an. «Hast du Angst um mich?»

Auf Quasts Kinn erschien das Grübchen. Er nickte langsam: «Habe ich.»

Donnerstag, 7. November

Die Isar flimmerte nicht. Grüngrau wälzte sie ihre kalten Fluten Richtung Norden. Das renaturierte Bett war übervoll und füllte sich weiter. Der Uferbewuchs überragte den Fluss dunkel, auf dieser Höhe gab es kaum Kiesbänke.

Professor Pongratz hatte Quast einen gemeinsamen Spaziergang vorgeschlagen. Da dem Psychiater sein Bluthochdruck zu schaffen machte, hatte ihm ein Internist zu mehr Bewegung und strenger Diät geraten. Den Diätvorschlag empfand er als unzumutbar, etwas vorsichtige Bewegung jedoch ließ sich einrichten.

Quast fand sich überpünktlich an der Marienklausen-Brücke ein und starrte auf die Brüstung gelehnt durch den feinen Sprühregen stadtauswärts. Er fröstelte. An einem Dienstagnachmittag eine Flaucher-Wanderung zu machen, fühlte sich an wie Schuleschwänzen. Vielleicht würde er sich an dieses Gefühl gewöhnen müssen.

Endlich betrat eine voluminöse Gestalt die Brücke und kam mit schwerfälligen Schritten auf ihn zu. Quast glaubte, ein leichtes Hinken zu bemerken, und erinnerte sich an den bandagierten Fuß des Professors. Pongratz trug eine überweite Pelerine, die ihn noch massiger aussehen ließ, und eine dunkle Schiebermütze. Mit einer Hand stützte er sich schwer auf einen Stock. Quast ging ihm entgegen, froh, dass in dieser Gesellschaft ein weiter Marsch nicht zu erwarten war. «Geteiltes Leid ist halbes Leid.» Pongratz' Händedruck war fest.

Langsam nebeneinander herschreitend, überquerten sie die Holzkonstruktion und folgten dem Flusslauf stadtauswärts.

«Wie geht es Ihnen denn nun wirklich, Doktor Quast?»

«Eine schwierige Lage.»

«Ja, das glaube ich.» Pongratz sah Quast mitfühlend von der Seite an. «Also, mein Lieber, was ist das für eine Geschichte, die mir Wilhelmine da erzählt hat? Sie und Drogen? Ich kann mir das nicht vorstellen.»

«Ich auch nicht.» Quast lachte bitter.

«Also nur ein böses Gerücht?»

«Leider nicht ganz. Ich war schon dabei, bei dieser Razzia.»

Pongratz wirkte nicht schockiert. Er lächelte gutmütig. «Doktor Quast, ich habe vor, mich für Sie zu verwenden, aber Sie müssen mir schon erzählen, was da los war.» Er schaute Quast forschend an und legte ihm eine rundliche Hand auf den Arm. Sein Blick war der einer freundlichen Bulldogge. «Wilhelmine hat mir erzählt, wie Sonja Hansen im Club über Sie spricht. Vielleicht wäre es ratsam, wenn Sie sich nach Alternativen umsehen.»

«Ich habe eine Lebensstelle. So leicht kriegt die mich nicht weg.»

«Nun machen Sie sich doch nichts vor. Wenn die Sie weghaben will, quält sie Sie so lange, bis Sie freiwillig gehen.»

«Das haben schon andere versucht», knurrte Quast. Im Grunde aber wusste er, dass Pongratz recht hatte.

«Ich bin mit ihrem ärztlichen Direktor gut befreundet. Er wird eher auf mich hören als auf Sonja Hansen. Wenn Sie wollen, rede ich mit ihm, aber vorher muss ich wissen, was da los war.»

Quast hatte von der Freundschaft der beiden Männer gehört. Vielleicht konnte Pongratz ihm wirklich helfen. Zumindest war es eine Chance. Er räusperte sich. «Was halten Sie von der psycholytischen oder psychedelischen Therapie, Professor Pongratz?»

Pongratz blieb stehen. Schwer stützte er sich auf seinen Stock. «Darum geht es? Psycholyse?» Quast nickte.

«Heimlich?» Quast nickte wieder. Langsam und nachdenklich setzte sich der Professor wieder in Bewegung und fügte hinzu: «Interessant.»

«Ich habe mitbekommen, dass jemand, den ich kenne, das anbietet, und wollte wissen, was da vor sich geht. Die Polizei ist dazugekommen – und den Rest der Geschichte kennen Sie aus der Zeitung.»

«Sie haben also nicht aktiv teilgenommen?»

«Nein! Ich war nicht einmal in dem Haus, in dem das Ganze stattfand. Ich habe durch das Fenster gesehen.»

«Und die Person, die Sie da kennen, bietet das an?»

«Ja. Als Co-Therapeut.»

«Soso. Sind die Leute, die das veranstalten, denn jung oder eher alt?»

«Warum fragen Sie?»

«Psycholytische und psychedelische Therapie waren eher zu meiner Zeit en vogue. Dass das heute noch gemacht wird, ist bemerkenswert.» Pongratz blieb wieder stehen, stützte sich mit beiden Händen auf seinen Stock, blickte nachdenklich auf den Fluss und hielt sein rötliches Gesicht in den Nieselregen. Dann wandte er sich wieder ganz Quast zu. «Früher dachte man da eher in Richtung Heilung durch

Transzendentalerfahrung, ein Versuch, durch Drogenkonsum zu universalen Einsichten, zum Gefühl kosmischer Einheit zu kommen. Hat vielleicht sogar funktioniert, nur anders, als man dachte.»

«Eher stofflich?»

Pongratz blickte Quast erfreut an. «Sehr richtig. Es scheint so zu sein, dass die Einnahme von LSD, Psylocybinen, Mescalin et cetera eine nachhaltige antidepressive Wirkung haben kann. Man weiß nicht wirklich, welche Vorgänge dahinterstecken, aber die Studienlage gibt so etwas schon her.»

«Biochemische Reaktion statt spiritueller Erfahrung.» Das gefiel Quast. Spiritualität überließ er gern den Spinnern.

Pongratz grinste. Gut gelaunt stieß er seinen Stock in den Boden. Ein metallisches Pling. «Schön gesagt. Vonseiten der Pharmaindustrie gibt es natürlich kein Interesse, Forschungsgelder zur Verfügung zu stellen. Aus deren Sicht ist es lohnender, Patienten über Jahre hinweg mit teuren Psychopharmaka zu versorgen, als eventuell eine Besserung nach wenigen Gaben zu erzielen.»

«Das ist zynisch, aber sicher die Wahrheit.»

«Da müssen wir uns nichts vormachen. Zumal die Patente der in Frage kommenden Stoffe längst ausgelaufen sind. Und bei Pilztrips zum Beispiel gibt es ja gar keine Patente.»

«Und Sie ganz persönlich, glauben Sie, dass das funktionieren kann?»

«Zumindest sollte man sich ruhig trauen, auch in diese Richtung zu forschen. Unter streng kontrollierten Bedingungen und mit harten Ausschlusskriterien für die Probanden natürlich.» Nach einer kurzen Pause fügte er hinzu: «Ich persönlich bin immer andere Wege gegangen.»

Die letzten Worte hatte der Professor sehr dezidiert gesagt. Vielleicht ein wenig zu dezidiert. Hatte Pongratz doch selbst Erfahrungen gesammelt, über die er nicht sprechen wollte, aus welchen Gründen auch immer?

Quast entschied sich, nicht direkt nachzuhaken. Stattdessen fragte er: «Wissen Sie, ob das jemand in Bayern offiziell macht?»

Pongratz überlegte kurz. Dann schüttelte er den Kopf. «Nein, davon weiß ich nichts. Es gibt schon einige Zentren, besonders in der Schweiz, auch in England, vereinzelt in Deutschland, in denen durchaus in diese Richtung geforscht wird. Aber wie gesagt unter erschwerten Konditionen, weil das Geld fehlt, weil es knifflig ist, fundierte Studienprofile zu entwerfen, und nicht zuletzt weil das Ganze eben ein Geschmäckle hat. So ein wissenschaftlicher Ruf ist schnell ruiniert.»

«Ein weites Feld.»

«In der Tat. Ich persönlich sehe das ziemlich unideologisch, aber ich mache mir so meine Gedanken.»

Quast nickte vage. Auch er hatte täglich mit den Folgen des riskanten Spiels mit psychoaktiven Wirkstoffen zu tun.

Pongratz lächelte verschmitzt. «Sie beobachten das doch sicher auch. Je leistungsfixierter unsere Gesellschaft wird, desto mehr geht es um eine bestmögliche Anpassung an die Erfordernisse des Lebens, auch beim Drogenkonsum. Architekten, Spitzenköche, Manager nehmen Kokain, vorgeblich um ihre Leistungsfähigkeit zu steigern, Jugendliche schlucken Ecstasy-Pillen oder Crystal Meth oder was weiß ich, um den Anforderungen in ihrem sozialen Umfeld besser gerecht zu werden. Und alle akzeptieren, dass sie damit ihre körperliche und seelische Gesundheit in Gefahr bringen.»

Quast hatte keine Lust, dieses Thema zu vertiefen. «Ich

habe da eine Theorie, Professor Pongratz. Und ich wüsste gerne, was Sie davon halten.»

«Ich bin ganz Ohr.» Seine Haltung war wieder aufrecht wie am Anfang ihres Spaziergangs.

«Jemand hat im Zusammenhang mit diesen heimlichen Pilzreisen von Turboprozessen gesprochen. Ich stelle mir vor, dass da psychotherapeutische Prozesse beschleunigt werden sollen durch Stoffe, die früher zur reinen Selbsterfahrung genutzt wurden. Liege ich da richtig?»

«Zumindest ist das eine mögliche Sichtweise. Ich wage den Kontrollverlust, um mein Leben danach besser unter Kontrolle zu haben.»

«Präziser hätte ich es nicht formulieren können.» Quast war froh, Pongratz getroffen zu haben. Das Gespräch hatte seine Laune deutlich verbessert.

Auch der Himmel hatte sich aufgehellt, auf dem Regencape des Professors schimmerten silberne Tröpfchen wie winzige Perlen.

Allmählich wurde das Gehen für den Professor mühsamer. Das Hinken, das zuvor kaum wahrnehmbar gewesen war, verstärkte sich wieder merklich. Schließlich stützte er sich ermattet auf seinen Stock und bat darum umzudrehen.

Während sie langsam nebeneinander zurückgingen, fragte sich der Toxikologe zum ersten Mal, wie alt sein Gesprächspartner tatsächlich sein mochte. Der Professor war lange emeritiert, er hatte die siebzig vielleicht schon weit überschritten. Erst jetzt wurde Quast klar, mit welcher Selbstdisziplin Pongratz seinem Alter trotzte. Er bewunderte den alten Mann für seine geistige Agilität.

Pongratz blieb stehen. Er atmete noch immer schwer, aber das Blitzen war in seine Augen zurückgekehrt. «Wissen Sie, was, Doktor Quast, kommen Sie doch am Freitag zu mir. Wir machen einen Schlachtplan und kochen etwas Gutes!»

Und weil Quast nichts Besseres zu tun hatte, sagte er zu.

Frieda war pünktlich. Als sie die Treppen in den zweiten Stock des Gründerzeithauses, in dem Marie Jungs Praxis untergebracht war, hinaufstieg, griff sie noch einmal in ihre Jackentasche und tastete nach dem Foto, das sie eingesteckt hatte. Es war noch da. Quast hatte nicht gewollt, dass sie herkam, aber ihr Entschluss stand fest.

Noch bevor sie oben war, wurde die Tür von innen aufgerissen.

Marie Jung wirkte angespannt, fast gehetzt; ihr Lippenstift war frisch erneuert, und ihre Kurzhaarfrisur saß perfekt.

«Hallo, Frieda, Nasrin hat dich geschickt, oder?» Die Dermatologin sprach schnell und atemlos. Frieda, die irritiert war, dass ihr Gegenüber sie an diesem Tag fast um Haupteslänge überragte, nickte. Unwillkürlich schoss ihr Blick für den Bruchteil einer Sekunde nach unten, und tatsächlich: Marie Jung trug spitz zulaufende Stilettos. Welche Selbstdisziplin war nötig, um einen langen Tag in der Praxis in diesen Folterinstrumenten durchzustehen? In Frieda regte sich so etwas wie Bewunderung.

Mit fast unmerklicher Verzögerung antwortete sie: «Wir haben uns schon einmal getroffen – beim Picknick damals.»

Die Frauen tasteten sich noch einen Moment länger gegenseitig mit Blicken ab. Nichts an Maries Ausdruck ließ erkennen, dass sie Frieda auch an jenem Abend in Niederschnittenkofen gesehen hatte. Frieda wurde etwas ruhiger.

Nachdem die Dermatologin beiseitegetreten war, stand Frieda in einem großzügigen Empfangsbereich, der ganz in den süßlichen Farben der Website gehalten war. Das Praxislogo in den gleichen Tönen hing an der Wand hinter dem Empfangstresen. Auch in Maries Kittel war es eingestickt. Bonbonfarben überall, um von den Schmerzen abzulenken, die sich Frauen hier zufügen ließen.

Fast wäre Frieda über einen lebensgroßen Bronzehund gestolpert, der neben der Tür platziert war. Sie glaubte das Tier zu erkennen, das die Dermatologin im Wald dabeigehabt hatte. Als Marie Jung sie am Arm auffing, lächelte sie zum ersten Mal. «Das passiert öfters, aber ich finde, hier sitzt er trotzdem gut.»

«Was machst du denn mit deinem Hund, wenn du arbeitest?» Eine gute Frage zum Lockerwerden, wie Frieda fand.

«Oh, Jack ist heute im Hundehort. Da bekomme ich ihn abends müde und glücklich wieder. Manchmal begleitet er mich auch hierher. Meine Damen lieben ihn.» Sie sah zum Empfangsbereich hinüber, wo sonst die Sprechstundenhilfen saßen.

Hundehort, klar. Trotzdem wurde ihr Marie Jung durch ihre Hundeliebe sympathischer.

«Komm mit hier durch, da ist es netter.» Marie zog sie weiter. Frieda registrierte von der Seite eine Reihe kleiner blauer Punkte ober- und unterhalb von Maries Mund; Einstichstellen, die vom Make-up nicht ganz abgedeckt werden konnten.

Im Sprechzimmer setzte sich die Dermatologin hinter den Schreibtisch und wies einladend auf den weißen Korbstuhl, der davorstand.

Auf einmal wurde ihr Ton geschäftsmäßig. «Also, Frieda. Ich finde es toll, dass du so früh etwas für dich tust. Hast du bestimmte Vorstellungen, was du machen willst, oder soll ich dich einfach mal beraten?»

Die Frage brachte Frieda aus dem Konzept. Schon kam Marie Jung um den Schreibtisch herum, drückte Frieda einen Spiegel in die Hand und befahl: «Schau mal böse!» Frieda tat wie geheißen und schaute böse. Marie Jung nickte zufrieden. «Genau. Hier: die Zornesfalte. Die wird dir in zehn Jahren keine Freude machen.» Tatsächlich bildete sich eine Furche auf Friedas Stirn, die sie noch nie bemerkt hatte. «Botox entspannt deine Muskeln. Das überträgt sich auch auf die Psyche. Du wirst sehen, das ist besser als ein Wellness-Trip.» Marie Jung stutzte und fügte mit einem missbilligenden Blick auf die Härchen über ihrer Nase hinzu: «Meine Damen zupfen dir auch gerne die Augenbrauen, wenn du magst.»

«Ich –»

«Deine Nasolabialfalte ist auch recht tief. Das ist jetzt vielleicht noch zu früh, aber in ein paar Jahren spritzen wir dir einen Filler. Willst du deine Krähenfüße behalten?»

Frieda legte entschlossen den Spiegel weg. «Ich will alle meine Falten behalten.» Wollte sie das wirklich? Hauptsächlich wollte sie sich aus Maries routinierter Umgarnung lösen und sich nicht weiter einwickeln lassen. Marie Jung, die wieder hinter ihrem Schreibtisch Platz genommen hatte, sah sie erstaunt an, ihre Stirn blieb dabei glatt.

«Ich bin nicht da, um mit dir über Botox zu reden», fügte Frieda lächelnd hinzu.

«Worüber dann?»

«Kijan von Sydow.»

Marie Jungs Haltung änderte sich sofort. Sie lehnte sich

zurück, verschränkte die Arme und sah Frieda an. «Schon wieder? Über den wolltest du doch schon mal reden. Wie gesagt: Ich kannte ihn vom Sehen. Er war nett. Das war's.» Sie stand auf. «Ich muss noch meine ganze Abrechnung machen. Könntest du bitte –»

Frieda griff nach dem Foto in ihrer Jackentasche und legte es vor Marie Jung. Die starrte ungläubig erst das Bild an, dann Frieda, dann wieder das Bild, auf dem sie selbst zu sehen war, in Nahaufnahme, derangiert und hilflos auf einem schlammfarbenen Sofa. Für eine Frau, die ihr Leben, ihren Körper, ihre Praxis so perfekt unter Kontrolle hatte, war diese Abbildung obszöner als jede pornographische Pose. Blitzschnell griff sie nach dem Bild und steckte es ein. Frieda unternahm nichts dagegen.

«Woher hast du das?» Sie starrte Frieda in die Augen. Kein Blinzeln.

Frieda sah auf ihre Hände. «Aus Kijan von Sydows Wohnung.»

«Die Drecksau.» Frieda zuckte zusammen, als Marie Jung das Wort ausspie. Die Dermatologin war aufgestanden und baute sich vor Frieda auf.

«Was willst du hier? Was geht es dich an, wenn er mich so fotografiert hat? Ist das irgendeine kranke Art von Voyeurismus?»

Frieda bemühte sich, ihren Atem in Griff zu bekommen. Mit gezwungen ruhiger Stimme sagte sie: «Kijan ist ermordet worden. Vergiftet.» Marie Jung starrte Frieda an und schwieg einen Moment lang.

Ihre Stimme war verändert, als sie sagte: «Ermordet. So.»

Sie setzte sich und wiederholte: «Tatsächlich, ermordet.» Sie saß aufrecht und in sich zurückgezogen da. Mit gepresster Stimme sagte sie: «Wie kommst du darauf, dass er ermordet wurde?»

«Quast hat einen Bluttest gemacht. Er ist sich ziemlich sicher.»

«Und warum ermittelt die Polizei nicht?»

«Der Test war inoffiziell.»

«O-kay.»

«Marie, ich wüsste gerne, wie das Foto entstanden ist.»

«Was weiß denn ich. Ich habe ja ganz offensichtlich nicht bemerkt, dass er mich fotografiert hat.» Eine Regung, die sie zuvor gut überspielt hatte, trat für einen Augenblick an die Oberfläche. Ihr Kinn begann zu zittern. Sie fuhr sich über die Augen.

«Hattest du eine Beziehung mit ihm?»

«Beziehung? Ha!» Sie lachte wieder verächtlich, aber etwas an ihr veränderte sich, als Frieda diese Frage stellte. Hinter ihrer glatten Stirn arbeitete es. Sie stand auf und ging nervös im Raum auf und ab. Fünf kurze Schritte hin, fünf kurze Schritte zurück. Fünf kurze Schritte hin, fünf zurück, als habe sie das schon tausendmal getan. Eine Gefangene. Plötzlich blieb sie stehen. «Okay. Ich erzähl es dir, was soll's auch. Nasrin hat mir Kijans Karte gegeben, vor ein paar Jahren. Hat ihn mir als Therapeuten empfohlen. Damals ging es mir nicht gut. Ich war überfordert und traurig. Wie das halt oft so ist.»

Kurz sah sie Frieda prüfend an. Als diese nickte, sprach sie weiter. «Anfangs wurde auch vieles besser. Ich wurde stabiler, ich habe hart an mir gearbeitet, der dunkle Schleier war irgendwann weg. Man könnte sagen, ein voller Erfolg. Aber dann habe ich einen Fehler gemacht: Ich habe mich in ihn verliebt – eine quasi-normale Reaktion in so einer Situation, wie ich inzwischen gelernt habe.» Ihre Stimme klang nun seltsam distanziert. «Nur dass normale Therapeuten nicht darauf eingehen.» Sie machte eine Pause. «Kijan schon.»

Die Anstrengung, die Marie Jung aufbringen musste, um Haltung zu bewahren, war spürbar.

«Was ist passiert?»

Wieder das abfällige Lachen. «Relativ schnell bin ich ihm zu anstrengend geworden. Und da hat er mir klargemacht, dass das alles nicht geht. Dass er schwach sei, dass wir es beenden müssten. Tja.» Sie sah nachdenklich zum Fenster hinaus.

«Aber als Therapeut darf er doch nichts mit dir anfangen. Du hättest ihn anzeigen können.»

«Das habe ich mir tausendmal überlegt, aber wer will schon mit so etwas vor die Ärztekammer? Wer will schon öffentlich über diese Dinge reden? Ich jedenfalls nicht. Das wusste er auch.»

«Warum, glaubst du, hat er das Foto gemacht?»

Marie Jungs Blick schoss kurz zu Frieda hinüber, dann zuckte sie mit den Schultern. Als sie antwortete, sah sie Frieda nicht an. «Was weiß denn ich? Geht es bei so etwas nicht hauptsächlich um Macht?» Sie verstummte.

Diese Feststellung war richtig, aber hatte Marie Jung wirklich nur geschlafen, als das Bild aufgenommen worden war? Ihr Ausdruck auf dem Bild war ähnlich entrückt wie damals in Niederschnittenkofen. Frieda beschloss, ihren letzten Trumpf zu setzen. «Marie, ich weiß von den Pilzreisen.»

Marie Jungs Augen weiteten sich für den Bruchteil einer Sekunde. Dann verengten sie sich zu schmalen Schlitzen. Sie richtete sich auf und musterte Frieda von oben bis unten. «Des Pudels Kern.» Ihre Stimme war Eis.

«Wie bitte?»

«All das Geschwätz von Mord. Quatsch. Du willst mich erpressen.» Sie spie die letzten Worte aus.

«Nein, ich –»

«Vergiss es. Da musst du schon früher aufstehen.» Marie Jung sah sie abfällig von oben bis unten an, dann stand sie auf und durchquerte mit schnellen Schritten den Raum. An der Tür drehte sie sich um. «Wenn jemand Kijan umgebracht hat, soll es mir recht sein. Und jetzt: raus!» Sie wartete mit verschränkten Armen, bis Frieda an ihr vorbeigegangen war und die Praxis verlassen hatte.

Hinter Frieda fiel die Tür mit einem Krachen ins Schloss.

«Sie war es nicht», beharrte Frieda und klapperte wütend mit dem Geschirr in der Spüle.

Quast war nicht begeistert über Friedas eigenmächtige Aktion gewesen, und Frieda fragte sich, warum er nicht einfach zugeben konnte, dass sie ein ganzes Stück weitergekommen waren.

«Hast du sie wenigstens nach ihrem Alibi gefragt?» Quast sah nicht zu ihr hinüber, als er diese Frage stellte. Er trocknete konzentriert ein Weißbierglas ab. Am liebsten hätte sie den Schwamm nach ihm geworfen.

«Nein», knurrte sie, «hab ich nicht. Wie denn? Sie hat mich ja hinausgeschmissen, ehe es so weit kam.»

Quast machte eine Miene, als habe er sich das schon gedacht, und polierte weiter. «Also tatsächlich Missbrauch in der Therapie», fasste er sachlich zusammen.

Frieda störte sein emotionsloser Ton. «In der Tat. Und

ich finde das schon krass: Sie führen intime Gespräche, sie öffnet sich ihm, er gibt vor, ihr zu helfen, und dann benützt er sie, um seine sexuellen», sie stockte, «Bedürfnisse – zu befriedigen. Verheiratet war er damals wahrscheinlich auch noch.»

«Klar ist das fies, es passt aber leider ins Bild», sagte Quast leise. Ehe er weitersprechen konnte, platzte Frieda heraus: «Marie hat übrigens das Foto eingesteckt.» Quast zog die Brauen hoch. «Du hast ihr das Foto gezeigt?»

«Ich wollte sie aus der Reserve locken.»

Zum ersten Mal an diesem Abend deutete Quast ein Grinsen an. «Das scheint ja ganz gut geklappt zu haben. Aber wir haben ja noch eines aus dem Tresor. Kein Problem.» Dann fügte er hinzu: «Ich glaube übrigens, dass du recht hattest mit deiner These von der Trophäensammlung. Das passt schon zu seinem Narzissmus: Er hat die Frauen in dieser Wohnung behandelt und heimlich fotografiert.» Nach einer minimalen Pause ergänzte er: «Wie auch immer er sie behandelt hat.»

Frieda hielt kurz inne, dann widmete sie sich wieder verbissen dem Abwasch. Quast trocknete schweigend ab.

Endlich legte er das Geschirrtuch beiseite und ließ sich schwer auf einen Stuhl fallen. «Er hat sie therapiert und dazu gebracht, an seinen irren Pilzexperimenten teilzunehmen.» Er verstummte.

Frieda drehte sich zu ihm um, er aber starrte nur auf seine Hände. Auf einmal war es still in der Küche. Als Quast leise weitersprach, mied er noch immer Friedas Blick. «Wenn sie hübsch genug waren, hat er sie verführt. Aber anscheinend war ihm das noch nicht genug, Während seine Opfer schliefen, hat er sie auch noch fotografiert und ihre Wehrlosigkeit dokumentiert.» Seine Stimme war zum Schluss immer leiser geworden.

Frieda wandte sich ab und griff wieder zum Spülschwamm. «Statt einer Kerbe im Bettpfosten?», fragte sie über die Schulter hinweg. Ihre Stimme klang seltsam munter.

Abrupt stand Quast auf und griff nach einem Topf, den Frieda zum Trocknen aufgestellt hatte. «Keine Ahnung, was er mit den Bildern später gemacht hat.»

«Ganz ehrlich: Ich will das auch gar nicht wissen.» Sie wischte konzentriert die Klinge eines Filetiermessers ab. Dann schob sie sich mit dem feuchten Handrücken eine Strähne aus der Stirn. Diese verdammten Bilder im Kopf.

«Weißt du eigentlich, ob es bei der Trennung von seiner Frau auch um Kerben im Bettpfosten ging?»

«Ob er notorisch fremdgegangen ist?» Frieda dachte an Sydows routinierte Flirtversuche. Charmant und amüsant war er gewesen, sie aber hatte Abstand gehalten, ihrem Instinkt konnte sie trauen.

«Ja.»

«Sicher war der auf der Pirsch. Nasrin hat auch angedeutet, dass er seine Frau betrogen hat. Wahrscheinlich hätten wir längst mit seiner Ex reden sollen.»

Quast stellte den Topf mit einem lauten Knall ab. «Hätte, hätte, Fahrradkette. Wie denn? Mit unserer illegalen Postmortem-Untersuchung stehen wir auf sehr dünnem Eis. Deshalb wollte ich auch nicht, dass du damit zu Marie Jung rennst. Noch bin ich nicht im Pensionsalter – ich würde meinen Posten ganz gern behalten.»

Den Rest der Arbeit erledigten sie schweigend.

Freitag, 8. November

Pongratz' Haus, ein spitzgiebeliger Fachwerkbau, lag zurückgesetzt unter knotigen Obstbäumen. Die dunkle Fassade hätte einen neuen Anstrich vertragen können, der Garten war jedoch gepflegt. Ein Kiesweg führte an Rosenrabatten vorbei, auf den moosdurchsetzten Rasenflächen hatte jemand hohe Laubhaufen zusammengerecht; ein verlassener Liegestuhl wartete darauf, eingewintert zu werden. Hinter dem Haus begann der Pasinger Stadtpark. Der Bau strahlte im bleichen Novemberlicht einen düster-verspielten Charme aus. Mauervorsprünge und Türmchen ließen den Betrachter an Geheimgänge und verborgene Zimmer denken.

Quast stand noch am Tor, als die Haustür bereits aufgestoßen wurde. Pongratz kam mit dem Elan eines viel jüngeren Mannes die vier steinernen Stufen herabgetänzelt und eilte ihm mit ausgestreckten Armen entgegen. Wieder einmal staunte Quast, wie agil der Professor trotz seiner Leibesfülle war. Sein verletzter Fuß schien ausgeheilt. Schon von weitem rief er: «Kommen Sie, kommen Sie, Doktor Quast!» Bei Quast angelangt, ergriff er dessen Hände und drückte sie enthusiastisch. Zum ersten Mal war Quast Pongratz' Überschwang unangenehm. Es würde schwer werden, sich frühzeitig zu verabschieden.

«Schön haben Sie's hier», lobte er höflich, und Pongratz schaute in seinen Garten. «Ja, das finde ich auch. Eines der

Privilegien des Alters – genügend Zeit für Gartenarbeit zu haben. Sie müssen im Sommer herkommen. Eine Freude.»

Quast schnupperte. Die Laubberge verströmten einen modrig-herben Duft. Süßer Verfall. Pongratz ließ Quast keine Zeit für längere Reflexionen. Er war bereits vorgegangen und hielt die grün lackierte Eingangstür auf.

Innen wirkte die Villa beengter als von außen. Eine hölzerne Treppe führte nach oben, mehrere Türen gaben den Blick in die angrenzenden Räume frei: Biedermeiermöbel, dunkle Perserteppiche, Erinnerungsstücke aus aller Herren Länder. Es roch nach gebratenem Fleisch, Kaffee und Staub. Quast glaubte einen Hauch von Urin wahrzunehmen. Flink nahm der Professor Quast die Jacke ab, hängte sie auf einen Haken.

Gemeinsam betraten sie das Wohnzimmer. Das Dämmerlicht, das durch kleine Sprossenfenster hereindrang, beleuchtete es nur spärlich.

«Früher wurde hier viel gefeiert. Leider hat es in den letzten Jahren nur noch selten große Gesellschaften gegeben», sagte der Professor, als er Quasts Blick auf den übergroßen Mahagonitisch, der den Raum beherrschte, bemerkte. Ein Schatten schlich über sein rundes Gesicht, aber ehe Quast die Gelegenheit hatte nachzufragen, war alles Düstere verschwunden. In das kurze Schweigen, das sich zwischen sie geschlichen hatte, läutete irgendwo im Haus ein Telefon. Pongratz machte eine entschuldigende Bewegung und eilte hinaus. Quast hörte leises Murmeln von nebenan.

Ihm gefiel die kuriose Mischung aus Esszimmer und Bibliothek. Alle Wände des Raums waren mit dunklen Bücherregalen bedeckt, nur an der Stirnseite hingen Fotos in unterschiedlichsten Rahmungen: steife Familienaufnahmen in Sepia, Hochzeitsfotos in Schwarz-Weiß, instagramfarbige Schnappschüsse. Pongratz mit wirrem Haar und dichtem Bart neben Frauen in bunten langen Kleidern, auch in jungen Jahren war er schon übergewichtig gewesen. Nur wenige der Bilder schienen in jüngerer Zeit entstanden zu sein: Pongratz mit der festlich gewandeten Wilhelmine Ungefähr auf einer Freitreppe, die Studioaufnahme einer jungen Tänzerin im Tutu, hart an der Grenze zum Kitsch.

Quast, in dessen WG-Zimmer sich die Fachliteratur in Billy-Regalen stapelte, besah sich neidisch die Bücherborde des Professors. Augenscheinlich die Sammlung eines Mannes, der die Bücher, die er im Laufe der Jahrzehnte gekauft hatte, auch benutzte und las: Lexika, Folianten, Bildbände, gesammelte Zeitschriften, alte Gesamtausgaben, mehrere Regale mit bunten Taschenbüchern. Quast legte den Kopf schief: Heinrich Böll neben William Boyd, Eva Menasse, Arno Schmidt, Philip Roth, dazwischen Autoren, die Quast nichts sagten. Eine wilde Mischung, die zum umtriebigen Professor passte. Quergelegt stapelten sich weitere Paperbacks. Quast griff nach dem obersten Buch: «Die dunkle Seite des Mondes» von Martin Suter, einer der wenigen Romane, die Quast in den letzten Jahren gelesen hatte, eigentlich nur aus fachlichem Interesse. Er begann zu blättern.

Als er den Klappentext überflog, trat Pongratz neben ihn. «Ich sehe, Sie haben sich Beschäftigung gesucht. Entschuldigen Sie meine Unhöflichkeit – eine Freundin wollte einen schnellen Rat.»

Quast lächelte und legte das Buch zurück. Pongratz' Blick folgte seiner Bewegung.

Frieda sah konzentriert die Blutwerte ihrer Patienten durch. Alles schien stabil; das Wochenende konnte kommen. Sie warf einen Blick auf die Uhr, es war halb sechs.

Als das Telefon läutete, zögerte sie. Bisher hatte sich keine der umliegenden Kliniken gemeldet, um kurz vor Dienstschluss noch einen Fall, der am Wochenende Arbeit machen würde, an sie abzuschieben. Wenn sie es jetzt schaffte, schnell das Haus zu verlassen, war alles Weitere Sache des Dienstarztes. Das Telefon läutete immer noch. Sie sah weg, stand auf und öffnete den Garderobenschrank. Das Klingeln verstummte. Gerade wollte sie die Schuhe wechseln, als es wieder einsetzte. Eindringlich, aufdringlich, laut.

Schon als sie zum Schreibtisch ging, wusste sie, dass sie einen Fehler machte.

◎

Als Quast und Pongratz die Treppe zum Souterrain hinunterstiegen, wurde der Bratenduft stärker. Quast merkte erst jetzt, wie hungrig er war. Er hatte zu wenig gegessen in letzter Zeit, selbst der Appetit war ihm vergangen.

In der Küche herrschte kreatives Chaos. Über Stuhllehnen hingen selbst gemachte Nudeln. Alle Flächen waren vollgestellt: geschnittenes Gemüse, eine Schüssel mit Salatblättern, Messer, Rührlöffel, Gewürzdöschen, Schneidebretter, Kräuter in einem Wasserglas. «Sie sehen, ich bin nicht ganz fertig geworden», lächelte der Professor, «aber beim Kochen plaudert es sich so schön.»

Pongratz hatte schon einen Flaschenöffner in der einen und eine Weinflasche in der anderen Hand. Mit wenigen geübten Griffen entfernte er den Korken und goss Quast ein Glas ein. «Setzen Sie sich doch, mein Lieber, trinken wir einen Schluck Kochwein.»

Quast sank auf einen Stuhl. Durch die Fenster sah er begrünte Böschungen; das müde Abendlicht drang kaum herein.

«Zum Wohl.» Pongratz hob sein Glas ein wenig und trank. Quast nahm einen kleinen Schluck. Der Wein lief ihm warm in die Kehle. Er entspannte sich.

«Ich hoffe, Sie mögen Lamm, Doktor Quast?», fragte Pongratz über die Schulter und wies auf den Ofen, während er einen großen Topf mit Wasser aufstellte.

«Unbedingt. Das riecht gut.»

«Ein unkompliziertes Essen – und trotzdem köstlich. Was machen denn Ihre Pilzreisen?»

«Eigentlich nichts Neues, seit wir gesprochen haben.»

Pongratz stellte sein Glas ab und schüttete großzügig Salz ins Wasser. «Meine Freundin Wilhelmine hat mir etwas Interessantes erzählt. Ich hoffe, es war in Ordnung, dass ich über unsere Unterhaltung mit ihr gesprochen habe?»

Quast nickte, und Pongratz fuhr fort: «Die Welt ist ja doch ein Dorf – und München besonders. Würden Sie den Salbei für mich vorbereiten?»

Er stellte das Glas mit den Kräutern vor Quast, der mechanisch begann, die Blätter von den Stielen zu zupfen.

«Es scheint so, als habe da jemand in Wilhelmines Umfeld den Guru gegeben. Sie hat sich Sorgen gemacht um ein paar ihrer Freundinnen.»

Ohne nachzudenken, sagte Quast: «Sydow.»

Pongratz, der schon wieder am Herd war, drehte sich erstaunt um. «Doktor Sydow. Richtig. Haben Sie von Sydow gesprochen, bei unserem Gespräch an der Isar?»

Quast nickte.

«Aber der ist doch –»

«Tot.»

Pongratz drehte sich ganz zu Quast um. «Jetzt müssen Sie mir helfen, Doktor Quast. Ich verstehe das nicht. Sydow war doch schon tot, als Sie von der Polizei aufgegriffen wurden.»

Quast ärgerte sich. Wenn er wollte, dass Pongratz seine Verbindungen für ihn spielen ließ, musste er erklären, was er an Allerheiligen in Niederbayern getrieben hatte. «Ich», er unterbrach sich, «Sie haben da diesen Roman von Martin Suter im Regal stehen, ‹Die dunkle Seite des Mondes›.»

Pongratz sah ihn mit gerunzelter Stirn an. «Ja?»

«Ich habe den auch gelesen, damals.»

«So?»

«Erinnern Sie sich, wie dieser Anwalt in dem Buch wahnsinnig wird?»

«Vage.» Pongratz lehnte nun mit verschränkten Armen am Herd.

Quast merkte, wie er in die Defensive geriet. «Es ging in dem Buch um Psychopharmaka und Psylocybin. Eine Kombination.»

«Kann sein, ja. Aber ich verstehe nicht –»

Quast holte tief Luft. «Das war ja ein toller Roman, aber ich habe nie geglaubt, dass die toxische Kombination wirklich zum Wahnsinn führen würde. Eher –»

«Ja?»

«Ich glaube, dass sich das zuerst und vor allem körperlich äußern würde.»

«So?» Pongratz sah ihn skeptisch an. «Aber Doktor Quast, was hat das mit Ihren Problemen mit der Polizei zu tun?»

Quast holte tief Luft. «Das ist eine längere Geschichte.»

«Erzählen Sie sie mir. Ich mag Geschichten.» Pongratz' Gesichtsausdruck war undurchschaubar. Quast fühlte sich mehr und mehr unwohl. Er bereute seine Offenheit. «Ich war dabei, als Sydow zusammengebrochen ist. Und die Symptome waren anders, als bei einem Herzinfarkt zu erwarten gewesen wären. Es sah eher aus –»

«Hm?»

«– wie eine Vergiftung, genauer gesagt: Das sah für mich aus wie ein Serotonin-Syndrom.»

Pongratz stand immer noch mit verschränkten Armen da. «Sie glauben also tatsächlich, dass Doktor Sydow vergiftet wurde?»

«Ich gehe davon aus.»

«Ist das wilde Spekulation, oder haben Sie einen Beweis?»

Quast zögerte wieder. «Ich habe schon etwas.»

«Ja was denn, um Himmels willen?» Pongratz öffnete die Ofenklappe, nahm einen Teelöffel und probierte die Soße im Bräter. Quast sprach mit seinem Rücken.

«Ich habe eine große Menge Harmalin in Sydows Trinkflasche nachgewiesen.»

Pongratz drehte sich abrupt um und sah zu Quast hoch. «Warum haben Sie nicht die Polizei verständigt?»

«Das Harmalin alleine ist nicht tödlich, aber –»

«Aber?»

«Wenn Sydow Fluoxetin genommen hätte, vorher, dann durchaus.»

Mit einem Krachen ließ Pongratz die Klappe zufallen und richtete sich ächzend auf. «Also, Doktor Quast, was reden Sie denn da? Sie wissen ja nicht, ob er Fluoxetin genommen hat.»

Vor Pongratz konnte Quast nicht zugeben, dass er das durchaus wusste. Er zuckte mit den Schultern.

«Mehr haben Sie also nicht?», fragte der Professor noch einmal.

«Wir haben Bilder in Sydows Wohnung gefunden, Bilder von schlafenden Frauen.»

Pongratz sah Quast prüfend an, dann sagte er langsam: «Und jetzt denken Sie, dass eine von denen Sydow vergiftet hat.»

«Vielleicht. Ein paar von den Frauen sind im Club Ihrer Freundin Wilhelmine.» Er ließ den Satz im Raum stehen.

Pongratz kam an den Tisch und ließ sich schwer auf einen Stuhl fallen. Er legte beide Hände mit den Handflächen vor sich und beugte sich zu Quast. «Wilhelmine hat mir tatsächlich erzählt, dass Doktor Sydow Pilztrips angeboten hat. Sie hat nichts Genaues gesagt, das würde sie auch nicht. Ich kenne niemand, der so loyal und verschwiegen ist.» Pongratz' Stimme wurde weich, als er von Wilhelmine Ungefähr sprach. «Er scheint das für ausgewählte Patienten beziehungsweise Patientinnen gemacht zu haben. In Einzelsitzungen. Aber das ist doch kein Mordmotiv.»

«Sind denn solche Einzelsitzungen sinnvoll, Ihrer Meinung nach?»

«Tja.» Pongratz sah nachdenklich auf seine Hände. «Ich persönlich halte das nicht für empfehlenswert. Ich denke, dass es – wenn man so etwas schon macht – auf die gruppendynamischen Prozesse ankommt. Das ist das eine. Das andere ist naheliegend. Würden Sie sich jemandem anvertrauen, der illegal Drogen besorgt und sie illegal verabreicht? Ohne Kontrollinstanz? Alleine?» Er schaute Quast direkt in die Augen. «Sehen Sie: Das würden Sie nicht. Ich auch nicht.»

Pongratz stand auf und begann, die Nudeln ins Wasser zu werfen. Er drehte sich nicht um: «Schon gar nicht als Frau.»

Frieda verfluchte ihre eigene Pflichtversessenheit. Was hatte sie dazu getrieben, den Anruf anzunehmen? Ein Anfängerfehler an einem Freitag nach Feierabend.

So war sie gezwungen gewesen, auf die Ankunft des Krankentransports zu warten und – als die Patientin endlich da war – ein Bett auf der Intensivstation zu besorgen.

Jetzt legte die Oberärztin Margret Ernst die Zugänge, assistiert vom Stationsarzt. Für Frieda blieb nichts zu tun.

Eigentlich war es höchste Zeit, sich umzuziehen, aber sie konnte nicht zum Alltagsgeschäft zurückkehren. Natürlich war das nicht sehr professionell, sie kannte das schon von sich. Nie war sie distanziert genug gewesen, noch immer ließ sie sich aus der Fassung bringen, wenn jemand aus dem Leben in die Krankheit gerissen wurde. Gestern im Fitness-Center, heute am zentralen Venenkatheter. Ein unerwartetes Memento mori.

Der Fall war rätselhaft, ein Leberversagen ohne ersichtlichen Grund, keine Krankengeschichte, kein Drogenkonsum, nichts. Nur Johanniskraut hatte die Frau genommen.

Frieda saß vor dem Bildschirm und suchte nach beschriebenen Nebenwirkungen des pflanzlichen Stoffes. Anscheinend gab es Verdachtsmomente, dass das Antidepressivum leberschädigend wirken konnte, aber kaum Konkretes. Vielleicht wusste Quast mehr. Sie versuchte, den Toxikologen anzurufen, es meldete sich jedoch nur die Mailbox.

In Friedas Rücken öffnete sich die Tür zum Gang, und ein Hauch von kaltem Rauch wehte sie an. Frieda erkannte Margret Ernst am Geruch. Ernst war ärztliches Urgestein an der Eisbachklinik. Seit Jahrzehnten leitete sie die Intensivstation. Während um sie herum alles im Fluss war, blieb Ernst eine unverrückbare Größe – und wohl die einzige Ärztin an der Klinik, die das Rauchverbot konsequent ignorierte. Frieda bewunderte die Frau, die kein Privatleben zu haben schien, gleichzeitig fürchtete sie ihren scharfen Blick noch immer, obwohl Ernst gut mit Quast befreundet war und schon einige rauchgeschwängerte Abende in der WG verbracht hatte.

«Noch nicht weg?», fragte die Intensivärztin, humpelte schwerfällig ans Fenster und riss es auf; kalte Luft strömte in den Raum.

Frieda fröstelte. «Ich schau die Nebenwirkungen von Johanniskraut nach.»

Ernst hatte ihre Schachtel Marlboro aus der Kitteltasche geholt, steckte sich eine Zigarette zwischen die Lippen, zündete sie an, inhalierte tief in Richtung Fenster. «Brav.» Spott klang da mit, aber auch Anerkennung. Frieda mochte das tiefe raue Rauchertimbre und die bayerisch-gutturale Aussprache der Oberärztin.

«Könnte schon sein, dass es das Johanniskraut war. Vielleicht gibt es noch etwas, irgendeinen Faktor, den die Patientin uns verschweigt. Wer weiß. Vielleicht werden wir's auch nicht herausfinden.»

Margret Ernst machte eine wegwerfende Handbewegung und hielt Frieda die geöffnete Schachtel hin. «Wollen Sie auch eine?»

Frieda griff zu.

Während sie ihr Feuer gab, sah Ernst Frieda prüfend an. «Haben Sie nichts Besseres zu tun am Freitagabend, als hier herumzusitzen? Was macht denn der Quast?»

«Quast ist bei Professor Pongratz eingeladen.»

«Ah so.» Ernsts Zwergengesicht verzog sich zu einem spöttischen Lächeln. Tausend winzige Fältchen. Sie aschte in eine Blechdose, die auf dem Fensterbrett stand. So trocken Margret Ernst auch wirkte, so wenig sie von sich preisgab, interessierte sie sich doch für das, was sich in ihrer Umgebung abspielte, sah dem Leben zu, war eine ruhige Sammlerin von Geschichten.

«Der Pongratz und der Quast? Soso.» Wieder so ein amüsierter Blick. Ernst drückte nachdenklich ihre Zigarette aus und setzte hinzu: «Kurios. Wusste ich gar nicht, dass die sich kennen. Tox und Psychiatrie. Passt natürlich schon irgendwie. Wobei –»

Sie ließ den Satz in der Luft hängen. Dann setzte sie wie in Gedanken hinzu: «Der Pongratz ist halt immer so überschwänglich.» Aus Ernsts Mund hörte sich das an wie eine Beleidigung. «Ich kenn den ganz gut. Der war eine Zeitlang oft da.»

«Der war doch Professor hier.»

«Jaja, auch.» Wieder diese wegwerfende Handbewegung.

Ernst steckte sich die nächste Zigarette an und fragte dann plötzlich: «Sie nimmt das hier mit, oder?» Und als Frieda mit den Schultern zuckte, fügte sie hinzu: «Das braucht Ihnen nicht peinlich sein. Nicht vor mir.»

Wieder zuckte Frieda mit den Schultern. Margret Ernst saugte nachdenklich an ihrer Zigarette. «Sie erinnern mich ein bisschen an mich, damals.»

Das war nun nicht das, was Frieda erwartet hatte.

Ernst grinste maliziös. «In Ihrem Alter hat man hier die Wahl zwischen Schaf und Ziege. Ich habe mich recht früh klar für die Ziege entschieden. Ich mache, was ich will, und mir ist egal, was man von mir denkt. Sie haben die Entscheidung noch nicht getroffen, aber glauben Sie mir, das werden Sie müssen.» Ernst musterte Frieda und fügte mit dem Hauch eines Lächelns hinzu: «Und ich glaube nicht, dass Sie das Zeug zum Schaf haben. Wenn die Hansen Sie ärgert, dürfen Sie das nicht so ernst nehmen. Fragen Sie sich lieber, was Sie selber wollen.»

Frieda war die Wendung des Gesprächs unangenehm. Sie wollte nicht sein wie Margret Ernst – und sie glaubte nicht an die beiden Optionen, die ihr da so plastisch vor Augen gestellt wurden.

Abrupt kehrte sie zum Ausgangspunkt zurück. «Woher kennen Sie denn den Professor Pongratz?»

Ernst hob eine Braue, ließ sich aber auf das Thema ein. «Ich kenn ihn von hier. Von der Intensivstation. Seine Tochter war hier, immer wieder.»

«Stimmt, ich habe gehört, dass er eine Tochter hat.»

«Hatte. Ist gestorben. Selbstmord. Länger her.» Sie nahm einen letzten Zug und drückte die Zigarette aus. «Tragisch.»

Die Küche duftete nach Salbeibutter.

Pongratz goss die Nudeln ab, während Quast den Tisch deckte. Er schloss daraus, dass das Esszimmer oben eher musealen Charakter hatte. Plötzlich fiel ihm auf, wie wenig er von Pongratz wusste. Über Privates sprach der alte Mann kaum, und der einzige Mensch, den er ab und an erwähnte, war Wilhelmine Ungefähr.

Die Einrichtung des Souterrains war etwas in die Jahre gekommen, im Dämmerlicht wirkte sie fast schäbig: dunkles Holzfurnier, wie man es in den achtziger Jahren hatte, rötlicher, etwas angegrauter Klinkerboden, abgenutzte Resopalplatten. Quast hatte sich die Wohnung des Professors, der da in Hausjacke und Cordhosen herumwerkelte, anders vorgestellt.

Als sie aßen, fragte Pongratz zwischen zwei Bissen: «Also, was haben Sie an dem Abend auf dem Land gemacht?»

«Ich war den Pilzreisen auf der Spur. Es ist aber nicht viel dabei herausgekommen.»

«Das heißt, Sie sind wieder auf Verbrecherjagd, so wie vor einem Jahr?»

Quast grinste. «Ja. Und wieder habe ich Ärger. Ich hätte es besser sein lassen.»

Pongratz kaute versonnen. Dann sagte er: «Vielleicht haben Sie da recht, Doktor Quast.»

Frieda war hungrig, sie fror, aber sie genoss es, mit der Oberärztin am offenen Fenster zu sitzen. Die plötzliche Gesprächigkeit der sonst so ruppigen Intensivmedizinerin schmeichelte ihr, sie wollte die Geschichte hören, die diese zu erzählen hatte. Also ließ sie sich noch eine Zigarette geben und hörte zu.

«Lotte Pongratz ist bei uns eingeliefert worden, da war sie Anfang zwanzig und spindeldürr. Schade, denn sie war wirklich hübsch. Aber damals – nur noch eingefallen, blass und spitz. Ihre riesigen schwarzen Augen sehe ich noch vor mir. Sie hat eigentlich nur noch aus Augen bestanden, ein bisschen wie die Hepburn, die war ja auch so dünn. Tänzerin war sie, man hat das an den Bewegungen gemerkt, aber tanzen konnte sie zu der Zeit nicht mehr. Mal war sie traurig, dann wieder aufgekratzt. Man wusste nie, was einen erwartet hat, wenn man zu ihr hin ist. Vielleicht eine Borderline-Störung.»

Ernst inhalierte tief, starrte einen Moment lang in die Nacht.

«Für den alten Pongratz war das ganz schlimm. Er als Psychiater, und dann ist das eigene Kind so krank. Der saß immerzu hier herum. Vielleicht hat er sich Vorwürfe gemacht, ich weiß es nicht. Aber sogar damals war er immer mordsjovial. Na ja.»

Ihre Hand durchschnitt die Luft mit der brennenden Zigarette. Frieda glaubte eine deutliche Abneigung aus ihren Worten herauszuhören.

Bevor sie nachhaken konnte, fuhr Margret Ernst fort: «Wir haben sie jedenfalls gepäppelt, bis sie auf die normale Station konnte. Dann – ja mei.» Margret Ernst schien Frieda fast vergessen zu haben. Sie blies den Rauch durch die Nase in die Nacht und schwieg.

Frieda fragte leise: «Wissen Sie, was genau passiert ist?»

Langsam wandte sich Ernst Frieda zu und drückte ihre Zigarette aus. «Nein. Es ist ihr besser gegangen. Viel besser. Sie hat, glaube ich, auch wieder getanzt. Aber irgendwann haben wir erfahren, dass sie sich umgebracht hat. Plötzlich und ohne Vorwarnung.» Sie stockte. «Ich hätte Ihnen das gar nicht erzählen dürfen. Aber es lässt mich nicht los. Das Mädel fällt mir immer wieder ein.»

Sie seufzte.

Inzwischen war es draußen dunkel.

Pongratz räumte die Pastateller in die Spülmaschine und wandte sich auf einmal jäh zu Quast um. «Doktor Quast, wir müssen über den eigentlichen Grund Ihres Besuches reden.»

Quast trank einen hastigen Schluck. Pongratz' besorgter Blick ließ sein Herz schneller schlagen.

Tatsächlich räusperte sich der Professor und sagte fast zögernd: «Ich habe Ihnen ja versprochen, mit dem ärztlichen Direktor zu sprechen. Leider habe ich schlechte Nachrichten.» Er schien nach einer schonenden Formulierung zu suchen. Schließlich überwand er sich. «Die böse Saat scheint aufgegangen. Die Stimmung ist nicht gut.» Sein Blick war jetzt voller Bedauern.

Quast starrte den Professor an.

«Professor Hansen hat ihr Gift versprüht, und der Direktor wird ihr nachgeben. Er hält Sie für einen», Pongratz machte eine Pause, «Unruhestifter.»

Quasts Stimme war rau, als er fragte: «Und was heißt das?»

«Man will Sie loswerden.»

Quast hatte so etwas bereits geahnt.

Pongratz legte ihm eine schwere Hand auf den Arm. «Ich habe dann noch einmal für Sie telefoniert.» Quast sah in das aufmunternd lächelnde Gesicht des Professors und hörte ihn sagen: «In der Charité könnte man Sie brauchen. Wenn nötig, sofort.»

Berlin. Was sollte er in Berlin? Quast sah sich am Alexanderplatz herumirren wie Franz Biberkopf. Langsam schüttelte er den Kopf. Berlin war für ihn unvorstellbar. «Nein danke, Professor. Ich weiß schon zu schätzen, dass Sie sich so einsetzen, aber lieber fahre ich Krankenwagen in München, als Oberarzt in Berlin zu sein. Verhungern werd ich schon nicht.»

Pongratz' Hand ruhte immer noch schwer auf seinem Arm. «Überlegen Sie es sich. Etwas Besseres als den Tod finden Sie allemal.»

Quast grinste. So weit war es also schon. Er war reif für den Abdecker, wie der Esel in den Bremer Stadtmusikanten. Pongratz grinste zurück und stand auf, um eine neue Weinflasche zu holen.

Als ein leises Pling in seiner Tasche erklang, war Quast froh um die Ablenkung. Er sah auf das Display. Frieda hatte versucht, ihn zu erreichen. Was wollte sie?

Pongratz bemerkte Quasts Blick auf das Telefon. «Die Netzverbindung ist schlecht hier unten», erklärte er, während er die Gläser noch einmal randvoll goss. «Wenn Sie durch den Keller gehen, kommen Sie hinten in den Hof. Da funktionieren die Dinger meistens.»

Quast stand auf, erleichtert, einen Moment allein sein zu können. Pongratz schaltete das Licht im Gang ein, wies ihm den Weg und zog sich diskret zurück.

Eine Metalltür führte zu einem gepflasterten Viereck hinter dem Haus, das zur Hälfte mit Wellblech überdacht war: Gießkannen, Abdeckfolien, Gartengerät und kistenweise Abfall, sorgfältig nach Materialien getrennt. Darüber ein Stück grauer Novemberhimmel. Weiter hinten etwas Rasen und ein schmuckes Gartenhäuschen im alpenländischen Stil. Weiß-rote Vorhänge hinter kleinen Sprossenfenstern.

Quast war selbst ein passionierter Mülltrenner – sehr zu Friedas Leidwesen, die die mannigfaltigen Behältnisse in der Wohnung verabscheute. Jede Anstrengung in dieser Richtung nötigte Quast unbedingten Respekt ab. Während er Friedas Nummer wählte, ließ er seinen Blick über die Behälter und Säcke wandern. Die Menge der gesammelten Weinflaschen ließ entweder auf durstigen Besuch oder auf einen hohen Eigenverbrauch des Professors schließen, ausgespülte Dosen des örtlichen Feinkosthändlers auf einsame Abende und der Plastikmüll –.

Quast trat frustriert an einen der drei riesigen durchsichtigen Säcke, als Friedas Mailbox ansprang. Der Sack fiel zur Seite, war aber glücklicherweise fest zugebunden. Als Quast sich bückte, um ihn wieder aufzustellen, betrachtete er interessiert den Inhalt: Plastiktüten, Joghurtbecher, Tetrapaks und etwas Rotes.

Frieda eilte durch die dunkle Klinik zurück. Abendliche Leere hatte sich über die Gänge gelegt. Nur das Schmatzen ihrer Gummisohlen auf dem Boden, das Rascheln ihres Kittels, das Knallen von Türen in der Ferne. Sie sollte nicht mehr hier sein. Anderswo saßen die Leute in Bars, in Taxis, in Theatern, in Pasing parlierte Quast mit Pongratz, sie aber hing in dieser Gegenwelt fest.

Sie wollte nicht so leben wie Margret Ernst. Die Frau würde hierbleiben und den Kampf um das Leben ihrer Patienten weiterführen, unaufgeregt, leidenschaftlich, verbissen. Mal gewann sie, mal verlor sie. Meist lag es nicht in ihrer Hand. Den Kampf um Lotte Pongratz schien sie damals gewonnen zu haben, dann jedoch war irgendetwas geschehen, das alles zunichtegemacht hatte. Was?

Der Rechner im Arztzimmer lief noch. Frieda hatte die Dienstprogramme bereits heruntergefahren, als sie innehielt und den Browser anklickte. Sie tippte «Lotte Pongratz» in die Suchmaske. Enter. Die ersten Treffer waren nicht, was sie suchte. Lotte Pongratz hatte keine erkennbaren Spuren im Netz hinterlassen. Frieda klickte mit wenig Hoffnung auf «Bilder». Auch hier zunächst Unbrauchbares. Dann aber, weit unten, das Porträt einer jungen Frau: streng zurückgekämmte schwarze Haare, ein helles, kirschförmiges Gesicht, hohe Wangenknochen, dunkle übergroße Augen, weite Pupillen, kein Lächeln. Frieda klickte die Website an. Unter dem Bild nur wenige Worte: *Lotte Pongratz. 1985–2011. Wir trauern um eine von uns.* Eine Art Traueranzeige der Munich Dance Factory.

Auf der Startseite der Truppe Hinweise zu Produktionen, Auftrittsorten, Terminen. Das Leben ging weiter, die Lücke war längst geschlossen. Lottes Bild war über die Struktur der Seite nicht wiederzufinden. Verschwunden im Orkus. Erst als Frieda es erneut googelte, erschien es wieder auf dem Bildschirm. Sie schaute der Toten ins Gesicht, bis die Konturen vor ihren Augen verschwammen, auf der Suche nach versteckten Emotionen. Das Bildnis aber schwieg.

Wie in Trance ging Frieda zum Schrank, um sich umzuziehen. Auf einmal fühlte sie sich von dem schwarzen Blick des Mädchens verfolgt. Es schien jede ihrer Bewegungen zu beobachten, wach und unergründlich. Frieda fiel die unheimliche Nacht ein, als sie das Gefühl gehabt hatte, jemand sei hier in diesem Raum an ihrem Rechner gewesen. Sie schauderte und schloss mit ungeschickten Fingern den Knopf ihrer Hose, behielt den Computer jedoch im Auge. Kurz bevor der Bildschirmschoner aktiv wurde, geschah es. Ein zweites Bild schob sich in ihr Bewusstsein. Das Porträt einer jungen Frau, mit geschlossenen Augen und offenen Haaren. Entrückt, aber nicht ganz entspannt. Entsetzlich dünn. Die Handgelenke knöchern.

Kijan von Sydows kalter Blick hatte auch Lotte Pongratz festgehalten.

Quast bückte sich und besah sich das rote Objekt. Durch die Folie war nicht zu erkennen, was es war. Er griff danach, stutzte und atmete tief durch. Dann legte er das Handy zur Seite, bohrte mit dem Daumen ein Loch in den Sack, riss ihn auf und zog mit spitzen Fingern eine Clownsnase heraus. Sie glänzte matt im Schein der Beleuchtung. Das Blut sackte ihm aus den Gliedern, sein Herz schlug überlaut. Der dritte Clown. Der Clown, den die Klinik-Clowns nicht kannten, an den er sich jedoch genau erinnerte. Übergewichtig und bunt, ein Mörder im Narrenkostüm. Er hatte sich verkleidet unter die Schaulustigen gemischt und unerkannt das Harmalin in Sydows Trinkflasche geschüttet. Dann hatte er in Ruhe abgewartet. Aber warum? Es gab kein Motiv. Es gab keinen Beweis.

Als Quast sich aufrichtete, hielt er die Nase noch immer in der Hand. Er sah in das lächelnde Gesicht des Professors. Dann war da der Schmerz. Bevor ihm die Sinne schwanden, hörte er Pongratz sagen: «Ich hätte mir das anders gewünscht, mein Lieber.»

◎

Frieda schickte Quast eine SMS: *Ich glaube, die Tochter von Prof. Pongratz ist auf den Bildern! Alles O. K. bei dir?*

Die Antwort kam postwendend: *Alles O. K. Bin hier fertig. Treffen wir uns und sehen uns die Bilder noch einmal an.*

Frieda schrieb zurück: *Habe den Schlüssel zur Wohnung am Kutscherplatz noch. Dort in einer Stunde?*

Wieder sofort die Antwort: *O. K.*

Frieda steckte das Telefon weg, schaltete den Computer aus, verschloss ihren Spind und machte sich mit dem Rad auf den Weg zu Kijan von Sydows Zweitwohnung.

Unterwegs versuchte sie, Nasrin zu erreichen, doch nur die Mailbox sprang an. Ohne weitere Erklärung bat sie um Rückruf.

Noch hatte sie Zeit. Zu unruhig, um sich hinzusetzen, kaufte sie sich unterwegs einen Burger und aß ihn auf der Straße. Um sie herum flanierten Touristen, trugen Familienväter ihre letzten Einkäufe nach Hause, standen Raucher mit ihren Gläsern vor Kneipen. Sie war froh um das Gewimmel, das das Wochenende ankündigte, und schaffte es, ihre düsteren Gedanken beiseitezuschieben.

◎

Quast erwachte aus einem schmerzumtosten Dämmer. Um ihn herum herrschte fast vollkommene Dunkelheit. Irgendwo schlug eine Tür. Umständlich versuchte er, sich aufzusetzen, und betastete die Stelle, von der der Schmerz ausging: Blut an seinen Fingerspitzen. Er schloss die Augen und ließ sich wieder zurücksinken. Ein roher Holzboden, ein ungeheizter Raum.

Ihm war kalt. An seinen Füßen nur ein Schuh. Wie lang lag er schon hier? Vorsichtig hob er den linken Arm. Das Zifferblatt seiner Uhr leuchtete. Er musste es dennoch direkt vor seine Augen bringen, um etwas erkennen zu können. Er kniff die Augen zusammen, starrte auf die Zeiger. Viertel nach acht. Wann hatte er zuletzt auf die Uhr gesehen? Er konnte sich nicht erinnern. Die Nase fiel ihm ein. Das Lächeln des Professors. Der Schlag. Was war das für ein Raum? Wie war er hierhergekommen? Der alte Mann musste ungeheure Kräfte entwickelt haben. Was hatte er vor? Quasts Angst betäubte plötzlich den Schmerz. Er rappelte sich auf und kam mühsam auf die Beine. In der Nähe heulte ein Motor auf. Ein Wagen fuhr an. Dann wieder Stille.

Frieda sah zu den Fenstern von Sydows Zweitwohnung hinauf. Alles war finster.

Es war ihr unangenehm, ohne Nasrins Zustimmung in das Apartment zu gehen. Diese Skrupel schob sie jedoch recht mühelos beiseite und holte den Hausschlüssel aus ihrer Tasche.

Auch heute begegnete sie hier niemand, weder, als sie durch die gläserne Eingangstür in die Vorhalle trat, noch, als sie die aseptisch sauberen Marmorstufen in die fünfte Etage stieg. Stockwerk um Stockwerk schwang sich die Treppe an den Seiten des zentralen Lichthofs empor. Als sie über die Brüstung sah, war der Teppich in der Mitte der Vorhalle nur noch ein kleines rotes Quadrat. Hinter einer Tür dröhnte ein Fernseher, hinter einer spielte jemand Klavier. Ansonsten war es unangenehm ruhig.

Als sie die Wohnungstür aufsperrte und vor der dunklen Öffnung stand, spürte sie ein leises Ziehen in der Magengegend. Sie schaltete das Licht ein und drückte die Tür zögernd hinter sich zu; ein viel zu lautes Dröhnen in der Stille.

Innen war alles unverändert, die belanglose Einrichtung bereitete ihr erneut Unbehagen. Jede ihrer Bewegungen verursachte ein überlautes Geräusch.

Ohne den Mantel auszuziehen, holte sie erst den Schlüssel aus dem Kühlschrank, dann öffnete sie den Tresor und nahm die Bilder heraus. Langsam begab sie sich damit ins Wohnzimmer und setzte sich. Nicht auf das Sofa, sondern an den Schreibtisch. Zögernd begann sie zu blättern: Marie Jung, Marley Rosenberg, unbekannte Gesichter und dann, endlich, das Foto, auf dem sie Pongratz' Tochter wiederzuerkennen glaubte. Eine Nahaufnahme des Gesichts bis zum Dekolleté. Die dunkle Flut ihrer Haare hatte sie um sich gebreitet, ein Träger ihres Shirts war verrutscht, man sah den Ansatz ihrer Brust unter einem knöchernen Schlüsselbein. Frieda fühlte ein Prickeln im Nacken, hastig wandte sie sich um, und ihr Blick fiel auf die leere Couch. Mit einem Schütteln des Kopfes versuchte sie, die Gedanken, die sie überfielen, zu vertreiben. Sie räusperte sich und stand auf. Wo blieb Quast? Die Stunde musste längst um sein. Noch einmal nahm sie das Bild zur Hand. Es bestand kein Zweifel, das Mädchen auf dem Sofa war Lotte Pongratz.

Als sie in der Küche ein Glas Wasser trank, läutete es. Endlich.

◎

Quast ertastete neben sich die Messer eines Handrasenmähers. Auf der anderen Seite: die Zinken eines Rechens. Er versuchte, sich zu konzentrieren. Er musste handeln, die Gedanken fokussieren. Wenn er in einem Gartenhaus war, gab es Werkzeug. Mit dem Ärmel wischte er sich das Blut vom Gesicht, vorsichtig darauf bedacht, die Wunde nicht zu berühren. Auf den Knien rutschend, tastete er sich voran. Säcke, Eimer, Besen, Schuhe, eine Schwelle. Die Tür. Oben musste das Fenster mit den karierten Vorhängen sein. Er ertastete den Stoff und das Glas. Warum war es so dunkel? Er merkte, wie er in Panik geriet. Das Gefühl der Enge machte ihm das Atmen schwer. Er rüttelte am Holz. Es bewegte sich keinen Zentimeter. Er machte einen Schritt zurück, trat mit dem Schuh auf etwas. Unter seinem Gewicht knackte Plastik.

◎

Frieda drückte auf den elektrischen Öffner, ließ die Tür einen Spaltbreit offen und setzte sich wieder an den Schreibtisch.

Sie schreckte hoch, als sie ein Geräusch hörte. Jemand schloss leise die Tür.

«Quast?»

«Nein. Ich bin es.»

Etwas krampfte sich in ihr zusammen.

Als Professor Pongratz schwer atmend im Raum stand, war Frieda längst aufgesprungen. «Wo ist Quast?» Ihre Verunsicherung war deutlich. Professor Pongratz sah sie belustigt lächelnd an. «Er musste noch einmal in seine Toxikologie. Aber er hat mir von dem Foto erzählt. Und deshalb bin ich hier.»

Quast hatte mit Pongratz über die Bilder gesprochen. Aber warum? Was nützte ihnen das? Was wollte er um diese Zeit in der Klinik? Frieda schwirrte der Kopf.

Der Professor behielt den Mantel an und ließ sich schwer in einen der beiden Sessel fallen. Dann streckte er die Füße stöhnend von sich, lehnte den Gehstock zwischen seine Beine und sah sie an. Frieda tastete nach ihrem Handy. Warum hatte Quast ihr nicht Bescheid gegeben?

Der Professor beobachtete sie aus tiefliegenden Augen. «Sie wirken nervös.»

Frieda schüttelte den Kopf. «Nein, warum?»

Pongratz antwortete nicht. Er griff in seine Manteltasche und zog ein schwarzes Portemonnaie heraus. «Ich zeige Ihnen etwas, Frieda. Sie heißen doch Frieda, nicht wahr?» Frieda nickte.

Mit einem schnellen Griff holte Pongratz ein kleines Passfoto aus einem Fach. «Meine Tochter, Lotte.»

Er reichte ihr das Bild. «Sie hat sich hier in diesem Haus umgebracht. Das wussten Sie nicht, stimmt's?» Wieder lächelte er sie an.

Frieda schüttelte den Kopf und schaute auf das Bild. Es zeigte ein etwa sechsjähriges Mädchen, das ein getigertes Kätzchen an sich drückte und traurig in die Kamera lächelte.

«In diesem Alter ist sie zu mir gekommen, weil ihre Mutter an einem Mammakarzinom gestorben war. Eigentlich schlimm, natürlich, aber für mich stellte es sich als großes Glück heraus.»

Er steckte das Foto wieder in den Geldbeutel und seufzte. «Wir hatten gute Jahre, meine Tochter und ich.» Er sah Frieda lächelnd an. «Aber dann ist sie krank geworden. Es begann mit einer Essstörung, erst später ist mir klargeworden, dass sie unter einem Borderline-Syndrom litt. Langweile ich Sie?»

Frieda schüttelte den Kopf. Sie spürte eine gefährliche Strömung unter der konzilianten Maske des Professors, die ihr den Atem nahm. Während sie den Worten des Professors zu folgen versuchte, dachte sie krampfhaft darüber nach, was zu tun war. Konnte sie an ihm vorbeikommen? Wenn sie schnell genug war, vielleicht. Andererseits saß er genau im Weg. Pongratz redete weiter, als nehme er ihre wachsende Verunsicherung nicht wahr. «Natürlich habe ich sie nicht selbst behandeln können, stattdessen habe ich sie zu einem jungen Kollegen geschickt, den ich für geeignet hielt.»

«Kijan von Sydow», hauchte Frieda.

«In der Tat. Und ich hatte recht. Er hat sie höchst erfolgreich therapiert. Sie begann zuzunehmen, dann tanzte sie sogar wieder. Alles schien in Ordnung zu sein.»

Pongratz sah prüfend auf seine gepflegten kurzen Nägel und fügte kühl hinzu: «Bis sie sich umbrachte. Hier im Treppenhaus ist sie gesprungen.»

Frieda hörte die Worte, aber sie tat sich schwer damit, ihnen zu folgen. Wo war Quast? Was hatte Pongratz mit ihm gemacht? Die Bluse klebte ihr am Rücken. Pongratz fuhr fort: «Es gab einen Abschiedsbrief.» Seine Stimme brach ohne Vorwarnung, sein Blick richtete sich in die Ferne. Er hob eine fleischige Hand wie zur Abwehr.

Das war der Moment. Sie musste hier raus. Langsam stand sie auf und bewegte sich Richtung Ausgang. Abrupt wandte sich Pongratz ihr wieder zu. Jede Rührung war aus seinem

Gesicht verschwunden. Er schüttelte den Kopf. «Sie wollen jetzt doch nicht gehen? Nicht doch. Setzen Sie sich bitte wieder hin.»

«Wo ist Quast?» Frieda hörte ihre eigene Stimme schrill werden.

Der Professor sah sie wieder mit diesem belustigten Blick an. «Das habe ich doch gesagt. Er kommt nach. In der Zwischenzeit können wir uns unterhalten. Setzen Sie sich, bitte.»

Dann legte er den Kopf fast schelmisch schief und wies mit dem Kinn auf den Schreibtischstuhl. Noch immer lächelte er.

Frieda setzte sich. «Haben Sie ihn umgebracht?» Sie konnte kaum sprechen.

«Wen?», fragte der Professor mit dem Blick eines listigen alten Satyrs.

Frieda antwortete nicht. Pongratz lehnte sich wieder zurück und sagte im Plauderton: «Stimmt, ich wollte Ihnen ja die Geschichte erzählen. Wo waren wir stehen geblieben?»

Als Frieda nicht antwortete, sagte er: «Ach ja, Sydow. Natürlich habe ich damals daran gedacht, ihn umzubringen. Aber was wäre gewonnen gewesen? Ich hätte ein niederes Gefühl befriedigt. Rache. Wie trivial. Halten Sie mich für einen Rächer?»

Er machte eine Pause. «Gewiss nicht. Ich ließ es hingehen, aber ich hatte ihn im Blick.»

Frieda hatte genug gehört. Sie hielt ihre Augen auf Pongratz gerichtet, während ihr Körper sich bereit machte. Ungefähr sieben Schritte waren es bis zur Tür. Dazwischen saß Pongratz. Sie musste schnell sein. Sie straffte ihre Muskeln, stieß sich vom Sitz ab und sprintete los. Nach drei Schritten spürte sie einen stumpfen Schmerz im Knie, versuchte, sich auf den Beinen zu halten, stürzte über ein Hindernis, schlug hin. Neben ihr ein Ächzen. Pongratz stand über ihr. Er zog den Stock, mit dem er sie zu Fall gebracht hatte, langsam unter ihrem Körper hervor, und stellte ihn ihr leicht, fast zärtlich auf den Rücken. «Mädchen, Mädchen, so geht das nicht», sagte er mit Bedauern in der Stimme. «Kommen Sie, ich helfe Ihnen auf.»

Frieda sah seine feisten Backen schwammig über sich hängen, sah seine kleinen rot umränderten Augen, sah die ausgestreckte Hand. Sie rappelte sich hoch, wich seiner Hand aus und stand zu nah vor dem bulligen alten Mann. Seine Unberechenbarkeit war an die Oberfläche getreten. Sie hatte Angst.

Mit einem kleinen Schritt trat er zwischen sie und die Tür. «Kommen Sie, Frieda, setzen Sie sich auf das Sofa. Ich bin noch nicht fertig.»

Stehend sah er ihr zu, wie sie langsam zum Sofa ging und sich auf die Kante setzte, ließ sich dann selbst wieder in seinen Sessel fallen, als sei nichts geschehen. «Ein Jahr später erzählte mir Wilhelmine, dass er weitermacht mit seinen Übergriffen auf Frauen. Und dass er diesen Irrsinn mit den Pilzen betreibt. Hier. Heimlich.»

Er sah sich im Raum um und schüttelte angewidert den Kopf. «Ich habe beschlossen, das zu beenden. Ein für alle Mal.» Er sah nachdenklich aus dem Fenster. «Ich wusste von einem Kollegen, dass er Fluoxetin nimmt. Über so etwas spricht man doch nicht. Unprofessionell, finden Sie nicht?»

Ein maliziöses Grinsen huschte über sein Gesicht. «In diesem Fall tödlich.»

Pongratz ließ das Wort eine Weile im Raum hängen. «Ich

wusste auch, dass er an diesem Marathon teilnehmen will. Und ich habe es geschafft, die Trinkflaschen auszutauschen. Serotonin!» Er schnalzte genüsslich mit der Zunge. «Ich wusste, dass es funktionieren würde. In der Klinik habe ich ähnliche Fälle gesehen. Unbedarfte Hausärzte verschreiben oft abenteuerliche Dinge. Das ist schlimm, meist aber nicht tödlich. Unter körperlicher Belastung jedoch –» Er lächelte Frieda an.

«Was wollen Sie?» Frieda war es gelungen, sich so weit aus ihrer Angststarre zu lösen, dass sie sprechen konnte.

«Ach so! Sagte ich das nicht? Das Bild. Ich will das Bild, das Sie von meiner Tochter haben.»

«Woher wissen Sie von dem Bild?» Sie konzentrierte sich darauf, nicht zum Schreibtisch zu sehen.

«Wie ich schon sagte, Dr. Quast hat es mir erzählt.» Pongratz pochte mit dem Stock ungeduldig auf den Boden.

Sie glaubte ihm nicht. Das Foto war der einzige Hinweis auf Pongratz. Der einzige Beweis. Sie schluckte.

«Also? Wo ist das Foto?» Wieder dieses Pochen.

Pongratz stand auf und kam bedrohlich näher. Mit einer schnellen Bewegung duckte sie sich unter ihm weg und war hinter ihm. Aus dem Augenwinkel sah sie, wie er sich umwandte, nackte Wut in den Augen. Der Stock fiel mit einem Schlag auf den Boden. Sie griff nach den Bildern und rannte. Er war hinter ihr. Sie riss an der Klinke der Wohnungstür. Ein Schritt hinaus. Sie hörte sich schreien, als er sie anfasste. Irgendwo Sirenengeheul. Schnell war er, kräftig. Sie kam frei. Noch ein Schritt hinaus. Dann seine Hände an ihren Gelenken, sein Atem in ihrem Gesicht. Die Fotos klebten zwischen ihren feuchten Fingern. Er drückte sie mit seinem Körper gegen die Brüstung. Sie rang nach Atem. Ein stechender Schmerz im Arm, und er hielt die Bilder zwischen seinen fetten Fingern. Sein Bauch presste sie gegen das Treppengeländer, der Druck war widerlich weich. Sie nahm ihre Kräfte zusammen, drückte ihn weg, nur ein Stück. Einige Fotos flatterten zu Boden.

Dann lag sein Blick auf dem Bild seiner Tochter, entblößt. Unten Stimmen, Lärm von trampelnden Füßen. Türenschlagen. Polizei.

Er hatte sie losgelassen und starrte noch immer auf das Foto, bewegungslos. Schließlich begann er, es schnell und systematisch zu zerreißen. Schnipsel rieselten zu Boden, dann nickte er ihr fast freundlich zu, hob eine Hand wie zum Gruß, trat an die Brüstung, sah hinunter. Kein Gedanke war möglich. Sie starrte ihn an. Er lächelte, stützte sich auf die Brüstung, stemmte sich hoch – und ließ sich in einer unerträglich langsamen Bewegung kopfüber hinuntergleiten.

Ein Moment der Stille, dann der Aufschlag, gedämpft durch einen roten Teppich.

Samstag, 9. November

Die Flammen spielten mit dem Bild. Sie umzüngelten es, bis die Kunststoffbeschichtung weich wurde. Auf der Wölbung, die entstand, sah man noch einmal eine der Frauen auf dem Sofa liegen. Sie schien sich für den Bruchteil einer Sekunde zu strecken, geriet in Bewegung, dann war nur noch das Feuer zu sehen.

Der Morgen graute schon über den Firsten der umliegenden Häuser, und Quast stand vor dem Feuerkorb im Hof. In einer Hand hielt er eine Zange, in der anderen nur noch ein Bild. Neben ihm saß Frieda auf ihrem Klappstuhl, eingewickelt in eine Decke, und starrte vor sich hin. Er warf das letzte Foto in die Glut.

Vorsichtig betastete er das Pflaster auf seiner Stirn. Früh an diesem unheilvollen Abend hatte er geahnt, dass etwas nicht stimmte, aber mit körperlicher Gewalt hatte er nicht gerechnet. Dass Pongratz dazu fähig war, einen Spaten zu nehmen und …

Als sich Quast den Moment in Erinnerung rief, spürte er den Schmerz noch einmal. Schnell holte er sich zurück in die Morgendämmerung. Die Kopfwunde würde bald heilen, die neurologische Untersuchung hatte nichts ergeben, und auf ein CT hatte er vorsichtshalber verzichtet. Er war froh, jetzt mit Frieda hier im Hinterhof zu sein und nicht in der Röhre. Er sah zu ihr hinüber. Zusammengekrümmt saß sie da und stierte ins Feuer, ihre Locken kringelten sich im Gegenlicht.

Als sie seinen Blick bemerkte, zeigte sie ihr zartes Lächeln. «Na?»

«Es ist vorbei.»

Sie nickte. Das Lächeln erlosch wieder, zuerst in ihren Augen. «Ich bin froh, dass ich ihn nur von oben gesehen habe.»

«Es ist vorbei», wiederholte er dringlicher.

«Glaubst du», sie stockte, «er hätte uns beide umgebracht?»

Quast zuckte mit den Schultern. «Er hat nicht mit uns gerechnet. Er hat überhaupt nicht damit gerechnet, dass ihm jemand auf die Schliche kommen könnte. Mich wollte er nach Berlin abschieben, und von dir wusste er nichts. Dann stand ich plötzlich mit dieser Nase in seinem Hof, und er musste improvisieren.»

«Aber hätte er?», insistierte Frieda.

«Ich weiß es nicht. Vielleicht. Wir werden es nicht herausfinden.»

«Wenn er dein Handy nicht verloren hätte, im Schuppen.»

«Oder wenn ich es ganz zertreten hätte.»

Sie schwiegen wieder.

«Er muss immense Kräfte entwickelt haben. Dass er erst mich in das Häuschen gezerrt und dann diesen Schrank draußen vor die Tür geschoben hat, unglaublich.»

«Ein zäher alter Knochen.» Frieda streckte die Hände zum Feuer, um sich zu wärmen, und schaute Quast an. «Es war klug von dir, die Polizei anzurufen und nicht mich. Wer weiß, was geschehen wäre, hätte er zu früh gemerkt, dass du nicht mehr ohnmächtig in seinem Schuppen liegst.»

Quast grinste. «Da hat mein Schädel kurzzeitig funktioniert, aber jetzt tut er weh.» Er verzog das Gesicht.

Er hatte die Polizei direkt nach Schwabing geschickt. Im Licht seines Telefons war es ihm erstaunlich schnell gelungen, sich zu befreien. Er hatte die Scheibe des Gartenhausfensters eingeschlagen und den Schrank davor mit einem Besenstil umgeworfen. Dann war er hinausgekrochen und selbst im Taxi zum Kutscherplatz gefahren.

Als er am Ort des Unglücks angekommen war, hatte die Polizei bereits alles abgesperrt.

In der Mitte des roten Teppichs befand sich ein großes Tuch, unter dem Tuch erkannte er die Konturen eines Körpers. Einen schrecklichen Moment lang dachte er, es sei Frieda, bis er sie neben zwei Beamten am Rand der Szene entdeckte. Erst in diesem Moment begann sein Herz wieder zu schlagen, bemerkte er den Schmerz im Schädel, begann er aus dem Tunnel der Angst um Frieda aufzutauchen.

«Was hast du eigentlich der Polizei gesagt?», fragte er jetzt.

Sie grinste, auf einmal fast gelöst. «Ich habe ihnen erzählt, dass ich auf Nasrin gewartet habe. Dann hat es geläutet, und ich habe einfach aufgemacht. Plötzlich stand er in der Wohnung – dem Wahnsinn nahe – und hat wirres Zeug dahergeredet: dass sich seine Tochter dort umgebracht habe und so weiter. Und dann ist er gesprungen, ohne Vorwarnung.» Während sie sprach, glitt sie mehr und mehr in die Rolle der entsetzten Beobachterin eines Selbstmordes, ganz so, als glaube sie selbst an das, was sie da erzählte.

Was für eine ausgezeichnete Lügnerin sie ist, dachte Quast und wusste nicht, ob er das charmant oder verwerflich finden sollte. «Das passt zu meiner Geschichte vom Wahnsinnigen, der dich dort bedrohte.»

Frieda stand langsam auf und trat zu Quast. Die Decke lag noch um ihre Schultern, als sie sich neben ihn stellte.

Vorsichtig legte er einen Arm um sie. «Lass uns schlafen gehen.»

Gemeinsam löschten sie das Feuer.

Samstag, 7. Dezember

Die Kronleuchter waren schon verpackt, als Frieda und Quast Kijan von Sydows Apartment am Rotkreuzplatz betraten.

Nasrin, die ihnen energisch lächelnd die Tür geöffnet hatte, sah an diesem Tag zum ersten Mal wieder besser aus. Zur engen Jeans trug sie ein hochgekrempeltes Männerhemd; ihre Garderobe und das streng zu einem Pferdeschwanz gebundene Haar unterstrich ihren Willen, sich zu behaupten.

Von dem Plüschambiente, das hier einst geherrscht hatte, war nur noch wenig übrig. Auf der einen Seite des Wohnzimmers türmten sich gepackte Kisten und zusammengerollte Teppiche, auf der anderen lehnten gefaltete Kartons an Bücherstapeln. Bereits am nächsten Tag würde das Umzugsunternehmen die Wohnung ausräumen. Das Verpackungsmaterial verströmte seinen durchdringenden Geruch: das Aroma von Abschied und Neubeginn.

«Was sollen wir tun?», fragte Quast und klatschte demonstrativ tatendurstig in die Hände. Nasrin zuckte zusammen und sah sich um, als habe sie darüber noch nicht nachgedacht. Mit einem fast unmerklichen Zögern in der Stimme sagte sie: «Wir müssten noch ein paar Möbel auseinanderbauen. Im Moment weiß ich noch nicht, was ich mit den Sachen machen werde. Ich habe eine Garage gemietet, in der ich alles unterstellen kann.» Die Pausen zwischen den Sätzen waren etwas zu lang.

Dann bückte sie sich und machte sich an einer Kiste zu schaffen. «Wollt ihr Kaffee? Die Maschine habe ich noch nicht weggepackt.»

«Gern.» Frieda nickte.

«Hat sich die Polizei noch bei euch gemeldet?», fragte Nasrin, während sie das Papier eines Filters zwischen Daumen und Zeigefinger durchzog.

Quast schüttelte den Kopf. «Schon länger nicht mehr. Ich hoffe, die haben die Ermittlungen eingestellt.»

«Klar. Was haben sie schon? Eine Drogenparty, einen Einbruch in einem Gartenhaus, einen Selbstmörder. Und keine Zusammenhänge.» Nasrin steckte die Filtertüte in die Maschine, ihr Blick huschte zur Seite, sie schüttelte den Pferdeschwanz, als wolle sie unliebsame Gedanken verscheuchen.

Frieda sah zum Fenster hinaus. Die Balkone der gegenüberliegenden Apartments waren bereits vorweihnachtlich dekoriert, das Leben ging weiter. In den ersten Tagen nach Pongratz' Sprung hatte sie schlecht geschlafen, inzwischen jedoch waren ihre Albträume weniger geworden. Sogar Quast war wieder besser gelaunt, seit er seinen Posten in der Eisbachklinik zurückbekommen hatte. Frieda war sich sicher, dass Nasrin ihren Einfluss auf Sonja Hansen geltend gemacht hatte.

Quast stand auf der anderen Seite des Raums und betrachtete den kleinen Sekretär, in dem sie und Nasrin die Fotos der schlafenden Frauen gefunden hatten. «Der ist hübsch», sagte er.

Nasrin kramte in einem Karton. «Ja, den nehme ich mit zu mir. Ich klappe den Rücksitz um und transportiere ihn mit dem Auto. Der wird nicht viel wiegen, wenn wir die Schubladen herausnehmen.» Sie wühlte in der nächsten Kiste. Schließlich sah sie hoch: «Ich glaube, ich habe keinen Kaffee mehr.»

«Kein Problem. So dringend ist das nicht», beeilte sich Frieda zu sagen.

Nasrin aber lief wortlos in den Flur, schlüpfte in ihre Stiefel und griff nach dem Schlüssel. «Ich komme gleich wieder. Ich brauche auch was zum Wachwerden.» Und schon war sie auf dem Weg nach draußen, ein fliehendes Reh.

Quast sah ihr erstaunt nach, als sich die Tür hinter ihr schloss. «Hoppla», sagte er unbehaglich. «Und jetzt?»

«Ist der Sekretär schon leer?», fragte Frieda.

Quast öffnete eine Schublade. «Schaut so aus.»

Froh, eine Beschäftigung gefunden zu haben, trat Frieda zu ihm und begann, systematisch Schubladen aus dem Möbelstück zu ziehen. «Bau doch einen Karton auf, damit wir die Kleinteile fest verstauen können. Wenn wir alles in Papier einschlagen, verkratzt nichts.»

Entschlossen wickelte sie Zeitungspapier um die erste Schublade. Quast half ihr zögernd. Auf dem Boden hockend, werkelten sie nebeneinander. Im Hochsehen fiel Friedas Blick auf die leeren Öffnungen des Biedermeierstücks, und sie konnte nicht widerstehen. Unter Quasts neugierigen Augen griff sie in den Hohlraum und holte die leere Geheimschublade heraus. «Schau mal: Damit hat alles angefangen. Hier waren die Fotos versteckt.»

«Das hast du gar nicht erzählt.» Quast runzelte die Stirn und sah die Schublade nachdenklich an. «Vielleicht wäre es klüger gewesen, die Bilder nicht zu verbrennen, falls noch etwas nachkommt. Als Beweis.»

Frieda zuckte mit den Schultern. «Das war schon richtig in dieser Nacht. Symbolisch irgendwie. Ist nicht mehr zu ändern.»

Mechanisch begann sie, Papier um die Lade zu schlagen.

Währenddessen betrachtete Quast fasziniert das Möbelstück. Mit einer Hand griff er in die Öffnung des Geheimfachs, tastete herum und stutzte. Als er seine Hand herauszog, hatte er einen Briefumschlag, der hinter die Schublade gerutscht sein musste, zwischen den Fingern. Er kniff die Augen zusammen und hielt das Kuvert, das oben aufgeschlitzt war, von sich weg, um Adresse und Absender lesen zu können: eine runde Mädchenschrift – zwei bekannte Namen.

Schnell warf er einen Blick zum Eingang. Nasrin konnte jeden Moment zurück sein. Nur eine Sekunde lang war er unschlüssig, dann zog er ein blassblaues Blatt aus dem Umschlag, entfaltete es und begann zu lesen. Aus dem Augenwinkel nahm er wahr, dass Frieda lautlos neben ihn getreten war, um ihm über die Schulter zu sehen. Das Papier in seiner Hand zitterte, er versuchte, ruhig zu atmen, doch die Buchstaben tanzten ihm vor den Augen.

Erst das Geräusch des Schlüssels in der Tür zerriss die angespannte Stille, neben Quast zog Frieda scharf den Atem ein, ungeduldig stieß sie ihn mit dem Ellenbogen an. Endlich zwang er sich, das Blatt zusammenzufalten.

Als Nasrin mit einer Packung Kaffee in der Hand den Raum betrat, befand sich Lotte Pongratz' Abschiedsbrief bereits in seiner Hosentasche.

Während sie endlich ihren Kaffee tranken, bemühte Quast sich, das Gespräch in Gang zu halten. Nasrin antwortete ungezwungen, Frieda jedoch sah ihn immer wieder prüfend an.

Glücklicherweise begannen die Frauen bald damit, Bücher und Ordner in Kisten zu verpacken, während Quast am anderen Ende des Raums ein Regal abbaute. Das Bild der schlummernden Lotte Pongratz drängte sich in sein Bewusstsein, als er Schraube um Schraube löste und die Bretter an die Wand lehnte. Er glaubte, ihre verzweifelte Stimme zu hören, Bruchstücke des Abschiedsbriefs klangen in seinen Ohren. Das Melodram ihrer Worte, die Zerrissenheit ihrer Gedanken, ihre Bedrängnis brachten ihn in einen flirrenden Zustand, während er verbissen arbeitete.

Mit der flachen Hand schlug er ein Regalbrett aus seiner Halterung. Der Knall ließ Nasrin herübersehen, Quast wich ihrem Blick aus. Er schloss die Augen und hatte die kindliche Füllerschrift vor Augen, die einen herzzerreißenden Kontrast zu den Vorwürfen bildete, die die Verfasserin des Schreibens machte: Kijan habe sie, schrieb Lotte, nachdem sie erst seine Patientin, dann seine Geliebte gewesen sei, ohne Rücksicht auf ihre Gefühle verlassen. Sie aber könne das nicht ertragen. Lieber wolle sie sterben. Nachdem sie das geschrieben hatte, hatte sie unterschrieben, den Brief in den Umschlag gesteckt und war in den Tod gesprungen.

Verstohlen sah Quast zu den beiden Frauen hinüber, die, zwischen Bücherhaufen kniend, in Fotoalben blätterten. Als Nasrin seinen Blick auffing, lächelte sie ihm zu. Er lächelte zurück und schob den Brief unauffällig tiefer in seine Hosentasche. Nasrin würde damit leben müssen, dass ihr Bruder Dinge getan hatte, die nicht in Ordnung waren, sie wusste, dass er sich um ärztliches Ethos oder Moral wenig geschert hatte. Von der Anklage aus dem Jenseits jedoch, die ihnen gerade in die Hände gefallen war, würde sie nie erfahren.

Einen Moment lang hielt er inne und dachte an den alten Mann, der sich in denselben Lichthof gestürzt hatte wie seine Tochter.

Dann löste Quast mit sanfter Gewalt noch eine Schraube, und das letzte Regalbrett fiel polternd zu Boden.

Sechs Monate später

Das Baby lächelte. Ein Lächeln, das für niemand bestimmt war, einfach einen Augenblick lang auf seinem Gesicht ruhte und dann langsam verflog.

Frieda betrachtete das Kind in den Armen seiner Mutter. Seine Anwesenheit veränderte den Raum und zog alle in ihren Bann. Quast lehnte linkisch im Kittel an einer Wand und grinste, Frieda hatte sich einen Stuhl herangezogen. Nasrin saß auf Marley Rosenbergs Bettkante, ihr Zeigefinger streichelte zart den weichen Handrücken ihrer neugeborenen Nichte.

Beim Eintreten hatten sie Sonja Hansen angetroffen, auch sie in versöhnlicher Stimmung. Ohne spitzen Kommentar war sie ihrer Wege gegangen, ihr Lächeln hatte selbst Quast eingeschlossen.

Frieda betrachtete die kleine Gruppe auf dem Bett. Die schöne Tante, die erschöpfte Mutter und das kleine Mädchen mit den großen Augen in ihrem Arm.

«Wann dürft ihr nach Hause?», fragte Nasrin, und ihre Reibeisenstimme klang noch rauer als sonst.

Marleys Augen ruhten auf ihrer Tochter, als sie antwortete: «Vielleicht in zwei oder drei Tagen, wenn's gutgeht.» Mehr denn je sah sie aus wie eine barocke Madonna.

Nasrin nickte nur, und Frieda sah voller Sympathie zu ihr hinüber.

Nasrin hatte die letzten Monate in hektischer Betriebsamkeit verbracht. Sie verkaufte die Zweitwohnung ihres Bruders und erwarb bald darauf ein Apartment neben ihrem eigenen. Es dauerte einige Wochen, bis sie Marley davon überzeugt hatte, dass es für alle das Beste wäre, wenn sie nach der Geburt des Kindes nebeneinander wohnen würden.

Seither gönnte sie sich keine Pause. Sie organisierte den Umzug, richtete das Kinderzimmer ein und machte sich bei Marley, die bis zur Geburt unter Übelkeit litt, unentbehrlich. Sie war fest entschlossen, die Vergangenheit hinter sich zu lassen und neu anzufangen.

Zum ersten Mal sah sie glücklich aus.

Frieda blickte Quast an, der selbstvergessen auf das Kind sah, und die beiden verließen auf Zehenspitzen den Raum.

In eigener Sache

Bei den Recherchen zu diesem Roman habe ich mit Menschen gesprochen, die sehr unterschiedliche Erfahrungen mit psychoaktiven Pilzen gemacht haben.

Da war zum einen der Psychiater, der mich auf die Idee zu diesem Stoff gebracht hat. Er hat mir in einer lauen Sommernacht von den «Pilzreisen» erzählt, die er mehrmals im Jahr unternimmt. Für ihn sind diese Trips in der Gemeinschaft essenzielle therapeutische Erfahrungen, die er in vollem Bewusstsein der Risiken macht und die ihm einen neuen Zugang zu seiner Psyche ermöglicht haben.

Auf der anderen Seite habe ich mit einer Mutter gesprochen, deren fünfzehnjähriger Sohn sich psychoaktive Pilze beschafft und sie alleine in seinem Kinderzimmer konsumiert hat. Für ihn mündete diese Erfahrung in der Katastrophe. Er entwickelte eine Psychose, an deren Folgen er noch heute, mehr als zehn Jahre später, leidet.

Diese Geschichten sind in den Text eingeflossen, an dieser Stelle sei jedoch betont, dass ich mir keine der Positionen, die die Figuren dieses Romans zu diesem Thema einnehmen, zu eigen mache.

All meinen Gesprächspartnern danke ich für ihre Offenheit und ihr Vertrauen.

Zu danken habe ich auch allen, die mir beim Schreiben zur Seite standen:

Zuerst genannt seien Werner Irro und Marcus Gärtner, die den Text akribisch und scharfsinnig lektoriert haben.

Der Toxikologe Rudi Pfab bewies auch bei diesem Buch immenses Durchhaltevermögen. Er entwickelte mit mir zusammen die Mordmethode, beriet mich in allen Giftangelegenheiten und ließ nicht locker, bevor der Showdown stimmig war.

Almut Ningel hat mich beraten, was die psychiatrischen Fragen anging, Sabine Werfel hat die Szene in der dermatologischen Praxis einer kritischen Prüfung unterzogen. Danke für euer fachkundiges Urteil.

Kerstin Klemm und Christine Bausch waren meine Gesprächspartnerinnen, wann immer ich mich schreibend in eine Sackgasse manövriert hatte. Ihre brillanten Ideen und ihre unerschütterliche Überzeugung, dass am Ende alles gut wird, waren unbezahlbar.

Sybill Hessler hat mir auf unseren Hundespaziergängen immer wieder den Kopf zurechtgerückt. Danke.

Andrea Peus und Birgit Rossmann mochten das Buch schon, als es noch nicht fertig und ausgereift war. Danke für die guten Vibrationen und die konstruktiven Anmerkungen.

Die stimulierenden Treffen und Telefonate mit Johanna Alba waren immer eine willkommene Unterbrechung im Schreiballtag. Wir behalten das bei.

Silvia Mattei hat mit ihrem scharfen Blick alle Ungereimtheiten und Schwächen aufgespürt und gekonnt zur Strecke gebracht. Danke.

Meine Eltern sowie unsere «Tanten» Ursa Kränzlein und Renate Hellwig haben mir nicht nur immer wieder den Rücken freigehalten, sondern waren auch unter den ersten Lesern. Auch dafür tausend Dank.

Bruno, du warst immer mein schärfster Kritiker und geduldigster Berater. Danke für die vielen Gespräche im Wintergarten und für deinen langen Atem.

Die Eisbachklinik gibt es nicht, einen Isarlauf schon. Allerdings findet er nicht in München, sondern in Tölz statt.

MIX
Papier aus verantwortungsvollen Quellen
FSC® C083411

Das für dieses Buch verwendete Papier ist FSC®-zertifiziert.